La fuite de Lady Rathmore

SARAH MALLORY

La fuite de Lady Rathmore

Traduction française de
ANNIE LEGENDRE

Les Historiques

HARLEQUIN

Collection : LES HISTORIQUES

Titre original :
THE LAIRD'S RUNAWAY WIFE

HARPERCOLLINS FRANCE
83-85, boulevard Vincent-Auriol, 75646 PARIS CEDEX 13
Service Lectrices — Tél. : 01 45 82 47 47 - www.harlequin.fr
ISBN 978-2-2804-8043-7 — ISSN 1159-5981

Composé et édité par HarperCollins France.
Imprimé en décembre 2022 par CPI Black Print (Barcelone)
en utilisant 100% d'électricité renouvelable.
Dépôt légal : janvier 2023.

FSC www.fsc.org
MIXTE
Papier issu de sources responsables
FSC® C159065

Pour limiter l'empreinte environnementale de ses livres, HarperCollins France s'engage à n'utiliser que du papier fabriqué à partir de bois provenant de forêts gérées durablement et de manière responsable.

Prologue

Juillet 1750

Ardvarrick.

La maison, enfin !

Grant arrêta son cheval au bas de la côte et, le cœur gonflé d'émotion, embrassa du regard la vaste demeure ancestrale dont les murs de pierre grise se dressaient à la lisière de la forêt. Il y avait longtemps qu'il n'avait pas éprouvé une telle satisfaction.

Cela faisait plus de deux semaines qu'il était parti pour Black Isle afin d'acquérir un nouveau bélier reproducteur pour son cheptel, et le spectacle de la vieille maison dont les fenêtres se teintaient d'or et de feu sous le soleil couchant le remplit d'une joie soudaine. Joie à laquelle s'ajoutait celle de revoir sa femme, naturellement.

Madeleine lui avait semblé bien morose, au moment de son départ. Mais, absorbé par les préparatifs de son voyage, il ne s'en était guère alarmé. Il avait hâte à présent de rentrer chez lui.

— Allons-y ! lança-t-il par-dessus son épaule à Robert, son valet et homme de confiance. Nous devrions arriver juste à temps pour le dîner.

Mis au petit galop, les chevaux parcoururent l'espace en longues foulées aisées et, se laissant aller dans sa selle,

Grant ne put retenir un sourire. Il était impatient de raconter à sa femme les détails de son voyage, de lui vanter les mérites des troupeaux magnifiques qu'il avait vus dans le comté de Ross-et-Cromarty ainsi que les miracles obtenus grâce aux nouvelles méthodes d'agriculture dont on lui avait parlé. Madeleine s'était toujours intéressée à ce genre d'informations, si triviales fussent-elles…

Bien qu'ils aient eu peu l'occasion de converser ces derniers mois, il fallait bien l'admettre, hélas !

Grant s'empressa de réprimer les soudains remords qu'il sentait monter en lui. Inutile de le nier, il était par trop souvent absent. Mais n'était-ce pas son devoir, en tant que nouveau laird d'Ardvarrick, de veiller sur les terres, leurs métayers et leurs bêtes ? Et qu'y pouvait-il si, la plupart du temps, cela le faisait courir d'un bout à l'autre de la contrée ?

Bah ! Tout cela pouvait attendre jusqu'à demain. Ce soir, il voulait prendre place à la table familiale avec sa mère et son épouse, jouir d'un dîner toujours copieux et appétissant, et discuter ensuite au coin du feu avec un bon verre de vin, comme ils le faisaient naguère…

— Ne nous arrêtons-nous pas d'abord ici un instant, Sir Grant ?

Se portant à sa hauteur, Robert venait de lui indiquer du menton la petite chapelle de pierre dont l'humble silhouette grise se dressait au bord du lac, entourée des sépultures familiales.

— Non, pas ce soir. J'ai hâte d'arriver.

Grant remarqua l'air surpris de son valet. Depuis une année, il avait en effet pris l'habitude de faire une halte au cimetière à chaque fois qu'il rentrait de voyage. C'était devenu un rituel depuis que son père, le vieux laird, reposait dans le caveau familial. Ce sinistre caveau dans lequel, peu de mois avant ce terrible deuil, il avait dû aussi ensevelir son deuxième fils mort-né.

Il y reviendrait le lendemain, dès la première heure, décida-t-il en pressant son cheval. Ce soir, il avait décidé de payer son tribut à la vie !

Sitôt arrivés dans la cour du manoir, les deux hommes sautèrent de leur cheval dont ils jetèrent les rênes au garçon d'écurie accouru au-devant d'eux, puis grimpèrent quatre à quatre les marches du porche. Une fois dans le hall, Robert, chargé des fontes de selle, monta dans les appartements tandis que Grant rejoignait sa mère, qui venait à sa rencontre d'un pas pressé. Bien que son époux, victime d'une fièvre soudaine, fût décédé maintenant depuis plus d'un an, elle était encore en grand deuil.

— Oh ! mon cher garçon ! Te voici de retour sain et sauf, enfin !

Sa mère avait avait un tel talent pour tout dramatiser !

— En doutiez-vous, ma mère ?

Il lui prit les mains et, plongeant dans son beau regard violet, lui sourit affectueusement. Alors, l'attirant dans ses bras, elle le gratifia d'une embrassade fébrile.

— Ce voyage fut un franc succès, ma chère mère, reprit-il, jovial. J'ai tous les papiers m'autorisant à produire un nouveau cheptel, et le bélier que nous avons acquis est une pure merveille. Andrew est resté là-bas pour s'occuper de son transport… Mais ne restons pas ici. Nous serons mieux dans le parloir pour discuter… Où est Maddie ? ajouta-t-il en regardant autour de lui.

Grant sentit les mains d'Ailsa trembler dans les siennes. Soudain, le beau regard violet le fuyait. Une appréhension lui étreignit le cœur. Quelque chose n'allait pas, il en était certain. Atteignant en deux enjambées la porte du parloir, il l'ouvrit à la volée. Personne !

— Grant, mon fils !

Derrière lui, la voix de sa mère flottait dans le hall, tel un souffle ou un gémissement.

Mais déjà Grant s'était lancé dans l'escalier dont il gravissait les marches à la volée. Sur le palier, il rencontra Robert. Ce dernier venait vers lui, une missive scellée à la main.

— J'ai trouvé ceci sur votre table de nuit, messire. C'est une lettre à votre nom. Je descendais vous l'apporter…

Lui arrachant le courrier des mains, Grant en fit sauter le cachet de cire et le parcourut rapidement. Les lettres dansaient devant ses yeux mais, pourtant, il n'y avait pas à se méprendre sur le contenu du message.

Madeleine était partie.

Chapitre 1

Fidèle à sa réputation, le bal des Tunbridge était un magnifique succès. Toutes les pièces du rez-de-chaussée de la grande maison brillaient de mille feux et le célèbre Salon jaune, avec ses immenses lustres de cristal de Bohême suspendus au-dessus des danseurs, semblait flotter dans un brouillard d'or. Madeleine, la main effleurant à peine la manche de son père, attendait que le laquais les annonce.

— Le comte de Vaucluse et Mademoiselle d'Evremont.

Elle se raidit imperceptiblement. S'habituerait-elle jamais à ce qu'on l'appelle de nouveau par son nom de jeune fille ?

— Yves, mon cher comte !

Leur hôtesse se précipitait vers eux dans un tourbillon de damas d'or et de rubans roses, ses yeux brillant comme deux escarboucles dans son visage lourdement maquillé.

— … Et voici votre charmante fille ! Vous êtes ici chez vous, ma chère enfant.

Le comte effleura la main de son hôtesse de ses lèvres souriantes, et Madeleine plia les genoux dans une révérence parfaite de grâce et de simplicité. Écoutant les compliments habilement tournés dont son père gratifiait maintenant Lady Tunbridge, elle s'étonna une fois de plus qu'il n'ait rien perdu de son charme d'antan. Son interlocutrice, visiblement troublée, jouait de son éventail et gloussait comme une écolière. Battant des paupières, elle remercia son invité d'un sourire entendu et s'en fut accueillir les nouveaux arrivants.

L'air était quasi irrespirable et l'enfilade des pièces était à ce point bondée que, malgré ses hauts talons rouges, Madeleine ne voyait pas au-delà de son entourage immédiat. Elle adressa des saluts, flirta comme il se doit avec quelques gentilshommes, sans pour autant quitter le bras de son père qui se frayait péniblement un chemin dans la foule chamarrée d'or et d'argent. L'orchestre avait entamé un menuet et ils s'approchèrent des danseurs tandis qu'elle échangeait quelques mots ici et là avec tous ceux dont elle avait pu faire connaissance depuis un mois qu'elle était là.

En dépit de l'atmosphère joyeuse, Madeleine n'était que trop consciente que son père et elle n'étaient pas là pour s'amuser. Pour le comte, c'était une soirée de travail comme une autre. Un travail qui pouvait lui coûter la vie si les choses tournaient mal, et un frisson la parcourut tout entière à cette pensée. Dix ans s'étaient écoulés depuis la première fois où elle avait accompagné le comte à ce genre de manifestation. Elle sortait à peine du couvent alors, et elle brûlait d'impatience à la perspective de porter une jolie toilette et de danser avec de beaux jeunes gens. À cette époque, sa confiance à l'égard de son père était encore toute neuve et l'idée qu'il y avait peut-être dans cette aventure quelque mystère ajoutait encore au piquant de l'expérience. Mais, désormais, elle n'y prenait plus aucun plaisir. Elle était plus âgée et les circonstances avaient bien changé.

Elle avait eu tout son content d'aventures, de joies et de chagrin.

Se matérialisant soudain devant eux, Lord Tunbridge

les gratifia de mille démonstrations de bonne grâce. Et, lorsque le comte sortit sa tabatière de sa poche, leur hôte s'empressa de le complimenter sur la facture exquise de l'objet.

— Une merveille, mon cher comte. Je vous félicite. Vous n'êtes pas sans savoir que je possède moi-même une assez jolie collection de ces petits objets... Ils sont exposés dans mon cabinet et je serais ravi de vous les montrer. Lord Froome a lui-même manifesté le désir d'admirer ma collection de tabatières dans la soirée ainsi que Sir John Belsay, je crois. Peut-être vous siérait-il de vous joindre à nous ?

Le comte s'inclina très bas.

— Vous êtes trop aimable, milord. J'accepte avec plaisir.

Les deux hommes consultèrent leur montre de gousset, convinrent d'une heure, puis leur hôte les laissa poursuivre leur promenade parmi les invités.

— Je suppose que je ne suis pas conviée à cette petite... escapade, remarqua Madeleine, sachant très bien que la collection de tabatières n'était qu'un prétexte pour que les gentilshommes susnommés puissent rencontrer leur hôte en toute discrétion.

— Naturellement, mon enfant. Tu périrais d'ennui.

Elle leva vers le comte un grand regard innocent.

— Mais comment le pourrais-je devant tant de merveilles ?

Elle taquinait son père, bien sûr, et tous les deux en étaient parfaitement conscients, comme ils étaient conscients que jamais il ne lui confierait ses secrets, ne serait-ce que pour la protéger. Le comte secoua la tête avec un sourire mais Madeleine n'eut pas l'occasion d'entendre sa réponse car un gentilhomme en perruque poudrée, les joues ornées de rouge et la lèvre supérieure garnie d'une mouche, venait lui réclamer la prochaine danse.

Une heure s'écoula avant que Madeleine pût revoir son père. Elle le trouva enfin dans l'embrasure d'une haute fenêtre et, la voyant approcher, il attrapa au vol deux coupes de champagne sur un plateau qui passait.

— Tu danses comme un ange, ma fille, dit-il en lui tendant l'une des coupes.

— Merci, *papa*[1].

— J'espère que tu t'amuses bien… Tu joues bien ton rôle, en tout cas… Fort bien, enchaîna-t-il aussitôt, une ombre traversant soudain son regard. C'est l'heure, mon petit. Je dois te laisser pour un moment. Mêle-toi à tous ces gens, veux-tu ? Parle-leur, écoute ce qu'ils se disent. Tu me rapporteras si tu entends quelque chose d'intéressant.

— Ne pourrais-je rentrer ? Il se fait tard et…

Le comte sabra l'air d'un geste vif.

— Mais non, bien sûr ! Tu dois rester. Que diraient les gens si tu rentrais seule sans ton père ! Et n'oublie pas que tu as promis de danser avec Sir William.

— Je n'ai rien promis, monsieur mon père. La dernière fois que nous nous sommes rencontrés, je lui ai bien précisé qu'il ne jouissait d'aucune préséance.

— Mais, ma chère, tu sais très bien que Sir William Maxton doit être… ménagé, n'est-ce pas ?

Elle haussa une épaule.

— Toutes mes danses sont prises jusqu'au souper.

Le visage encore beau de son père se rembrunit.

— Fais bien attention, Madeleine. Sir William est quelqu'un d'important à Londres, et qui n'apprécie guère qu'on le contrarie. Nous ne quitterons pas cette soirée sans que tu n'aies partagé quelque contredanse avec lui.

Madeleine scruta le comte, qui était visiblement mal à l'aise.

1. En français dans le texte. *(Toutes les notes sont de la traductrice.)*

— Je ne pensais pas que vous y attachiez une telle importance, *papa*. Et vous savez comme moi qu'il y a un grand nombre de gentilshommes écossais dans ces salons. Et aussi des gens qui ont des connaissances dans le Nord… Imaginez que quelqu'un m'identifie ?

Le comte la parcourut d'un bref regard, lourd de supputations. Un de ces regards froids et calculateurs qu'elle n'aimait pas chez lui. Puis il haussa les épaules.

— Il est peu probable qu'on te reconnaisse maintenant que tu as retrouvé tes atours de grande dame. Mais, si c'est le cas, nous aviserons. Après tout, personne ne peut te blâmer d'avoir voulu quitter ces barbares contrées du Nord pour retourner dans le giron familial.

Une flèche de douleur lui traversa le cœur. Le « giron familial »… quelle ironie ! Yves d'Evremont était son père, bien sûr, mais il y avait beau temps qu'elle ne pensait plus à lui comme à un parent. Pas plus qu'elle ne considérait l'élégant château qu'il occupait en Provence, dans le Luberon, comme son foyer. Sa véritable famille, c'était ceux qu'elle avait aimés ces quatre dernières années dans la lointaine Écosse, ceux avec qui elle avait vécu et tout partagé. Mais tout cela appartenait au passé, maintenant.

Un passé mort et enterré.

Le comte eut un petit rire.

— Souriez, ma fille, souriez ! Vous devez avoir l'air heureuse. Souvenez-vous que vous êtes venue ici de votre plein gré, pour vous amuser.

Elle força ses lèvres à s'étirer en un pâle sourire – un sourire qui n'atteignait pas ses yeux, elle le savait – avant de décocher à son père un regard accusateur.

— Nous ne devions pas rester à Londres plus d'une semaine ! Nous étions censés rentrer en France, et cela fait bien un mois que je suis ici !

Le comte haussa les épaules d'un geste élégant autant que désinvolte.

— Un peu de patience, mon enfant. On ne fait pas toujours ce qu'on veut.

Madeleine s'exhorta au calme. Elle savait par expérience que toute discussion était inutile dans ce domaine. Le comte n'en faisait jamais qu'à sa tête. Après tout, n'était-ce pas elle qui avait décidé de rejoindre son père à Londres ? Il avait loué une vaste demeure dans Surrey Street, au bord de la Tamise, où il vivait sur un grand pied, exigeant même qu'on allumât de grands feux à longueur de journée dans toutes les pièces pour réchauffer l'air humide montant du fleuve. Elle avait accepté de lui servir d'hôtesse et il était trop tard pour se raviser. Cela ne ferait qu'éveiller des soupçons qui risquaient de leur coûter très cher.

Et puis… Où irait-elle, de toute façon ?

Comme s'il lisait dans ses pensées, le comte lui administra une petite chiquenaude sur la joue, accompagnée d'un de ses habituels sourires enjôleurs.

— Ne t'inquiète pas. Encore une ou deux semaines, et tout sera réglé. En attendant, je compte sur toi pour me servir d'yeux et d'oreilles tandis que je me retire un moment avec les Tunbridge. N'est-ce pas, mon petit ?

Il vida sa coupe, adressa à sa fille un sourire qui, cette fois, se voulait rassurant.

Et la seconde d'après, il était parti.

Deux danses et quelques badinages plus tard, Madeleine l'attendait toujours.

Comme la musique s'achevait sur un dernier accord des violons, elle remercia son cavalier de quelques mots aimables et, tournant les talons, se mêla à son tour aux invités. Elle prit le temps de converser avec quelques dames, plaisanta avec deux ou trois messieurs tandis qu'une sourde anxiété l'envahissait lentement.

Partout dans la magnifique demeure il y avait des signes évidents de l'appartenance de ses habitants au clan jacobite[1]. Outre les coupes de cristal finement gravées d'un chardon[2] dans lesquelles le champagne coulait à flots, on voyait partout sur les murs des portraits de gentilshommes en costume des Highlands. Sur une console trônait un buste d'albâtre que Madeleine soupçonnait être celui du prince héritier Charles Edouard Stuart et, dans un tel contexte, même les roses blanches[3] brodées au bas de la robe de Lady Tunbridge avaient perdu toute innocence. Il n'était pas difficile de soupçonner leurs hôtes de servir symboliquement la cause du Jeune Prétendant.

Pourtant, comme personne d'autre qu'elle-même ne semblait se soucier de ces circonstances, Madeleine, refoulant son inquiétude, continua à vaquer à ses mondanités. Elle fut soudain divertie de ses préoccupations par la vue

1. Les jacobites sont les partisans de la maison princière des Stuarts qui, après le bref règne de Jacques II sur le trône d'Angleterre (de 1685 à 1688), souhaitent placer sur le trône son fils, Jacques François Stuart, puis le prince Charles Edouard Stuart. Après la défaite de Culloden en 1746, le Jeune Prétendant, Charles Edouard Stuart, une fois réfugié en France et soutenu par le régime de Louis XV, fera plusieurs incursions clandestines en Angleterre pour encourager les manœuvres de son parti visant à lui faire reconquérir le trône.

2. Le chardon est un symbole important de l'héraldique écossaise depuis plus de cinq cents ans. L'ordre très ancien et très noble du Chardon créé par Jacques en 1687 est aussi l'honneur le plus élevé qu'un citoyen puisse recevoir après celui de la Jarretière. Il est attribué par Sa Majesté la reine à ceux qui ont rendu un service éminent à la Couronne pour tout ce qui concerne l'Écosse.

3. Signe de ralliement des partisans des Stuarts.

d'une silhouette familière. Une jeune femme de son âge venait d'entrer dans la salle de bal, et Madeleine se précipita vers elle avec un grand sourire heureux.

— Anne, ma chère ! Je ne savais pas que tu étais à Londres.

L'interpellée se retourna vivement.

— Maddie ! Moi aussi, j'ignorais que…, bafouilla-t-elle, soudain très pâle.

La réaction de son amie lui rappela sa situation. Elle pressa les doigts de la nouvelle arrivée et battit des paupières d'un air significatif.

— On me connaît ici comme Mlle d'Evremont, chuchota-t-elle en pressant sa joue poudrée contre celle d'Anne. Merci de ne pas me trahir.

Anne porta la main à son cœur.

— Non, bien sûr que non !

— Dieu t'en rendra grâce. Et depuis combien de temps es-tu à Londres ?

— Nous sommes arrivés hier. L'invitation au bal des Tunbridge nous attendait… Mes parents sont là également, naturellement…

Comme Anne McBinnie regardait autour d'elle d'un air inquiet, Madeleine s'écarta d'un pas.

— Je te demande pardon. Ma compagnie est sans doute compromettante…

— Non, non, protesta vivement la jeune fille. C'est juste que j'ai été surprise. Mais je suis sincèrement heureuse de te revoir. C'est seulement que… je crains que tu ne sois pas très contente de voir qui nous accompagne…

Et de diriger un regard papillonnant vers un point derrière elle. Madeleine pivota sur elle-même, les sens en alerte. Le gentilhomme qui se tenait maintenant devant elle resplendissait dans un pourpoint de velours bleu nuit orné aux manches de dentelles d'argent. Ses cheveux longs bouclés n’étaient pas poudrés, ce que la mode requérait pourtant, mais Madeleine aurait reconnu partout et en toutes circonstances ces larges épaules et ce beau visage viril. Le nouvel arrivant, le regard impénétrable, s’inclina dans un élégant salut.

— Bien le bonsoir, madame mon épouse.

Chapitre 2

Madeleine leva vers son interlocuteur un regard stupéfait. L'homme qu'elle avait devant elle était bel et bien son mari, Sir Grant Rathmore, laird d'Ardvarrick. Il semblait parfaitement maître de lui, mais elle le connaissait assez pour percevoir la colère froide qui brûlait dans son regard.

Elle ne put s'empêcher de reculer d'un pas, s'efforçant de garder son sourire en place. Mais, à chaque seconde qui passait, cela devenait de plus en plus difficile. Du coin de l'œil, elle constata qu'Anne, qui s'était discrètement éloignée, s'occupait de maintenir ses parents à l'écart de la scène.

— Vous n'avez rien à faire ici, siffla-t-elle entre ses dents tout en agitant son éventail pour dissimuler son trouble.

— Et pourquoi non ? Ma place n'est-elle pas aux côtés de ma chère épouse ?

Il insista sur ce dernier mot mais en parlant si doucement que Madeleine seule l'entendit. Et son sourire était si féroce qu'elle ne put retenir un frémissement. Elle se sentit presque physiquement repoussée par la rage qui vibrait autour de lui comme une aura maléfique.

Comme les parents d'Anne se décidaient malgré tout à venir la saluer – comment auraient-ils pu faire autrement ? –, elle se retourna pour les accueillir tandis que les violons s'accordaient pour un nouveau menuet. Qui donc avait retenu cette danse, cette fois ? Ah, oui ! Le jeune

Mr Thrimby. Comme conjuré par ses pensées, le gentleman apparut dans son champ de vision, marchant droit sur elle.

Madeleine s'excusa d'un sourire et s'en alla au bras de son cavalier, luttant pour retrouver son calme et répondre aux tentatives désespérées de son rougissant partenaire pour engager la conversation. Les nerfs à vif, elle s'attendait à voir débouler à tout moment son mari prêt à revendiquer ses droits. Mais ils atteignirent le parquet de danse sans encombre.

Grant regarda sa femme s'éloigner, les mâchoires serrées. Il s'apprêtait à s'élancer à sa poursuite quand Miss McBinnie s'interposa.

— Pas d'esclandre, je vous en prie, murmura-t-elle.

— Anne a raison, mon garçon, intervint Sir Edmund en posant une main sur sa manche. Pas question d'attirer l'attention sur vous. Ce serait dangereux pour tous les deux.

Grant exhala un long soupir tremblant.

— Son père l'aurait-il entraînée dans quelque intrigue ? Dans ce cas, elle est déjà en danger !

Mais Sir Edmund avait raison. Grant refoula le flot d'émotions qui menaçait de le submerger. Il ne s'attendait pas à réagir de manière aussi violente. Revoir Madeleine ici, dans ce cadre somptueux, vêtue de soie et de dentelles, son visage tout éclairé du plaisir de la danse et de la conversation, lui avait fait perdre tous ses moyens. Elle était plus belle et paraissait plus heureuse que jamais.

C'était ce qui l'avait perturbé tout de suite. Il essaya de se rappeler la dernière fois où il avait vu sa femme heureuse et détendue en sa compagnie. Cela faisait bien longtemps. Au moins plus d'un an. Les souvenirs qu'il refoulait depuis tout ce temps émergèrent du fond de sa mémoire. Souvenirs de Madeleine riant dans ses bras, la tête renversée, tandis qu'ils dansaient ensemble dans les salons d'Ardvarrick lors des fêtes qu'ils y donnaient... Son visage coloré par le vent de la course tandis qu'ils rentraient d'une longue chevauchée dans les landes. Sa manière de rire, d'un profond rire de gorge, quand il l'emportait dans ses bras pour l'allonger sur le lit avant l'amour. Et ses yeux bleus qui brillaient alors à la lueur du foyer comme autant d'étoiles dans le ciel...

Grant dut faire appel à toute sa volonté pour réenfouir ces souvenirs au fond de lui, là où ils ne le brûleraient pas. Tout cela appartenait au passé, maintenant. Au temps où l'avenir était plein de joie et d'espoir, avant que la vie ne se transforme en un long chemin aride. Avant la double tragédie d'un enfant mort-né et de la mort subite de son père.

Sir Edmund continuait à murmurer des mots apaisants à son oreille :

— Il ne faut pas attirer l'attention sur votre épouse. Du moins tant que vous ne connaissez pas les raisons de sa présence ici.

— Mais il s'agit de ma femme, sir ! protesta-t-il d'une voix étouffée.

— Pour l'heure, il est possible que nous soyons les seuls à Londres à le savoir, riposta Sir Edmund d'une voix égale. Madeleine ne vous accompagnait pas lors de votre dernier voyage dans la capitale. Il est peu probable que quelqu'un ici fasse le rapprochement. Cela ne vous est-il pas venu à l'esprit ? Il est possible qu'elle essaie tout simplement de vous protéger. Du moins de préserver votre nom.

Grant laissa échapper un rire sauvage.

— Franchement, sir, j'en doute beaucoup.

— Et si elle est impliquée dans le dernier complot jacobite en date, poursuivit son interlocuteur de la même voix mesurée, elle ne tient évidemment pas à ce que ses complices apprennent que son époux a été fait chevalier par le roi George pour ses bons et loyaux services durant la 45[1]. Cela vous mettrait tous les deux en grand danger.

Grant accueillit le bon sens des propos de son ami d'un hochement de tête. Son regard était posé sur Madeleine, qui venait de prendre place sur le parquet de danse. Il la vit saluer gracieusement son partenaire et une flèche de jalousie lui transperça le cœur. Il pensait en avoir fini avec l'amour qu'il avait éprouvé pour elle mais, apparemment, ce n'était pas le cas.

Ces derniers mois, sa femme et lui n'avaient été que deux étrangers partageant la même demeure. Et d'une certaine manière, il n'avait pas été vraiment surpris de constater sa disparition. Ardvarrick en deuil lui semblait si loin de ce monde animé et brillant des salons londoniens ! Voir Madeleine ici, à Londres, dansant et riant comme si rien ne lui pesait sur le cœur, suscitait en lui une colère et une révolte qu'il avait du mal à réprimer. Elle portait une somptueuse robe de soie qu'il ne lui avait jamais vue, toute brodée de fleurs exotiques, et ses bijoux brillaient sous la lumière des lustres.

Jamais elle n'avait été aussi resplendissante. Ni ne lui avait paru aussi inaccessible.

Madeleine exécutait les pas de danse telle un automate. Convaincue que Grant la regardait, perdu dans la foule, elle se contraignait à ne pas le chercher des yeux. Mais au lieu de se montrer sensible au sourire aimable de son partenaire, elle ne voyait, même les yeux mi-clos, que la

1. La première et la seconde rebellions jacobites sont nommées respectivement la « 15 » et la « 45 », en chiffres, en référence aux dates auxquelles elles ont eu lieu (1715 et 1745), et font partie d'importantes campagnes européennes visant à rétablir les Stuarts sur le trône d'Angleterre.

haute silhouette de Grant, sa bouche expressive et son beau visage. Un visage qu'elle pensait bien ne jamais revoir.

Quand enfin, après une dernière révérence, elle laissa Mr Thrimby l'escorter jusqu'au buffet, il n'y avait plus trace nulle part de Grant. Peut-être avait-il fini par s'en aller, finalement. Elle le souhaitait désespérément.

Et pourtant, elle ne fut pas surprise quand, quelques minutes plus tard, elle le repéra.

Et il venait droit sur elle.

Vite, Madeleine renvoya son cavalier avec un sourire poli et s'enfonça dans la foule, à la recherche de son prochain partenaire. Sitôt qu'elle le vit, il s'agissait du jeune comte Ruthford, elle l'entraîna à son tour sur le parquet où les danseurs commençaient à former les rangs pour un *reel*, cette danse écossaise qu'elle avait tant aimée. Elle ne se sentait pas encore prête à affronter Grant. Son apparition soudaine ce soir l'avait mise dans la plus grande confusion.

Que faisait-il en ville ! Pourquoi n'était-il pas chez lui, en Écosse, sur ces terres qu'il aimait tant ? Ces derniers mois, ils avaient partagé le même toit, certes, mais pas grand-chose d'autre, et elle avait fini par se convaincre qu'il serait bien content d'être débarrassé d'elle. Elle ne s'attendait pas à voir une telle fureur sur son visage. Il lui fallait se ressaisir avant de devoir l'affronter de nouveau.

Levant les yeux, elle croisa le regard meurtrier de Grant et un frisson glacé la parcourut. Il avait tout l'air de vouloir foncer droit sur elle, comme pour l'arracher de force au bras de son danseur.

S'ensuivit alors un jeu de chat et de la souris, Madeleine acceptant toutes les danses, les yeux baissés, tout en sachant pertinemment que Grant n'était jamais bien loin. Quand la musique s'acheva enfin, elle prit le bras de son dernier cavalier qu'elle raccompagna jusqu'à son groupe d'amis en inondant le jeune gentilhomme surpris et flatté d'un flot de compliments. Puis elle resta au centre du petit groupe, protégée par ce rempart humain.

Elle s'attendait à ce que Grant finisse par l'intercepter, mais il paraissait se satisfaire de l'observer silencieusement.

Ce qui, finalement, n'avait rien de rassurant.

Quand le souper fut enfin annoncé, Madeleine avait les pieds si douloureux et souffrait d'une telle migraine qu'elle ne rêvait plus que de rentrer chez elle. Mais il n'y avait toujours aucun signe de son père et elle n'osait guère approcher les McBinnie, Grant étant venu avec eux ce soir. La considéraient-ils seulement encore comme une amie ?

Ce fut le moment que choisit Grant pour passer à l'attaque. Comme il lui barrait franchement le passage alors qu'elle traversait le Salon jaune à la recherche du comte, elle s'arrêta si brusquement qu'elle faillit glisser sur ses hauts talons.

— Eh bien, madame, avez-vous dansé tout votre content ?

Jamais il n'avait eu le regard aussi noir ; les bougies des lustres dansaient dans la profondeur de ses yeux, tels des démons furieux.

Madeleine, la bouche soudain asséchée, se passa la langue sur les lèvres.

— Que… que faites-vous à Londres, Grant ?

Une seconde s'écoula, qui lui parut une éternité.

— N'est-ce pas évident ?

Madeleine avait de plus en plus de mal à respirer. Malgré ce qui s'était passé entre eux, elle ne pouvait empêcher une vague d'espoir de gonfler en elle. Et s'il était venu la chercher pour la ramener à la maison ? Pourtant, cette idée ne fit qu'accroître son inquiétude.

— Vous ne devriez pas être ici. C'est dangereux pour vous, souffla-t-elle tandis que ses yeux parcouraient la foule. Quasiment tout le monde autour de nous appartient au parti des Stuarts.

Grant eut un demi-sourire.

— Pensez-vous que je l'ignore ? rétorqua-t-il avec un coup d'œil indifférent à ses voisins. Même si j'ai été honoré par l'usurpateur hanovrien[1], je me suis battu pour les Stuarts en 45. Mon crédit me semble suffisant ici comme ailleurs. Et, ajouta-t-il avec un mince sourire, je ne demande qu'à en apprendre davantage sur cette nouvelle aventure.

Le regard de Madeleine s'étrécit.

— Que savez-vous à ce sujet ?

Ouvrant son éventail d'un coup sec, elle commença à éventer ses joues soudain brûlantes. Mais avant qu'il pût répondre, Lady Tunbridge se dirigea vers eux, tout sourire.

— Ah ! Sir Grant, je vois que vous avez rencontré Miss d'Evremont. N'est-elle pas la nouvelle étoile de nos soirées londoniennes ?

— Une étoile ? répéta Grant en haussant les sourcils sur un ton qui tenait plus du cynisme que du compliment.

Et Madeleine retint son souffle, craignant soudain qu'il ne la trahisse.

Mais il se contenta d'ajouter :

— Oui, nous nous connaissons, en effet.

Leur hôtesse fronça les sourcils, visiblement intriguée, mais, attirée par la conversation animée qui venait de s'élever dans un groupe voisin, elle leur souhaita de passer une bonne soirée et repartit à toutes voiles vers une autre destination.

Le Salon jaune était maintenant presque vide. Personne ne risquant de surprendre leurs propos, Madeleine se prépara à subir les remontrances de son interlocuteur.

— J'aurais dû me douter que je vous trouverais ici, constata-t-il d'un ton sarcastique. En train de parader comme

1. La Maison de Hanovre accède au trône de Grande-Bretagne en 1714 avec le couronnement de George Ier. Aujourd'hui, c'est toujours un descendant de cette dynastie qui règne en la personne d'Elizabeth II.

une célibataire en goguette. Et sous un nom d'emprunt, naturellement…

Madeleine rougit violemment.

— Mon père estime qu'il est plus sûr pour moi de paraître sous mon nom de jeune fille.

— Votre père… Oui, bien sûr.

Grant ajouta en embrassant la pièce du regard :

— Et où se cache notre vieux réprouvé ? Il serait temps de nous présenter l'un à l'autre. Ne croyez-vous pas, ma chère ?

Madeleine redressa le menton.

— Je ne vois pas en quoi faire la connaissance de mon père pourrait vous intéresser.

— En quoi vous vous trompez, objecta son interlocuteur à demi-voix.

Il n'y avait aucune trace d'humour dans son sourire, nota Madeleine, et la lueur de menace qui brillait dans son regard l'alarma. Elle étreignit son éventail plus fermement.

— Pas ici, Grant. Pas ce soir. Je vous en prie…

Le sourire s'étira sur la bouche pleine de son… mari.

— Pourquoi pas ce soir ? N'est-ce pas le moment idéal, au contraire ?

— Quelqu'un nous verra. On risque de faire des rapprochements…

— Il fallait y penser plus tôt ! Qui vous a demandé de vous jeter dans cette aventure ? Du reste, nul à Londres, s'il le voulait, n'aurait la moindre difficulté à découvrir que nous sommes mariés.

Grant ajouta avec un sourire mauvais :

— Vous vous pensiez bien à l'abri, n'est-ce pas ? Qui se soucierait d'un modeste laird des Highlands ? Par tous les saints, je doute que ces petits messieurs pommadés aient jamais entendu parler de nos belles terres du Nord.

Et encore moins les aient foulées de leurs jolies bottines à rubans !

L'amertume qui transparaissait dans la voix de son mari la bouleversa. Un sanglot aussitôt refoulé lui noua la gorge.

— Je vous en prie, Grant, ne vous mêlez pas des affaires de mon père. Je ne veux pas vous voir prendre de risques.

— Vraiment ? Votre sollicitude me touche, madame. Quoi qu'il en soit, vous et moi, nous devons parler.

Il lui offrit son bras, mais Madeleine recula d'un pas.

— Non, pas ce soir.

— Ce soir, vous dis-je. Battons le fer tant qu'il est chaud, que nous puissions retourner ensuite chacun à nos affaires.

L'attitude de son mari, le ton de sa voix étaient si féroces que Madeleine craignit qu'il ne fasse une scène en public si elle n'obtempérait pas sur-le-champ. Elle posa deux doigts sur sa manche, et il lui fit remonter toute la longueur du salon puis celle de la salle à manger où s'agglutinaient les danseurs assoiffés. Ce faisant, Grant lui murmurait à l'oreille un vague discours et, levant les yeux, elle s'aperçut qu'il lui souriait aimablement, comme ravi de sa compagnie.

Mais son regard était toujours aussi dur que celui de l'obsidienne. Tout cela n'était qu'une comédie pour le bénéfice des dîneurs amassés autour des guéridons. Pour un étranger, ce n'était là qu'une banale scène de flirt entre deux amants.

Rien que Madeleine n'eût vécu des dizaines de fois ces dernières semaines dans les bals, raouts et garden-parties auxquelles son rang et celui de son père leur permettaient d'être invités. Tout cela, qui faisait partie de la comédie humaine, était aussi parfaitement inoffensif qu'insignifiant et se passait toujours à la vue de tous.

Mais voilà que Grant, en quête d'un endroit discret, glissait une pièce d'argent dans la main d'un laquais.

Madeleine, le rouge au front, leva fièrement le menton,

le regard fixé sur un point indéterminé du plafond. Il n'y avait aucun moyen d'éviter cette désagréable confrontation sans attirer l'attention.

Pis encore, sans faire éclater un scandale.

Chapitre 3

Ils furent introduits dans un petit salon éclairé seulement par un candélabre à deux branches posé sur le manteau de la cheminée. À peine la porte fut-elle refermée derrière eux que Madeleine s'écarta vivement de lui.

— Eh bien, mon cher, vous pouvez peut-être me dire maintenant ce que vous faites là ?

Grant, trop occupé à apaiser le tumulte de rage et d'inquiétude mêlés qui bouillonnait en lui, ne répondit pas tout de suite. Madeleine était la seule et unique raison de sa venue à Londres. Non par amour ! Grand Dieu ! La petite vipère avait réussi à tuer cela en lui. Mais il considérait de son devoir de retrouver sa femme et de savoir pourquoi elle avait quitté Ardvarrick aussi soudainement. Malheureusement, la rencontrer ici ce soir, de manière tout à fait inattendue, l'avait pris complètement au dépourvu.

Les McBinnie l'avaient invité à les accompagner au bal des Tunbridge, l'une des grandes manifestations de la saison londonienne, et il avait accepté autant par politesse que pour y trouver un peu de distraction à ses soucis. Mais il ne s'attendait certes pas à y trouver sa femme, qu'il croyait retirée chez son père en France, paradant dans l'un des salons les plus fermés de la capitale, vêtue d'une dispendieuse robe de soie, ses cheveux bruns non poudrés luisant comme une fourrure précieuse à la lumière des bougies et admirée de tout ce qui portait culotte dans la salle.

À peine l'avait-il vue que le feu qui couvait en lui depuis ces longues semaines s'était embrasé brutalement. Et tandis qu'elle le dévisageait de son regard faussement impavide – elle était violemment émue, il l'avait deviné à sa main tremblant sur sa manche –, il aurait préféré se damner plutôt que de lui donner la satisfaction d'apprendre que c'était pour elle qu'il avait parcouru ces centaines de miles.

— J'ai besoin de savoir ce que votre père et vous, vous faites à Londres…

Il respira un grand coup et reprit :

— Sir Edmund m'a dit qu'il avait reçu un courrier d'une vieille connaissance, Lord Elibank. C'était formulé avec beaucoup de précautions, mais Sir Edmund connaît les sympathies jacobites de ce gentleman et il a tout de suite compris qu'il se tramait quelque chose.

Madeleine jeta un coup d'œil prudent autour d'elle.

— En effet, j'ai rencontré Lord Elibank ici ce soir. Je ne pensais pas que les McBinnie souhaitaient s'impliquer dans ce genre d'affaires…

— Sir Edmund ne croit pas une seule seconde que ceux de 45 puissent réussir une nouvelle tentative de coup d'État, mais il m'a dit que les arguments de Sa Seigneurie étaient convaincants et il m'a paru intrigué. Il semblerait qu'un nouveau complot soit en cours. Cela joint au fait que le prince de Galles suscite un mécontentement croissant, cette fois, Lord Elibank en est convaincu, les Stuarts ont de réelles chances de l'emporter.

Et d'ajouter en dardant sur elle un regard incisif :

— Est-ce pour cette raison que votre père est ici ? Et vous avec lui ?

Son interlocutrice haussa les épaules.

— Je le suppose… *Papa* ne me confie pas tous ses

secrets, expliqua-t-elle d'une voix mal assurée. Je vous en prie, Grant. Je suis certaine que cette affaire est dangereuse. Je ne voudrais pas vous voir mêlé à tout cela.

Si vous l'êtes, alors je le suis moi aussi, se dit Grant *in petto.*

Comme il gardait le silence, Madeleine reprit la parole au bout d'un moment :

— Mon père a beaucoup de contacts en France comme en Angleterre. Je crois savoir qu'il sert d'intermédiaire entre les partisans du prince Stuart et les membres du Gouvernement susceptibles de pouvoir l'aider. Des hommes de pouvoir et d'influence.

— Et vous, Madeleine ? Quel est votre rôle dans tout cela ?

Nouveau haussement d'épaule.

— Comme d'habitude. Je regarde. J'écoute… Une dame et un gentilhomme peuvent fort bien se chuchoter quelques doux propos à l'oreille sans que nul n'y trouve à redire, n'est-ce pas ?

— Eh bien, madame, remarqua Grant avec un petit salut, vous jouez là un jeu fort dangereux.

Elle eut un petit soupir.

— Avec *papa*, il en a toujours été ainsi. Mais il m'assure que ce sera bientôt fini.

— Et si vous êtes pris, tous les deux ?

Voyant le pli têtu que prenait la jolie bouche de son interlocutrice, il sentit sa colère s'accroître.

— Vous connaissez la gravité des châtiments pour haute trahison, je suppose, ne put-il s'empêcher de s'écrier. Vous pourriez être brûlée en place publique. Ou tout bonnement pendue.

Elle se contenta de le dévisager, pâle et grave.

— Je ne vois pas en quoi désormais cela vous concerne.

— Vous oubliez que vous êtes encore ma femme, madame. Hélas, tout ce que vous faites relève de ma responsabilité.

S'emparant du poignet de Madeleine, il conclut :

— Je vous ramène dès demain à Ardvarrick. Loin de ce panier de crabes. En attendant, je suis logé dans Henrietta Street. Et vous allez m'y suivre de ce pas.

— Il n'en est pas question !

Elle luttait entre ses bras, et il resserra son étreinte avec un grondement de bête furieuse.

— Ne me pousse pas à bout, Maddie, ou tout cela va mal tourner. Je suis prêt à te porter sur mon épaule pour sortir d'ici s'il le faut. Au moins, cela aura le mérite d'amuser la galerie !

Madeleine se débattait toujours.

— Lâchez-moi, vous dis-je. Je ne puis abandonner *papa* ainsi. Je lui ai donné ma parole.

— Reprends-la !

Cessant de lutter, elle le dévisagea, ses grands yeux brillant à la lueur des bougies comme deux pierres précieuses. Grant aspira avidement les effluves de son parfum, douloureusement familiers. Et tout à coup il se souvint comment il en allait entre eux, naguère. À quel point, dans les premiers temps de leur union, Madeleine l'avait envoûté. Du temps où le désir s'embrasait entre eux au premier contact. Au premier regard.

Sa colère se métamorphosa en quelque chose de beaucoup plus dangereux. Son cœur battait à coups sourds dans sa poitrine. Il se sentait comme étourdi, avec la seule envie d'écraser sa bouche contre cette bouche rose et frémissante levée vers lui. Madeleine était si proche, ses lèvres si douces, si tentantes…

— Je t'en supplie, Grant. Je ne peux pas quitter Londres. Pas encore !

La détresse qui perçait dans la voix de sa femme le

ramena à la réalité. Madeleine ne voulait pas de lui, elle ne voulait plus de ses baisers. L'amour qu'ils avaient partagé était mort depuis longtemps.

— Je ne peux pas partir, répéta-t-elle d'une voix frémissante. Mon père n'a pas d'autre choix que de faire ce qu'il fait. C'est pour lui une question de vie ou de mort.

— Fadaises ! Vous me prenez pour un enfant ? gronda-t-il en la traînant de nouveau vers la cheminée. Votre père a toujours fait ce qui lui chantait. C'est un manipulateur-né.

— Cette fois, je crois qu'il est sérieux. Oh ! Dieu... Vous savez aussi bien que moi que *papa* a toujours aimé se mêler à toutes les intrigues possibles et imaginables. Mais, cette fois, c'est différent, j'en suis sûre. Il se confie moins que jamais à moi, mais j'ai de bonnes raisons de croire, d'être certaine, même, qu'il n'a pas d'autre choix que de mener cette affaire à bien. Jamais je n'ai vu mon père si anxieux, bien qu'il fasse de son mieux pour le cacher.

Elle reprit sa respiration avant d'achever dans un soupir tremblant :

— Il a besoin de mon aide, Grant. Je te le jure.

— Il t'utilise, lança Grant par-dessus son épaule. Yves d'Evremont t'a parfaitement laissée tomber durant la dernière Rébellion. L'as-tu déjà oublié ? Tu ne lui dois rien. Rien du tout !

— Mais c'est mon père ! Un père dénaturé, sans doute, mais le seul que je posséderai jamais. Comment pourrais-je lui refuser quoi que ce soit ?

Cette déclaration pathétique raviva soudain en lui la douleur qui dormait. La perte de son propre père l'été dernier était encore vive. Les deux mains agrippées au manteau de la cheminée, il regarda un long moment dans le vide. Puis il entendit un chuchotement de soie derrière lui tandis que Madeleine se rapprochait.

— Je t'en prie, Grant, laisse-moi rester. À part les

McBinnie, personne ici ne sait que nous sommes mari et femme. Et nous pouvons nous fier à leur discrétion, je le sais. Si quelqu'un se doute de quelque chose, je dirai que nous sommes séparés.

Elle ajouta après un temps de silence :

— Je te donne ma parole de ne rien faire qui puisse porter atteinte à l'honneur de ta famille. Quand tout sera fini, je rentrerai en France avec mon père et tu n'entendras plus jamais parler de moi.

— Tu m'as déjà demandé dans ta lettre de ne pas te suivre, remarqua Grant amèrement. J'aurais dû te prendre au mot et t'abandonner à ton sort.

— Oh ! Comme j'aurais aimé que vous le fassiez, monsieur.

De nouveau, Madeleine reprenait ses distances et Grant sentit son cœur se fendre. Elle s'était exprimée avec une telle spontanéité qu'il comprit que c'était fini. Les liens entre eux étaient définitivement rompus. Se redressant lentement, il contempla une longue minute son reflet dans le miroir. Celui d'un courtisan noyé dans les satins et les dentelles. Quand il parla, même sa voix lui parut celle d'un étranger.

— Comme vous voudrez, ma femme. Restez à Londres si vous y tenez. Assistez votre père. Je ne vous importunerai pas plus longtemps.

Il alla jusqu'à la porte et s'apprêtait à l'ouvrir quand Madeleine s'écria :

— Promettez-moi de quitter Londres sur-le-champ, Grant. Rentrez en Écosse au plus vite. Ne prenez pas le risque de mettre votre domaine et votre nom en danger en vous laissant impliquer dans toutes ces histoires.

Il fit volte-face.

— Ardvarrick est déjà en danger, madame. Mais, désormais, je ne vois pas en quoi cela vous concerne.

Sur ces mots, quittant la pièce, il referma la porte sur le visage blafard de sa femme, troué de deux yeux immenses.

Madeleine se laissa tomber dans un fauteuil, les jambes coupées. Pourquoi Grant l'avait-il suivie jusqu'ici ? Leur mariage était mort ; sa lettre, dont chaque mot avait été soigneusement soupesé, aurait dû le dissuader de partir à sa recherche. Après Culloden, il avait fait le serment de ne plus tremper dans les machinations du parti jacobite. Il avait tant travaillé après la mort de son père pour maintenir Ardvarrick à flot ! Il aurait été absurde de tout compromettre.

Madeleine se prit la tête entre les mains. Elle devait mettre un peu d'ordre dans ses idées. Grant avait dit que Sir Edmund était venu à Londres pour comprendre en quoi ce dernier complot pouvait les concerner, eux, les seigneurs des Highlands ! Pourquoi cela ne l'intéresserait-il pas, lui aussi ? En voyant le dédain, l'hostilité même avec laquelle Grant l'avait considérée, il était plus aisé de croire que sa venue à Londres était davantage motivée pour enquêter sur les manigances des jacobites que pour retrouver sa trace.

La porte s'ouvrit et, levant les yeux, Madeleine vit son père entrer dans la pièce.

— Vous voilà donc, ma fille ! Je ne vous ai pas vue au souper. Que faites-vous ici, toute seule ?

Le comte avança vers elle, les pans de son pourpoint de damas flottant derrière lui comme deux ailes dorées.

— Mais que vois-je ! Des larmes dans ces jolis yeux ? ajouta-t-il, lui prenant les mains pour l'aider à se relever.

Madeleine se dégagea doucement.

— Une simple poussière dans l'œil… Je suis venue ici pour y remédier. En avez-vous terminé ? Pouvons-nous rentrer, maintenant ?

— Pas tout à fait, expliqua le sieur d'Evremont en lui présentant le bras. C'est pourquoi je te cherchais, justement. Le souper est terminé et la danse va reprendre. Nous devons regagner la salle de bal avant qu'on s'inquiète de nous, n'est-ce pas ?

— Il faut d'abord que je vous dise quelque chose, *papa*. Grant Rathmore est ici ce soir.

Comme son père haussait les sourcils elle s'empressa d'ajouter :

— Pas pour venir me reprendre. Il est venu avec nos... avec ses amis, Sir Edmund et Lady McBinnie.

— Vraiment ? Je ne l'ai pas vu... il faut dire que nous n'avons jamais eu l'heur d'être présentés, ajouta le comte avec un petit rire. Nous serions-nous trouvés nez à nez que je n'aurais eu guère de chances de le reconnaître. Eh bien, allons donc le saluer. Je suis tout à fait impatient de faire la connaissance d'un laird !

Elle le retint par la manche.

— Calmez vos ardeurs, mon père. Il n'est pas question que je vous laisse entraîner Grant dans vos manigances.

— Non, non, bien sûr que non, ma fille. Mais il est votre époux, devant Dieu et devant les hommes. Il est naturel que je veuille faire sa connaissance. Ainsi que celle de ses amis.

La gratifiant d'un grand sourire innocent, le comte lui présenta de nouveau son bras.

— Nous y allons ? conclut-il.

Madeleine, carrant les épaules, posa la main sur sa manche et se laissa conduire hors de la pièce.

Chapitre 4

Les McBinnie se tenant à l'entrée de la salle de bal, il était tout à fait impossible de les ignorer. Madeleine suivit son père, la mort dans l'âme. C'étaient de si vieux amis de Grant et de sa famille ! Comment allaient-ils réagir devant son père ?

Sitôt qu'il l'aperçut, Sir Edmund s'inclina gracieusement.

— Mademoiselle d'Evremont ! Quel plaisir de vous revoir ce soir ! Je regrettais de ne pas avoir eu l'occasion de vous dire quelle charmante surprise ce fut de vous retrouver ici.

Il lui souriait avec une telle bienveillance que, le cœur libéré d'un poids, Madeleine se livra sans trop de mal aux formalités d'usage. Le comte se montra à son tour très courtois et, tandis que les deux hommes procédaient à un échange d'amabilités, Madeleine adressa à Lady McBinnie un sourire mal assuré, aussitôt récompensé par une chaleureuse embrassade.

— Nous sommes sincèrement heureux de vous revoir, ma chère, dit celle-ci en l'attirant un peu à l'écart. Ce fut un tel choc d'apprendre que vous aviez quitté Ardvarrick. Mais l'année qui vient de s'écouler a été si éprouvante pour votre famille !... Au cas où cela vous soucierait, votre mari s'est éloigné, ajouta-t-elle à mi-voix.

— Je crois qu'il m'en veut beaucoup. Mais cela n'a rien de surprenant.

— Oui, évidemment… Cela dit, je ne serais pas étonnée qu'il revienne vous tourner autour.

Madeleine leva la main comme pour la faire taire.

— N'en dites pas davantage, je vous prie. J'espère de tout mon cœur que Sir Edmund et vous-même parviendrez à le persuader de retourner en Écosse au plus vite.

Lady McBinnie haussa un sourcil.

— Sans vous ? Il n'en fera rien, j'en suis certaine.

Madeleine, partagée entre sa loyauté envers son père et le souci qu'elle avait de la sécurité de ses amis, hésita un instant.

— Il n'est pas prudent pour lui de rester ici, dit-elle enfin. Et pour vous non plus, ajouta-t-elle avec un regard d'avertissement.

Son interlocutrice sourit de nouveau.

— Je vous remercie de votre sollicitude mais je vous rassure tout de suite. Nous ne sommes à Londres que pour le plaisir. C'est un cadeau pour Anne, qui n'y était encore jamais venue. N'est-ce pas, ma chérie ! ajouta-t-elle à l'intention de sa fille, qui se tenait derrière elle, immobile et muette.

Anne se détendit soudain.

— En effet, c'est la première fois. Et j'apprécie chaque seconde de mon séjour ici, bien que je commence à regretter que nous ayons amené Eilidh avec nous… Tu te souviens de ma femme de chambre, Maddie ! Elle ne cesse de comparer les mérites de nos braves Highlanders à ceux des Londoniens. À l'avantage des premiers, cela va de soi. Quant à Londres, cette capitale n'est rien à côté d'Édimbourg. Et de loin.

Lady McBinnie rit à son tour.

— Pauvre Eilidh. Pour elle, les Anglais sont toujours nos ennemis et elle ne peut voir l'effigie de notre nouveau roi sur les pièces de monnaie sans faire le signe de croix !

Anne se pencha vers son amie avec des airs de conspiratrice.

— C'est parfaitement exact, chuchota-t-elle à son oreille. Elle a même cousu une cocarde blanche sur sa jarretière.

Madeleine ne put s'empêcher de rire.

— Par tous les saints ! Cela pourrait être ennuyeux pour vous, n'est-ce pas ?

Anne secoua la tête.

— Non, non… C'est une fille avisée. Elle sait très bien qu'elle ne doit pas afficher ses sympathies pour les Stuarts tant que nous sommes en ville. Et c'est certainement la meilleure chambrière que j'aie jamais eue. Je serais bien incapable de me coiffer sans elle.

— Pourtant, reprit Madeleine en lui posant la main sur l'avant-bras, je ne saurais trop vous inciter à la prudence. Ne laissez surtout pas Sir Edmund se laisser convaincre par mon père de se mêler à quelque intrigue que ce soit.

— Non, bien sûr que non, s'empressa de la rassurer Lady McBinnie.

Et Anne passa son bras sous celui de son amie dans un geste infiniment réconfortant.

— Ne t'inquiète pas, ma chère. Père sait très bien de quoi il retourne. Il ne fera rien qui puisse nous mettre en danger.

— Charmantes personnes, remarqua le comte de Vaucluse quand ils s'éloignèrent enfin. Sir Edmund a beaucoup de relations, sais-tu, bien qu'il préfère vivre en reclus sur ses terres. Il pourrait être très utile à notre cause…

Madeleine, qui connaissait par trop cette lueur songeuse dans le regard gris, intervint vivement :

— Tu es prié de ne pas mêler mes amis à tes affaires, *papa*. Ce n'est pas pour cela qu'ils sont ici.

Le comte eut un rire aimable.

— Mais ce ne sont pas mes affaires, mon petit. Du moins, pas cette fois… Tiens ! N'est-ce pas là ton cavalier pour la prochaine danse ?

Madeleine croisa le regard du gentilhomme en question avec une profonde répugnance.

— Sir William Maxton ? Désolée, mais je n'ai pas prévu de danser avec lui. Je vous l'ai déjà dit, *papa*, ce personnage me déplaît profondément.

— Mes amis ne sont pas nécessairement les tiens, ma fille. Je le comprends fort bien. Je te demande seulement de bien vouloir te montrer aimable. Aussi danseras-tu avec lui, pour me faire plaisir.

Joignant le geste à la parole, il conduisit sa fille d'une main ferme autant qu'inexorable vers un homme haut et large, coiffé d'une perruque grise à la brigadière et vêtu d'un pourpoint de damas vert sombre

— Votre serviteur, Sir William, dit-il en s'inclinant devant l'imposant personnage. J'ai l'honneur de vous présenter ma fille.

Malgré le tourbillon continu des invités autour d'eux, la révérence du comte de Vaucluse était un chef-d'œuvre d'élégance.

— Comte, enchanté, déclara Sir William, s'inclinant à son tour avant de se tourner vers elle. Mademoiselle d'Evremont… quel plaisir, ajouta-t-il en effleurant ses doigts gantés du bout des lèvres. Vous êtes particulièrement en beauté, ce soir. Me ferez-vous l'honneur de m'accorder cette danse ?

Madeleine, qui sentait le regard de son père peser lourdement sur elle, s'inclina gracieusement.

— Naturellement, Sir William. Avec plaisir.

Se laissant conduire sur le parquet, elle obéit à toutes les conventions de la danse, un sourire contraint aux lèvres.

Mais jamais une chaconne[1] ne lui parut si longue ni si fastidieuse. Sa tête et tout son corps vibraient encore de ses retrouvailles avec Grant, et elle accueillit les tentatives de flirt réitérées de son cavalier avec une indifférence distraite qui n'avait nul besoin d'être feinte. Elle espérait seulement que cela suffirait à dégoûter à jamais son cavalier de l'inviter à danser.

Comme il n'était pas encore très tard, refusant toutes les voitures ou chaises à porteurs qui se présentaient à lui, Grant décida de rentrer à pied à Henrietta Street. Il était encore tout plein de sa rencontre avec Madeleine, du son mélodieux de sa voix, du parfum de fleurs qui était le sien et qui, depuis toujours, incarnait pour lui l'été.

Bah ! Il était encore sous le choc des retrouvailles, voilà tout. Mais il y avait beau temps qu'il était immunisé contre le charme de sa femme ! Il avait lutté plus d'un an, dix-huit mois pour être exact, se jetant à corps perdu dans ses obligations sur le domaine, si bien que tenir la jeune femme à distance, ainsi que l'amour qu'il éprouvait pour elle, était devenu une seconde nature. Même si, pendant tout ce temps, il n'avait rêvé que de la prendre dans ses bras et de la couvrir de baisers. C'est ainsi que, petit à petit, ils étaient devenus des étrangers l'un pour l'autre, partageant poliment le même logis et rien de plus. Il avait fini par se convaincre qu'il était heureux ainsi.

Mais, ce soir, après qu'il avait pu la voir, la toucher et lui parler, il désirait plus que jamais retrouver Madeleine, l'avoir de nouveau à ses côtés. La serrer dans ses bras, l'accueillir dans son lit. Même si, au vu de la réaction de

1. La chaconne est une danse populaire apparue en Espagne au XVIe siècle et qui se répand rapidement en Europe pour devenir, à la période baroque, une danse de cour, lente et solennelle.

la jeune femme, il était clair qu'elle ne partageait pas ses sentiments.

Grant lâcha un juron qui fit se retourner un passant. Sautant le caniveau, l'inconnu pressa le pas et s'enfonça dans la pénombre.

Une fois arrivé dans l'élégant immeuble qui proposait à la location des logements pour messieurs célibataires, Grant se retira dans ses quartiers. Quand il poussa la porte de son appartement, son valet bondit du fauteuil dans lequel il s'était assoupi.

— Déjà rentré, sir ? Je ne vous attendais pas avant l'aube !

— Bah ! Il n'y avait aucune raison de m'attarder. Pouvez-vous me servir un verre de cognac, Robert ?

Grant attendit d'être seul pour ôter son manteau et desserrer un peu son col. Comment avaient-ils pu en arriver là, Madeleine et lui ? Les premières années de leur mariage avaient été si gaies, si pleines de rire et de passion ! Que s'était-il donc passé pour que leur bonheur soit soudain réduit à un tas de cendres ?

Il a suffi que son père claque des doigts et elle a regagné sa niche comme un petit chien, laissant tomber son mari et sa maison sans un regard en arrière…

— J'ai eu tort de venir à Londres, gronda-t-il entre ses dents. Je vais rentrer chez moi et abandonner cette femme à son sort… Robert ! appela-t-il d'une voix impatiente. Et ce cognac, vient-il ?

Se jetant dans un fauteuil, il s'en voulut de crier après son serviteur. Robert était son valet et son homme de confiance depuis qu'il l'avait rencontré à Édimbourg juste après son mariage, voilà un peu plus de quatre ans. L'employeur de Robert venait juste de mourir et, en dépit du fait que le domestique était anglais, Grant s'était très vite bien entendu avec lui. Au point que Robert était maintenant son confident.

Au moment de la mort du vieux laird, Robert avait été pour lui d'un grand secours.

Ces moments tragiques étaient encore frais dans sa mémoire. Grant avait dû se montrer fort pour sa mère et pour Madeleine, qui se remettait à peine de la venue au monde d'un deuxième enfant mort-né. Les deux femmes étaient sous sa seule responsabilité et il n'était pas question d'ajouter sa propre peine à la leur. Alors, il avait refoulé sa propre misère tout au fond de son cœur et avait repris la mission du chef de famille, s'occupant de ses gens, de ses terres et des siens sans broncher. Et comment en avait-il été récompensé ? Par la fuite de sa femme, qui s'était empressée de regagner les ors et les pourpres des grands salons londoniens.

Robert revenait enfin avec la carafe de cognac qu'il posa sur un plateau à portée de sa main. Puis, silencieusement, il servit deux doigts du liquide mordoré dans un verre, et Grant le remercia d'un signe de tête.

— Vous pouvez aller vous coucher, mon ami. Inutile de m'attendre.

— Êtes-vous sûr, milord ? Je serais heureux de…

— Bonne nuit, Robert. Je n'ai plus besoin de rien, vraiment.

— Dans ce cas, milord…

— À propos, Robert… nous rentrons dès que possible. Dès demain, si vous pouvez être prêt.

— Déjà ? Je vous demande pardon, milord, mais je croyais… Milady rentre-t-elle avec nous ?

Grant était déjà en train de remplir de nouveau son verre. Versant quelques gouttes sur la marqueterie, il poussa un juron.

— Non, nous rentrons tout seuls, vous et moi, rétorqua-t-il en se renversant dans son fauteuil pour décocher un œil noir à son valet trop indiscret. Soyez prêt à partir dès l'aube, je vous prie.

Robert toussota.

— Demain étant le jour du Seigneur, milord, cela me paraît un peu difficile. Puis-je vous suggérer de repousser votre départ jusqu'à lundi ? Cela vous permettrait de reconsidérer votre décision… ?

— Il n'y a rien à reconsidérer.

Surpris par le silence de son valet, Grant leva de nouveau les yeux sur lui. Robert le dévisageait, le regard désapprobateur.

— Vous pensez que je devrais rester ?

Robert, maintenant occupé à épousseter le manteau de son maître d'un geste expert avant de le placer soigneusement sur son avant-bras, ne releva pas la tête.

— Je n'ai pas à vous donner mon avis en la matière, sir, répondit-il d'une voix pleine de réserve. Mais cela m'ennuierait de vous voir faire quelque chose que, par la suite, vous risqueriez de regretter.

Sur ce, Robert quitta la pièce, le laissant en tête à tête avec son brandy et ses idées noires.

Chapitre 5

Ce dimanche-là, le comte de Vaucluse et sa fille n'assistèrent pas à la messe. L'après-midi, ils décidèrent de louer une calèche pour se rendre à Hyde Park. Par une si belle journée, il y aurait un monde fou. On arrivait à la fin août. Qui sait combien le beau temps durerait encore !

S'abritant soigneusement de son ombrelle, Madeleine prit place à côté de son père, et le léger véhicule entreprit de longer lentement le Ring[1] au pas de ses deux chevaux. Un sourire plaqué sur son visage, Madeleine, qui avait fort mal dormi, procédait à toutes les mondanités d'usage : un salut de la tête à Mr Thrimby, qui venait de les croiser sur son fougueux cheval bai ; un sourire aimable à l'intention de Lord Froome et de son épouse, qui le suivaient de près ; à quelques autres personnes aussi dont elle avait oublié le nom. Puis ils s'arrêtèrent pour échanger quelques propos avec Lady Primerose. Trônant dans ses dentelles au milieu des coussins de satin garnissant le fond de sa voiture, la douairière décernait tout en conversant moult sourires et saluts, tournant et hochant la tête comme un automate de foire afin de satisfaire ses nombreuses connaissances.

1. Allée circulaire, créée en 1625 par le roi Charles Ier, où les gens de cour conduisaient leurs attelages.

Elle rappela au comte qu'il était invité à sa petite soirée à la fin de la semaine.

— Oh ! pas grand-chose, n'est-ce pas ? Quelques familiers… Vous connaissez tout le monde, vous verrez. Et surtout, ajouta-t-elle tandis que son landau se remettait en mouvement, n'oubliez pas de nous amener votre charmante fille. Mademoiselle d'Evremont est devenue la coqueluche de tous nos jeunes gens.

Madeleine remercia d'un gracieux signe de tête.

— Comment refuser après un tel compliment, milady ?

Elle parvint à produire un nouveau sourire, et ce fut avec soulagement qu'elle sentit la calèche s'ébranler à son tour. Après ses retrouvailles avec Grant, la veille au soir, elle n'avait plus qu'une envie : se réfugier au fond d'un trou loin du monde pour se repaître de sa douleur.

— En avons-nous bientôt fini, *papa* ? marmonna-t-elle entre ses dents tandis qu'ils poursuivaient leur chemin.

Le comte lui pressa la main.

— Patience, ma fille. Encore une semaine, deux peut-être, et tout sera fini. Nous rentrerons en France et vous ferez connaissance avec votre nouvelle maman. La comtesse a hâte de vous rencontrer et je suis sûr que vous l'aimerez. Elle n'a pas d'enfants de son premier mariage et est bien décidée à vous gâter. Vous serez enfin de nouveau une lady, ma fille.

— Mais je suis déjà une lady, mon père, lui rappela-t-elle.

— Pfff ! Un titre de pacotille, accordé par un usurpateur ! Qui plus est dans la région la plus déshéritée du royaume de Grande-Bretagne ! En France, vous jouirez de tout le luxe, de tout le confort et de toute la considération dus à votre rang. Vous descendez d'une des plus vieilles lignées de France, ne l'oubliez pas. Vous ne manquerez de rien.

— Si ce n'est de mon mari.

Même à ses propres oreilles, ces mots résonnèrent lugubrement et Madeleine dut refouler les larmes qui lui brûlaient les paupières.

— Bah ! Vous l'oublierez, *ma chère*[1]. Il ne vous méritait pas.

— D'autres pourraient assurer tout aussi aisément le contraire, *papa*.

Le comte haussa les épaules.

— Ce dont je ne me soucie guère. Ce sont là des ignorants. *Non, fillette*[2], en France, vous serez courtisée par la fine fleur de l'aristocratie. Pas par des chasseurs de grouses ou des pêcheurs de saumon.

— Mais je vous l'ai déjà dit, je n'ai pas l'intention de me laisser courtiser par quiconque. Je ne rentre pas en France pour cela !

Le comte la considéra pensivement puis, de nouveau, il haussa les épaules.

— Comme tu voudras.

Il sourit mais Madeleine savait que son esprit était déjà ailleurs, tout occupé par ses mondanités.

Cette fois, c'était Lady Tunbridge qui approchait dans son landau. Le comte la salua d'un geste joyeux et les deux véhicules s'arrêtèrent tête-bêche. Tout en écoutant le bouquet de compliments que son père servait à la brave dame, sans grande originalité puisqu'il la félicitait pour la énième fois pour sa soirée de la veille puis pour l'élégance de son équipage, Madeleine songea que plus rien ne comptait plus pour son père que cette comédie mondaine à laquelle il attachait tant d'importance.

1. En français dans le texte.

2. En français dans le texte.

Ils repartirent une fois encore et accomplirent de nouveau un tour complet du Ring avant que le comte ne suggère soudain qu'ils mettent tous les deux pied à terre afin de prendre un peu d'exercice.

Contemplant la foule de promeneurs qui s'étirait le long de l'allée, Madeleine fut soudain assaillie par une douloureuse nostalgie. Ardvarrick, la paix de ses collines et de ses landes ondulant sous le ciel sans limites... Comme tout cela lui paraissait loin, maintenant !

En cette fin d'été, la bruyère devait étendre à l'infini sous le soleil le tapis de ses fleurs mauves et pourpres. Et dire qu'elle avait manqué la saison des myrtilles ! Et bientôt allait venir le temps des mûres dans les haies longeant les chemins... Puis plus tard, en automne, celui des baies de sureau...

Madeleine poussa un soupir. Ah ! Comme elle aurait aimé, au lieu de défiler comme au zoo devant tous ces spécimens de la gentry londonienne, se retrouver occupée à l'office avec les servantes pour la confection des confitures ! Comme il était vrai, ce vieux proverbe français qui dit qu'on reconnaît le bonheur au bruit qu'il fait en s'en allant...

La conscience brutale que son foyer n'était plus là-bas, à Ardvarrick, lui transperça le cœur. La douleur était telle qu'elle en eut le souffle coupé.

— Marchons un peu, Madeleine, veux-tu ? Je vois là quelques-uns de nos amis...

Pour tout Londonien bien né ou du moins bien nanti qui se respecte, la promenade dominicale à Hyde Park a pour principal objectif de voir et d'être vu. Le comte avançait lentement en balançant sa canne, Madeleine à son côté, et ils marquaient une pause de temps en temps pour saluer une connaissance et échanger quelques banalités. Ils eurent même l'occasion d'arranger un Vauxhall[1] avec Sir Evelyn et Lady Milton.

Madeleine souriait et saluait poliment, s'appliquant à faire tout ce qu'on attendait d'elle. Mais plus rien ni personne ne l'intéressait et elle avançait lentement, le regard vide, jusqu'à ce qu'elle aperçoive Sir Edmund venant vers eux, suivi de son épouse et de sa fille.

S'arrêtant de nouveau, le comte salua les McBinnie, tous charmes dehors. Puis, pivotant sur lui-même, il emboîta le pas à Sir Edmund et son épouse, laissant Madeleine et Anne suivre derrière.

— As-tu des nouvelles de Grant ? s'enquit Madeleine, regrettant aussitôt d'avoir l'air de s'inquiéter. Rentre-t-il chez lui ?

Le clair visage d'Anne se fit soucieux.

— Je n'en ai aucune idée. Il a quitté Tunbridge House assez tôt hier soir et sans nous dire quoi que ce soit.

— C'est ma faute… Nous nous sommes disputés et je lui ai demandé de rentrer à Ardvarrick.

— Je vois… Je suis désolée de ne pouvoir t'aider. Nous n'avons eu aucune nouvelle, sincèrement.

Madeleine hésita un instant puis reprit :

— Je vous suis vraiment reconnaissante, à tes parents et à toi, de ne pas avoir rompu notre amitié.

— Pourquoi aurions-nous fait cela ?

— Parce que Grant et vous êtes de si vieux amis. Je pensais que, maintenant que je l'ai quitté…

— Il ne nous a jamais demandé de choisir entre vous

1. Les Vauxhall Gardens remontent au temps de Charles II où ils étaient déjà un lieu de divertissement. On y trouvait un parquet de danse, un pavillon de concert avec un décor baroque : guirlandes de fleurs, rocailles, jets d'eau et bosquets. Ces jardins étaient alors réservés à l'aristocratie et à la haute bourgeoisie. Par extension, un Vauxhall désignait la fête qu'on y organisait.

deux, Madeleine, rétorqua Anne en lui pressant affectueusement le bras. Toi et moi sommes devenues amies dès notre première rencontre, quand tu as ramené Grant chez nous le jour où il a été blessé[1] par les Tuniques rouges[2]. Je ne vais pas t'abandonner maintenant sous prétexte que vous vous êtes querellés.

— S'il s'agissait d'une simple querelle ! s'exclama Madeleine, s'efforçant de garder son calme. Nous sommes… irréconciliables. Il me l'a clairement fait entendre hier soir.

Anne jeta un regard à ses parents, qui avançaient toujours devant eux en conversant avec le comte.

— Vraiment ? Nous pensions que quelques semaines de séparation vous auraient donné le temps de réfléchir à tout cela et de régler vos différends.

— Je crains vraiment qu'il ne soit trop tard. Nous rentrons en France prochainement.

— Tu me manqueras, soupira Anne. Quand partez-vous ?

— Rien n'est encore décidé. Dans quelques semaines, peut-être…

Son père ne lui avait rien divulgué de ses plans et ne le ferait qu'au dernier moment. Il en avait toujours été ainsi.

— Alors, il faut profiter du mieux que nous pouvons du temps qu'il nous reste, décréta Anne, sérieuse. Je passerai te prendre chez toi demain et nous irons faire les boutiques ensemble.

— Oh ! Je ne sais pas si…

S'arrêtant net dans l'allée, Anne lui prit les deux mains.

1. Voir les deux volumes précédents de la trilogie *Lairds of Ardvarrick*, en français *Passions écossaises*.

2. Surnom donné aux troupes de l'armée britannique entre 1707, date de la création de la Grande-Bretagne, et la Première Guerre mondiale en 1914.

— Je t'en prie, dis-moi que tu viendras ! Tu connais mieux Londres que moi. Tu sauras où il faut aller.

Madeleine secoua la tête en riant.

— Je ne le crois pas. Ma seule visite à Londres date de plusieurs années avant mon mariage. Et depuis un mois que je suis ici avec *papa*, nous ne faisons que fréquenter les salons et les bals…

— Mais… n'as-tu pas accompagné Grant quand il est venu recevoir son titre de chevalier des mains du roi ?

Anne s'interrompit soudain, la main devant la bouche.

— Oh ! Excuse-moi ! J'avais oublié. Tu étais souffrante…

— Je venais juste d'apprendre que j'attendais un enfant, expliqua Madeleine, son sourire soudain disparu. Nous avions décidé d'un commun accord qu'il valait mieux que je ne voyage pas, étant donné ce qui était arrivé la première fois… Ce qui n'a rien changé, malheureusement.

Le souvenir de ses deux fausses couches était encore terriblement douloureux pour elle. Sa déception, la certitude d'avoir aussi trompé les espérances de son mari et d'avoir manqué à tous ses devoirs… Et cela avait été pis encore la deuxième fois puisqu'elle avait mené sa grossesse à terme. C'était arrivé en mars de l'an passé et, trois mois plus tard, le père de Grant mourait subitement, plongeant toute la maisonnée dans une longue période de deuil. À y repenser, toute cette période n'avait été pour elle que chagrin et solitude.

Redressant les épaules, elle s'obligea à sourire.

— Mais ne pensons plus à tout cela. Je serai ravie d'aller faire les boutiques avec toi. Nous partirons en quête des endroits les plus chics pour dépenser notre argent.

De vives spéculations sur les boutiques et les galeries marchandes à la mode les occupèrent jusqu'à ce que le petit groupe ait regagné la calèche du comte. Quand les deux jeunes femmes confièrent leurs projets à leurs parents réciproques, ils furent approuvés chaleureusement.

— Vous n'y voyez pas d'inconvénients, *papa*, vraiment ?

— Mais pas du tout, ma chérie. Au contraire. Je suis ravi que tu passes la journée avec Miss McBinnie. Cela ne pourrait mieux tomber puisque je viens précisément d'inviter Sir Edmund et son épouse à dîner demain soir.

Tout étant organisé, Madeleine et son père prirent congé des McBinnie et le comte aida sa fille à reprendre place dans leur calèche.

Mais à peine avaient-ils fait quelques tours de roue que Madeleine se tourna vers le comte, les sourcils froncés.

— Dites-moi, *papa*, quelle idée avez-vous derrière la tête en invitant ainsi les McBinnie à Surrey Street ?

Le comte la dévisagea avec une expression de parfaite innocence.

— Mais c'est pour toi que je le fais, ma chérie. Je pensais que tu serais ravie de passer plus de temps avec ton amie.

— Balivernes ! Vous ne faites jamais rien qui ne serve d'abord vos propres affaires.

Il eut un haussement d'épaules nonchalant.

— Il est vrai que je dois discuter certains sujets avec Sir Edmund. Je crois qu'il pourrait être très utile à notre cause.

— Je ne veux pas que vous mêliez mes amis à vos machinations, je vous l'ai déjà dit ! protesta Madeleine en saisissant vivement son père par l'avant-bras. Il n'est pas question que leur sécurité soit compromise.

Le comte lui tapota gentiment la main.

— Allons, allons, mon petit. Le seul fait que Sir Edmund soit venu à Londres à l'invitation de Lord Elibank laisse entendre qu'il s'intéresse à nos affaires… Sois tranquille, mon enfant. Je ne contraindrai jamais personne à faire quoi que ce soit contre son gré, tu le sais bien.

— Effectivement, constata Madeleine d'une voix âpre

en se souvenant des lettres que son père lui avait écrites. Vous vous contentez de cajoler les gens et de les harceler jusqu'à ce qu'ils finissent par accomplir vos quatre volontés. Je connais cela.

Le comte se tourna vers elle, un sourcil levé.

— Suggéreriez-vous, ma fille, que c'est moi qui vous ai encouragée à quitter votre mari ? D'après ce que j'avais compris, vous étiez malheureuse en ménage et je vous ai simplement offert une occasion de vous sortir de ce pétrin.

Comme Madeleine ne répondait pas, il eut un petit rire.

— Un chien ne fait pas des chats, ma chérie. Vous n'êtes pas ma fille pour rien et, comme moi, vous aimez l'aventure, l'excitation. La vie routinière au fin fond de vos bruyères et de vos étangs devait vous ennuyer à périr.

Détournant le regard, Madeleine se mit à tourner nerveusement son ombrelle entre ses doigts. Peut-être son père avait-il raison, après tout. Elle fuyait bien quelque chose en quittant précipitamment Ardvarrick. Mais là, en revoyant Grant, elle comprenait qu'il n'était pas si facile d'échapper à son passé.

Surtout quand ce passé, si proche, avait été le temps du bonheur.

Chapitre 6

Faire les magasins avec Anne McBinnie fut pour elle une diversion bienvenue. Quand elle était arrivée à Surrey Street, un mois plus tôt, son père avait déjà fait l'acquisition à son intention d'une magnifique garde-robe pour son séjour en ville et il n'avait suffi que d'une couturière pour y apporter les ajustements nécessaires. Après quatre années passées en Écosse, Madeleine avait quasiment oublié le plaisir de visiter la boutique du tailleur et de plonger les mains dans les flots de soieries et de dentelles des merciers de Spitalfields[1].

Elles passèrent plusieurs heures à choisir chapeaux, gants, bottines pour l'extérieur et souliers de bal. En envoyant l'un des garçons du magasin porter tous leurs paquets jusqu'au tilbury loué par les McBinnie, Madeleine, en voyant le

1. Old Spitalfields Market, situé dans le quartier est de Londres, existe depuis 1666. Après la révocation de l'édit de Nantes en France, beaucoup de commerçants huguenots sont venus s'y installer, essentiellement dans le domaine des soieries et des étoffes de luxe, attirant ainsi une clientèle aisée. Ils y furent rejoints dès 1700 par des tisserands irlandais. Plusieurs demeures ont été restaurées et se visitent aujourd'hui, notamment le long de Fournier Street. Le quartier s'est considérablement diversifié, avec une église protestante, une chapelle méthodiste, une synagogue et une mosquée. On y trouve toutes sortes de commerces et de nombreux restaurants.

plaisir, l'excitation même qu'elle avait éprouvée à faire ces emplettes, fut saisie d'une soudaine inquiétude. Et si son père avait raison ? S'il lui fallait davantage que la vie paisible d'Ardvarrick ?

La voix enjouée d'Anne interrompit le cours de ses pensées.

— As-tu un costume d'équitation, Maddie ?

— Oui. Je l'avais mis pour voyager jusqu'à Londres.

— Je ne parle pas de ce costume en gros tweed, rétorqua Anne avec un petit geste expéditif de la main. Il est certainement très pratique mais cela fait des siècles que tu le portes. Il n'est plus du tout à la mode. Il te faut en commander un sur mesure avant de rentrer en France. Le drap anglais est le meilleur, tu le sais bien. Et la réputation de nos tailleurs n'est plus à faire.

— Sans doute, répondit Madeleine d'un ton vague.

Mais tandis qu'elles déambulaient dans les ruelles du marché, elle se surprit à songer sérieusement à cette idée.

Son costume d'équitation, qui faisait partie de son trousseau de mariage, datait de quatre bonnes années, même s'il avait fort peu servi ces derniers temps. Elle ne l'avait plus porté après l'accouchement de son enfant mort-né et ne l'avait remis que pour sa fuite vers la capitale. Elle se souvenait maintenant combien elle avait espéré que Grant et elle partent de nouveau dans les folles chevauchées dont ils avaient pris l'habitude au début de leur mariage. Mais Logan Rathmore, le laird d'Ardvarrick, était mort et tous ses espoirs s'étaient évanouis.

Dès que Grant était devenu à son tour laird de ce vaste fief, Madeleine ne l'avait quasiment plus vu que le soir, au dîner, quand il n'était pas retenu sur quelque terre lointaine. Il passait son temps à galoper d'une ferme à l'autre sans plus jamais l'inviter à l'accompagner. De fait, à chaque fois qu'elle avait proposé de venir avec lui, il avait décliné son offre sous les prétextes les plus divers. Et, après le dîner, il s'enfermait dans son cabinet de travail avec ses livres de comptes et son intendant. Elle n'aurait pu l'accuser de négligence ou de mauvais traitements. Il acceptait bien volontiers de procéder à tous les achats qu'elle suggérait, pour la maison ou pour elle-même. Et il était toujours d'une grande politesse.

Mais il s'était retiré d'elle et de sa vie comme la mer quitte la plage à marée basse. Et, Madeleine en avait bien l'impression, c'était pour ne plus jamais y revenir.

La nuit, il regagnait la chambre du maître de maison, celle que son père avait avant lui, tandis que sa mère restait dans ses propres appartements, abattue par le chagrin.

Pendant quelques mois, Madeleine avait été fort occupée à tenir le rôle de maîtresse de maison, y trouvant un peu de réconfort malgré son terrible sentiment de solitude. Puis, quand la morsure du chagrin avait lâché un peu de son emprise, Ailsa avait repris sa place. Parfois, quand sa belle-mère jouait de la harpe dans le *solar*[1], Madeleine, affairée à des travaux de broderie, lui confiait ses inquiétudes à propos de son mari.

— Soyez patiente, ma fille, lui répétait Ailsa. Mon fils a perdu en quelques semaines son père et son fils. Il lui faut du temps pour se remettre de sa peine. Il vous reviendra, j'en suis sûre.

Mais Ailsa s'était trompée. L'été succéda au printemps et Grant restait froid et distant à l'égard de sa jeune épouse. Ne voulant pas inquiéter davantage sa belle-mère, Madeleine ne parla plus de son désarroi et de sa douleur d'être ainsi rejetée. Après tout, comment pouvait-elle en vouloir à son époux ? Par deux fois, elle avait échoué à lui donner un fils, son amour pour elle était mort avec l'espérance.

1. Grande pièce orientée au soleil dans les châteaux et les maisons bourgeoises et dans laquelle la maîtresse de maison recevait amis et familiers.

Et leur mariage était mort lui aussi.

— Il n'y a pas de « sans doute » qui tienne, décréta Anne, tirant Madeleine de ses réflexions.

— De quoi parles-tu ?

— De ce nouveau costume d'équitation. Nous allons demander à mon père en rentrant. Il aura sûrement une bonne adresse à nous donner.

— Oui… pourquoi pas ? acquiesça faiblement Madeleine.

Après tout, n'aurait-elle pas à faire ce long voyage jusqu'à la demeure de son père en Provence ? Et autant être à la hauteur, quand elle devrait être présentée à la nouvelle femme du comte, qui semblait fort coquette…

— Alors, c'est décidé ! dit Anne en lui prenant vivement le bras. Suis-moi. Il y a là, dans cette vitrine, de jolis chapeaux que je voudrais voir d'un peu plus près.

— Encore ? la taquina gentiment Madeleine. Mais tu en as déjà acheté deux depuis ce matin. Quand auras-tu le temps de les porter ?

— Oh ! Maman souhaiterait que nous restions à Londres encore un bon mois… Allons, suis-moi. C'est de l'autre côté de la rue. Ensuite, nous irons voir ce magasin d'ombrelles et de parapluies…

Riant, Madeleine suivit son amie jusque chez la modiste où elles flânèrent longuement parmi les chapeaux, bonnets et autres coiffes destinées à se faire remarquer lors des promenades à Hyde Park. Puis elles se dirigèrent vers le magasin d'ombrelles tandis qu'Anne évoquait gaiement les nombreuses connaissances que la famille avait déjà faites à Londres, essentiellement grâce au comte de Vaucluse.

Et Madeleine sentit un malaise insidieux s'emparer d'elle. Elle craignait que ses amis ne se laissent prendre peu à peu dans les dangereux filets tendus en partie, sinon totalement par son père. Le gouvernement britannique ne manquerait pas de considérer toute forme de soutien aux tentatives fomentées par Charles Edouard Stuart et ses partisans comme un crime de haute trahison. Par ailleurs, le comte agissait aussi pour le compte de hauts mandataires qui ne toléreraient aucun manquement ni échec.

Pourtant, elle ne voulait pas inquiéter son amie. Aussi décida-t-elle d'attendre le soir pour trouver l'occasion d'aborder le sujet avec Sir Edmund. Pour l'heure, chassant ses soucis, elle se lança de nouveau dans le tourbillon de leurs emplettes. Si elle avait appris une chose, après toutes ces années passées au contact d'Yves d'Evremont, c'était de faire face au danger la tête haute. La confiance en soi était la seule garantie du succès des entreprises du comte. Et, étant donné les risques qu'il encourait et qu'il faisait encourir à ses parents et amis, Madeleine ne pouvait pas se permettre de faillir.

De quelque manière que ce soit.

Cette journée d'emplettes, ponctuée par une agréable collation dans un salon de thé, les amena jusqu'à la fin de l'après-midi et c'est peu de temps avant l'heure du dîner que Madeleine regagna Surrey Street. Après s'être assurée que tout allait bon train dans les cuisines, elle se précipita dans sa chambre et pressa sa camériste, qui l'attendait, de l'aider à enfiler la robe de soie vert d'eau garnie d'une délicieuse « blonde de Caen[1] » qu'elle avait choisie pour la soirée.

La dernière main venait d'être apportée à sa coiffure quand le heurtoir résonna à la porte d'entrée, annonçant l'arrivée des premiers invités. Bondissant de son tabouret, Madeleine s'empara de l'élégant éventail de laque et d'ivoire posé sur la commode et se précipita hors de la pièce. Un léger brouhaha de voix montait du hall tandis que les arrivants se débarrassaient de leurs manteaux et autres accessoires. Madeleine s'élançait dans l'escalier, des mots de bienvenue

1. Dentelle fabriquée en Normandie et très prisée à l'époque.

aux lèvres, quand une voix profonde, mélodieuse, l'arrêta net dans son élan. Elle remonta prudemment quelques marches, le cœur battant.

Ce faisant, elle entendit du bruit derrière elle. Son père descendait à son tour, le visage amène, les bras déjà tendus dans un geste d'accueil. Madeleine le retint par la manche.

— Qu'est-ce que cela signifie ? souffla-t-elle dans un chuchotement furieux.

Il se dégagea vivement.

— Mais qu'avez-vous, ma chère ? Nos invités sont là. Il faut descendre.

— Grant Rathmore est dans le hall avec les McBinnie.

Yves d'Evremont hocha la tête, imperturbable.

— Vraiment ? Mais c'est parfait.

— Vous saviez qu'il allait venir ?

— Mais oui, bien sûr. J'étais tout à fait désolé de l'avoir manqué à Tunbridge House. Mais Sir Edmund nous a présentés l'un à l'autre cet après-midi chez White's[1] et j'ai invité Sir Grant à se joindre à nous ce soir. J'ai hâte de faire plus ample connaissance avec mon gendre, n'est-ce pas tout à fait normal ?

Madeleine le fusilla du regard.

— Après tout ce qui s'est passé ? Après que je vous ai dit hier soir que mon mariage était un échec ? Vous voulez quand même me contraindre à m'asseoir à la même table que Grant ? !

Son père la considéra pensivement un instant puis répondit sur un ton grave qui ne lui était pas habituel.

— Il sera question ce soir d'affaires bien plus importantes que votre défunt mariage, ma fille. Peut-être devriez-vous

1. Ce café très sélect, tirant son nom du patronyme de son premier propriétaire, recevait le gotha mondain du Londres des années 1750.

vous faire à l'idée que la présence de Sir Grant Rathmore à notre dîner n'a rien à voir avec vous.

Le comte parlait d'une voix douce et, pourtant, Madeleine se sentit blessée jusqu'à l'âme. Mais il lui fallait dissimuler son chagrin.

— Mais bien sûr ! suis-je sotte. Rien n'a jamais été plus important à vos yeux que votre dernier coup monté, n'est-ce pas, *papa* ?

Sur ces mots, elle emboîta le pas à son père qui, sans répondre, s'engageait déjà dans l'escalier. Pourtant, son cœur battait toujours à se rompre. Si elle tenait tant à ce que Grant quitte Londres au plus vite, ce n'était pas seulement pour ne plus souffrir de le voir, mais parce qu'elle craignait pour la sécurité de celui qui était encore son mari. S'il se laissait entraîner dans les machinations paternelles, il courrait un grand danger.

— Ma pauvre enfant ! vous devez être épuisée d'avoir piétiné dans toute la ville avec Anne… ! s'exclama Lady McBinnie du plus loin qu'elle la vit. Je connais ma fille. Quand il s'agit de fanfreluches, rien ni personne ne saurait l'arrêter.

— Mais non, madame. Nous avons passé un excellent après-midi, je vous assure !

Soulagée de voir combien sa voix restait calme et mesurée malgré la petite escarmouche qu'elle venait d'avoir avec son père, Madeleine rejoignit d'un pas tranquille le sofa où son interlocutrice était déjà installée. Elle prit place entre sa fille et elle et, les yeux baissés, commença à répondre par monosyllabes aux questions et remarques de ses deux compagnes. Mais elle ne pouvait s'empêcher de vibrer douloureusement devant la présence indifférente de cet homme qui conversait à mi-voix avec Sir Edmund et le comte dans l'encoignure d'une fenêtre.

Sir Edmund était vêtu avec sa coutumière sobriété d'un

habit noir et de bottines vernies qui contrastaient avec la magnificence du comte, en pourpoint de velours écarlate rebrodé de fil d'or. Et, bien qu'elle ne s'autorisât pas à s'attarder sur la haute silhouette de Grant, Madeleine ne pouvait s'empêcher de l'observer du coin de l'œil.

Soudain furieuse contre elle-même, elle reporta son attention sur Lady McBinnie, qui les pressait, Anne et elle, de donner des détails sur leur journée, et elle se lança dans une description animée de toutes les merveilles qu'elles avaient vues, gants, rubans, dentelles. Puis elle enchaîna sur tous les changements qu'elle avait remarqués à Londres depuis sa dernière visite. Elle allait montrer à Grant Rathmore qu'elle aussi savait jouer l'indifférente !

Grant, à l'autre bout de la pièce, faisait de son mieux pour se concentrer sur ce que lui disait Sir Edmund. Mais la voix de Madeleine bourdonnant à ses oreilles, ses rires, son joyeux bavardage l'obsédaient douloureusement. Il regrettait d'être venu, finalement. Mais après avoir réfléchi à la situation toute la journée du dimanche, il avait fini par conclure qu'il ne pouvait pas retourner à Ardvarrick sans Madeleine. Ou, du moins, sans être sûr de ce qu'elle voulait vraiment. D'autant plus que le comte, son père, lui paraissait une crapule de haut vol à qui on ne pouvait se fier.

Ce n'était pas lui, pour autant, qui était à l'initiative de l'invitation qui lui avait été faite de se rendre à cette petite soirée. Il n'avait pas provoqué sa rencontre avec le comte de Vaucluse cet après-midi chez White's. Sir Edmund l'avait présenté au comte comme s'il n'était qu'une simple connaissance, et les trois hommes avaient joué le jeu d'un commun accord. Grant avait eu devant lui un homme qui venait de prendre le tournant de la cinquantaine, portant perruque et mouche au menton, et il avait cherché sous la poudre couvrant son visage quelque ressemblance avec Madeleine. Il se souvenait avoir entendu la jeune femme dire qu'elle tenait de sa mère, mais le père et la fille avaient malgré tout quelques points communs. Cette manière de cligner les yeux, par exemple, ou ce sourire vif et agréable, mais si parfaitement superficiel.

Ils s'étaient assis à l'une des petites tables de marbre de l'élégant établissement pour prendre un café, mais seul le comte avait paru à l'aise dans cette délicate situation, se lançant dans d'intarissables considérations dès que tel ou tel sujet était abordé. Pourtant, quand il évoqua sa charmante fille, Grant n'avait pu s'empêcher d'intervenir.

— Ah oui ! Mlle d'Evremont, s'était-il exclamé en s'efforçant de ne pas grincer des dents. Je ne comprends pas bien, monsieur le comte. Vous faites souvent allusion à votre épouse, pourquoi ne l'avez-vous pas amenée à Londres pour vous servir d'hôtesse au lieu d'utiliser votre fille ?

Si Grant espérait déstabiliser son interlocuteur, il en fut pour ses frais. Le comte s'était contenté d'agiter une de ses belles mains blanches, aussi soignées que celles d'une femme, avec un petit rire.

— Question tout à fait judicieuse, cher ami. Il se trouve que Mme la comtesse déteste voyager. Surtout quand il s'agit de prendre la mer. Et ma fille, qui est à bonne école depuis de longues années, est devenue une hôtesse hors pair.

Une lueur amusée s'était allumée dans ses calmes yeux gris tandis qu'il ajoutait :

— Vraiment, je ne saurais plus me passer d'elle.

C'était une provocation flagrante et Grant avait dû résister à l'envie d'y répondre. Sa colère n'était pas dictée par la jalousie, il le savait. Là où il n'y avait plus d'amour, la jalousie n'était plus de mise. Mais il ne voulait pas qu'il arrive du mal à Madeleine.

Et tandis qu'il écoutait maintenant la jeune femme en

train de bavarder dans le salon du comte, il éprouvait de nouveau ce sentiment de malaise. Il y avait danger pour elle à rester dans cette maison, il en était sûr. Il aurait voulu mettre en garde Madeleine, la préserver, mais comment faire, à moins de la traîner de force hors de cette pièce, pour la ramener à la maison ?

Ce qui était tout de même un comble, car, après tout, il était son mari ! Si le comte avait été l'amant de Madeleine, il aurait pu le provoquer en duel. Mais puisqu'il s'agissait de son beau-père, c'était difficile. D'après tout ce qu'il avait entendu dire, l'homme était un voyou, charmant, certes, mais capable de tout pour servir ses intérêts. Mais il restait le père de Madeleine. Elle avait parcouru seule des centaines de miles pour le rejoindre à Londres, ce qui devait bien avoir un sens pour elle.

Chapitre 7

Quand vint enfin le moment de passer à table, Madeleine souffrait d'une horrible migraine. En tant que maîtresse de maison, sa place était au bout de la table, en face de son père, mais quand elle se dirigea vers son siège, ce fut pour s'apercevoir que le comte, par une de ces malices dont il était coutumier, lui avait choisi Grant pour voisin.

Consciente que le moindre mot maladroit, le moindre geste pouvaient les trahir, elle savait que cette situation ne pouvait qu'aggraver son malaise. Leur statut marital n'avait été révélé à personne, et surtout pas aux serviteurs qui, loués pour quelques semaines, pouvaient être tentés de se mettre à la solde du plus offrant.

Et c'est ainsi que le dîner prit très vite la tournure d'une vaste comédie. Quand Madeleine et Grant devaient se parler, ils se montraient d'une politesse pointilleuse mais, la plupart du temps, ils se comportaient comme de parfaits étrangers. Madeleine riait et plaisantait à l'unisson des autres convives alors que, tout au fond d'elle, elle vibrait douloureusement comme les cordes maltraitées d'un violon.

Quand les dames eurent regagné le salon, le comte renvoya les serviteurs, arguant que ces messieurs étaient parfaitement capables de se servir eux-mêmes en cognac et autres alcools. Grant, quant à lui, feignait d'écouter avec le plus grand intérêt une anecdote racontée par son voisin tandis que son cerveau fonctionnait à grande vitesse. À l'évidence, Yves d'Entremont, qui semblait s'amuser beaucoup, avait décidé de faire trahir leurs allégeances à ses hôtes. Il plaçait ici et là dans la conversation des allusions transparentes au parti jacobite, faisait état de projets plus ou moins organisés pour l'avenir, et il n'avait pas échappé à Grant qu'il arborait une minuscule rose blanche à la boutonnière. Tout était fait avec une subtilité toute relative pour que, s'il y avait lieu, leurs hôtes déclarent ouvertement leur sympathie à Charles Edouard Stuart.

Sir Edmund répondait avec sa politesse coutumière, mais se montrait fort prudent. Grant lui aussi se gardait bien de se dévoiler. À dire vrai, plus il y songeait, plus il lui répugnait de laisser sa femme dans ce repaire de comploteurs. Si le père de Madeleine s'était lancé dans une de ces manigances dont il était friand, les risques encourus par ses proches étaient grands. Qu'elle le veuille ou non, il fallait la tirer de là au plus vite.

Le temps vint enfin de rejoindre les dames au salon, et Grant guetta l'occasion de parler en privé à Madeleine. Mais, visiblement peu désireuse de se retrouver en tête à tête avec lui, elle lui filait entre les doigts comme une couleuvre, proposant à l'un une infusion, à l'autre, une tasse de ce délicieux moka avec un empressement suspect.

Finalement, exaspéré, Grant bondit en s'exclamant :

— Par le ciel, foin de toute cette comédie !

Un silence de plomb tomba sur les invités et tous les yeux se tournèrent vers lui. Mais, sans y prêter attention, il marcha droit sur Madeleine, enfin assise à quelques mètres en face de lui.

— Un mot en privé, madame, je vous prie.

Bien qu'aucun serviteur ne soit présent, Lady McBinnie lança un regard inquiet vers la porte. Sir Edmund toussota prudemment.

— Grant, mon garçon, soyez prudent, dit-il à mi-voix.

Grant haussa les épaules.

— Cela fait bien trop longtemps que je le suis… Venez, Madeleine, insista-t-il. J'ai à vous parler. Maintenant.

Le comte s'interposa :

— Mon cher, si ma fille ne souhaite pas…

— Votre fille, peut-être, mais il me semble…

Il allait rappeler à Yves d'Evremont que, selon la loi de son pays, Madeleine devait obéissance à son époux plutôt qu'à son père, quand la principale intéressée se leva.

— Je vous suis, dit-elle en agitant nerveusement son éventail. Allons dans la bibliothèque.

Un désagréable sentiment d'appréhension la fit frissonner tandis qu'elle traversait le hall, Grant sur les talons. Elle sentait la colère irradier de celui qui était encore son mari, presque palpable, mais elle aussi était furieuse et peu disposée à faire des concessions. Elle le précéda dans la bibliothèque et attendit que la porte se soit refermée avant de faire front.

— Eh bien, que me voulez-vous ?

— Je veux que vous rentriez avec moi à Ardvarrick.

Madeleine leva le menton.

— Et pour quelle raison, je vous prie ?

Il hésita un instant mais, si elle espérait des prières et des flatteries, elle en fut pour ses frais. Jamais Grant n'avait paru plus froid ni plus hostile.

— Que savez-vous exactement des affaires de votre père ?

— Autant qu'il veut bien m'en révéler. En quoi cela vous concerne-t-il ?

Se rapprochant, il poursuivit en baissant la voix :

— Pour ce que j'en sais, ses intrigues actuelles pourraient bien le faire condamner pour haute trahison.

Madeleine haussa imperceptiblement les épaules. Comme si elle ne le savait pas ! Et cela lui avait valu déjà pas mal de nuits sans sommeil. Mais sa réponse était toute prête.

— Si vous avez peur pour votre nom, vous pouvez fort bien me désavouer. Il n'y a pas de raison que votre famille soit impliquée dans ce genre d'histoire. Faites-moi la grâce de vous souvenir que je vous ai conseillé de rentrer chez vous.

Grant lâcha un soupir vibrant de colère contenue.

— Je ne puis partir sans vous. Vous êtes mon épouse, je suis responsable de votre sécurité … Bon sang, ma femme, ajouta-t-il en avançant sur elle, si je le voulais, je pourrais vous y contraindre par la force…

Malgré sa propre colère, Madeleine ne put retenir un rire sans joie.

— Vous le pourriez, Grant, mais ce ne sont pas vos manières.

Le regard de Grant s'étrécit dangereusement.

Un bref instant, Madeleine se demanda s'il n'allait pas lui donner tort. Mais comme il ne bougeait pas, elle relâcha le souffle qu'elle retenait dans ses poumons.

— Mon père a besoin de moi, Grant. Je ne peux pas le quitter.

— Il a besoin de vous ? Oh ! ça oui, madame, je n'en doute pas une seconde ! Vous faites une charmante complice, en effet. Mais pas dans vos intérêts. Simplement pour servir les siens.

Madeleine serra les poings. Elle le savait bien. Son père n'avait jamais agi que pour lui. Mais elle lui devait fidélité. C'était son père, sa seule famille… Comment le faire comprendre à Grant ?

— Ce n'est pas *papa* qui a monté cette affaire-là. On la lui a imposée. Et s'il ne la mène pas à bien, sa vie est en jeu.

— C'est du moins ce qu'il prétend. Et qui serait derrière tout ça ?

— Il ne me l'a pas dit. Mais je suis certaine qu'il n'exagère pas. Cette fois, derrière son enjouement habituel, je sens une véritable inquiétude. Jamais je ne l'ai vu aussi irritable. Aussi anxieux.

Grant la toisa, les bras croisés.

— Et que savez-vous de ses intentions, malgré tout ?

— Je l'ignore, vous dis-je. Mais il a reçu pas mal de monde ici, il y a des allées et venues assez suspectes, surtout des gens qui viennent de France, mais aussi des personnalités en relation avec le gouvernement britannique. D'après ce que j'ai compris, on attendrait instamment un personnage important venant de France.

Grant ébaucha un sourire entendu.

— Vous apportant des nouvelles du Prétendant, je suppose.

Madeleine leva vivement la main, comme pour le faire taire.

— Le comte a amené avec lui très peu de ses propres serviteurs. Nombre d'oreilles indiscrètes peuvent traîner partout dans la maison. Mieux vaut se montrer discret.

Franchissant d'un pas la distance qui les séparait, Grant la prit par les épaules.

— Par le ciel, Madeleine, tout ce que vous dites prouve que vous savez parfaitement combien cette affaire est dangereuse !

— Et bien plus dangereuse encore pour mon père. Je vous en supplie, Grant, ne me contraignez pas à le quitter maintenant. Mon père a besoin de moi ici. Il est entouré d'ennemis, et je suis la seule en qui il puisse avoir confiance. S'il échoue dans cette entreprise, sa vie est menacée non seulement par les Britanniques, mais aussi par ses propres commanditaires. Je suis convaincue que, cette fois, il ne s'en sortira vivant que si l'opération réussit. Comment pourrais-je lui refuser mon aide ?

Se libérant de l'emprise de son époux d'un haussement d'épaules, elle se détourna.

— Vous devez rentrer à Ardvarrick, sir. Oubliez-moi. Quand cette affaire sera terminée, je disparaîtrai à jamais de votre vie. Vous n'entendrez plus parler de moi.

— Comment pourrais-je faire une chose pareille ? siffla Grant furieusement. Nous sommes mari et femme devant Dieu et devant les hommes, l'auriez-vous oublié ?

Madeleine déglutit péniblement.

— Non, repartit-elle d'une voix étranglée, je n'ai pas oublié… Mais il y a un moyen de vous débarrasser de ce fardeau. Selon la loi écossaise, au bout de quatre ans, vous pouvez demander le divorce pour désertion du foyer conjugal.

Un silence suivit ces paroles, lourd, interminable.

— Est-ce vraiment ce que vous désirez ?

Madeleine sentait les larmes lui brûler les paupières. Elle se passa furtivement la main sur les yeux.

— Oui. Pourquoi persévérer dans cette parodie de mariage, puisqu'il n'y a plus d'amour entre nous ?

Grant contemplait la mince silhouette qui lui tournait le dos. Dans la demi-pénombre, avec sa robe couleur de forêt et ses cheveux d'un noir de jais, Madeleine semblait une créature de la nuit. Il y avait de la résolution dans sa tête fièrement dressée sur ses épaules droites et il savait qu'il serait inutile de discuter. Cela faisait plus d'un an qu'ils n'avaient pas partagé le même lit. Ni quoi que ce soit, en fait. Ni espoirs, ni peurs, ni sentiments. Rien d'autre que le même toit au-dessus de leurs têtes.

Il se frotta les yeux de ses deux poings serrés.

— Vous avez raison, Madeleine. Il est grand temps de mettre fin à toute cette farce.

Elle se retourna vivement.

— Je peux donc rester à Londres ? Et vous allez rentrer chez vous ?

— Non, il n'est pas question que je quitte cette ville tant que vous y serez. Vous pouvez agir à votre guise, madame, mais, si d'aventure les folies de votre père tournaient mal, vos actes pourraient ternir la réputation de ma famille. Et j'en serais tenu pour responsable. Je ferai tout ce qui est en mon pouvoir pour éviter d'en arriver là.

— Mais vous ne m'obligerez pas à quitter mon père ?

— Non, si rester avec lui est ce que vous désirez.

Grant resta un instant silencieux, espérant sans se le formuler clairement que sa femme reviendrait à la raison. Mais il n'en fut rien. La loyauté de Madeleine à l'égard de son père était toujours aussi forte, même si ce diable d'homme ne le méritait pas. Acceptant sa défaite, Grant se dirigea vers la porte qu'il ouvrit largement.

— Rejoignons-nous les autres ?

Madeleine replia son éventail d'un geste sec, leva le menton un peu plus haut encore et, sans un regard ni une parole de plus, passa devant lui pour quitter la pièce.

Chapitre 8

Minuit venait de sonner quand les McBinnie se levèrent d'un même mouvement pour prendre congé. Des chaises à porteurs furent appelées pour les dames tandis que Sir Edmund invitait Grant à rentrer à pied avec lui.

— Si vous avez l'intention de prendre congé maintenant, précisa-t-il avec sa courtoisie habituelle, nous pourrions aller ensemble jusqu'à Henrietta Street, mon garçon. J'espère que vous supporterez ma compagnie jusque-là.

Comprenant qu'il ne gagnerait rien à s'attarder, Grant accepta la suggestion de son ami.

— Eh bien, que pensez-vous de notre hôte et de ses projets ? demanda-t-il à Sir Edmund tandis qu'ils suivaient les chaises à porteurs le long des rues sombres.

— Intéressant personnage… Mais pour autant que je puisse en juger en une soirée, je ne pense pas qu'on puisse lui accorder une grande confiance… Fréquenter le comte de trop près risquerait de s'avérer fort dangereux.

— Vous pourriez avoir vu juste, rétorqua Grant avec un rire sans joie. D'après ce que je crois avoir compris, il prépare la venue à Londres d'une importante personnalité.

Bien que la rue fût parfaitement déserte, Sir Edmund jeta un rapide regard autour de lui.

— Un émissaire de Charles Edouard Stuart ?

— Je le pense. Parlons franchement, Sir Edmund. Si

le Prince faisait une nouvelle tentative pour reconquérir le trône, aurait-il votre soutien ?

— À dire vrai, la lettre d'Elibank m'a intrigué. Mais, après réflexion, je ne crois pas que le Prince ait suffisamment de partisans dans le pays. Oh ! Je sais qu'il y en a pas mal ici à Londres pour faire étalage de leur point de vue et que des portraits du Jeune Prétendant sont vendus ouvertement dans les rues, mais j'ai un avis très réservé sur la question. Du reste, j'ai appris par des amis bien placés que le roi de Prusse joue quelques pions sur cet échiquier. Un peu de désordre à la cour d'Angleterre ne serait pas pour lui déplaire… Non, mon ami, de l'eau a coulé sous les ponts depuis la la rébellion de 45, et je ne veux pas me mêler de tout cela… En fait, bien que ma femme et ma fille apprécient beaucoup leur séjour à Londres, j'ai l'intention de l'écourter et de rentrer bientôt chez nous, en Écosse.

Profitant de l'éclairage d'un réverbère, Sir Edmund marqua un arrêt et regarda Grant au fond des yeux.

— Et vous, mon ami, qu'en pensez-vous ?

— Je pense depuis longtemps qu'il est infiniment plus prudent de rester à l'écart du comte et de tout ce qui le touche de près ou de loin.

Sir Edmund se remit en marche.

— C'est bien mon avis… Du reste, en vous voyant à Londres, je n'ai pas cru une minute que vous étiez venu pour soutenir la cause jacobite.

Grant serra les mâchoires.

— C'est ma mère qui m'a conseillé de venir.

— Cette chère Ailsa !… Comment va-t-elle ?

— Aussi bien que possible, merci. Quand ma femme est partie, ma mère a été prise d'un violent remords. Elle se reprochait de ne pas s'être assez occupée de ma femme, de ne pas avoir remarqué à quel point elle était malheureuse.

— Pauvre Ailsa ! Elle-même était dans un tel état de

désarroi. Perdre son mari si soudainement est une dure épreuve et jamais je n'ai rencontré un couple si soudé. Vous aussi, mon garçon, vous avez dû être cruellement touché.

Instinctivement, Grant leva la main comme pour repousser les mauvais souvenirs. Il ne répondit pas tout de suite.

— Ma mère est persuadée que Madeleine est toujours attachée à moi. Elle pensait que je pourrais la ramener chez nous... Elle s'est bien trompée, conclut-il en envoyant d'un coup de pied nerveux un caillou droit dans le caniveau.

— En êtes-vous si sûr ?

— Parfaitement sûr.

— Le chagrin nous affecte tous chacun à notre manière, remarqua Sir Edmund, semblant peser chacun de ses mots. Le fait que votre père est mort avant que Madeleine et vous ayez pu vous consoler de la perte de votre enfant a dû être une terrible épreuve.

— Je vous remercie de votre sollicitude, monsieur, mais je crains que le départ de ma femme n'ait pas grand-chose à voir avec tout cela. Nous avons beaucoup parlé ce soir, elle et moi. Elle ne souhaite pas regagner le domicile conjugal. Elle a décidé de suivre son père en France... Le bon sens voudrait que je laisse tomber toute cette affaire et que je rentre chez moi... Mais comment le pourrais-je ? explosa-t-il soudain. Vous savez sans doute aussi bien que moi que si le comte échoue dans ses plans, il peut être arrêté pour haute trahison. Je ne puis quitter Londres tant que je n'aurai pas l'assurance que Madeleine sortira de cette affaire saine et sauve.

Ils avaient atteint Henrietta Street et Sir Edmund s'arrêta devant la porte de Grant.

— Dans ce cas, nous restons, décida-t-il. Vous avez besoin d'avoir quelqu'un de confiance à qui faire appel en cas de besoin.

— Je vous remercie, monsieur. Mais je préfère ne pas vous mêler à ces histoires.

— Nos familles sont amies depuis toujours et nous avons traversé côte à côte des périodes bien plus sombres, s'empressa de rétorquer son interlocuteur. Si nous pouvons vous être d'une quelconque utilité, n'hésitez pas.

Et d'ajouter de son habituelle voix posée :

— Je vous le répète, mon garçon. En cas de besoin, n'hésitez pas à faire appel à nous.

Grant serra la main que Sir Edmund lui tendait.

— Dans ce cas, encore merci, monsieur. Je n'oublierai pas.

Ils se regardèrent une longue minute dans les yeux, puis Sir Edmund hocha la tête et, tournant les talons, pressa le pas pour rejoindre sa famille.

Sitôt que leurs invités furent partis, Madeleine déclara qu'elle allait se coucher.

— Bonne nuit, *papa*.

— Attends un peu, ma fille. Je dois te parler.

Surprise mais obéissante, Madeleine retourna à sa place.

— Vraiment ?

Les mains sagement croisées dans son giron, elle attendit que le comte eût fini son cognac. Il la regardait pensivement par-dessus le bord de son verre.

— Que t'a dit Rathmore !

De nouveau ce tutoiement familier, qui disait soit sa colère soit son désir de la persuader.

— Il m'a demandé de rentrer avec lui à Advarrick.

— Et d'après son attitude quand vous nous avez rejoints, je suppose que tu as refusé ?

Madeleine baissa les yeux sur ses mains nouées. Elle les serrait si fort que leur jointure était toute blanche.

— En effet. Je lui ai dit que je préférais rentrer avec vous en France.

Le comte opina du chef mais il la fixait toujours du regard et Madeleine se sentit rougir.

— Je vous l'ai déjà dit, *papa*. Je n'ai plus rien à faire en Écosse. Revoir mon mari ici ce soir n'a fait que me le confirmer.

— Va-t-il quitter bientôt Londres ?

Madeleine haussa les épaules.

— Il ne m'a pas confié ses intentions.

— Hmmm, fit le comte en se tapotant pensivement le menton d'un index soigneusement manucuré. Dans ce cas, il ne pourra nous être d'aucune aide. C'est fort regrettable. Avoir dans notre camp le laird d'Ardvarrick aurait encouragé d'autres partisans du Nord à nous rejoindre.

— Je ne vois rien de regrettable à cela, protesta Madeleine avec humeur. Je ne veux pas que Grant Rathmore soit votre allié. Pas plus que Sir Edmund.

— Dans ce cas, ma fille, vous pouvez retrouver votre calme. Aucun de ces deux gentlemen n'a manifesté la moindre inclination à soutenir notre cause.

— Et vous m'en voyez ravie. Je vous ai suivi jusqu'ici sans regimber, *papa*, mais la cause que vous soutenez n'est pas la mienne et je préfère que mes amis – je parle des McBinnie, naturellement – ne soient pas mêlés à vos stratagèmes. Si jamais vous faites un nouvel appel du pied à Sir Edmund, je vous préviens, je le mettrai clairement en garde contre vous.

Son père ouvrit de grands yeux innocents.

— Mais, ma chère, il me semble pourtant que j'ai été assez clair… C'est pour vous complaire que j'ai invité vos amis ici ce soir. Ce n'est pas pour moi.

Madeleine savait par expérience qu'il valait mieux ne pas discuter. Mais son père avait déjà enfourché un autre cheval.

— Bah ! Assez de tout ceci. Nous devons penser maintenant à notre important dîner de la semaine prochaine… Tu as l'air surprise, ma chérie ! Ne t'en avais-je pas parlé ?

— Eh bien non. Et pour quel jour, je vous prie ? Vous serez bien avancé, si j'ai prévu autre chose…

— Mais vous n'avez rien prévu du tout, rétorqua le comte d'une voix douce en se penchant légèrement pour attraper son tabac à priser.

Madeleine jeta un bref regard sur les nombreux cartons d'invitation qui ornaient le dessus de la cheminée.

— Non, en effet, quoique ce ne soit pas les invitations qui manquent. Je n'ai encore pris aucun engagement, à part le raout de Lady Molton demain.

— Parfait… bonne petite fille. Du reste, nous irons ensemble chez Lady Molton. Je compte bien rencontrer des gens là-bas à qui j'ai à parler.

— Encore vos intrigues ! maugréa Madeleine en agitant la main. Parlez-moi donc de votre dîner… Quel jour est-ce ? Et qui y aura-t-il ?

— Jeudi, je pense. J'en saurai davantage demain ou après-demain. Quant à nos invités, il y aura Sir John Belsay et Mr Thrimby. Lord Froome et Lord Kelty également. Avec leurs dames, bien sûr, qui pourront te tenir compagnie.

Le comte s'interrompit pour prendre une pincée de tabac puis s'essuya délicatement les doigts avec un mouchoir.

— Ah ! Il faudra aussi inviter Maxton…

Madeleine fit la grimace.

— Sir William ! Vraiment ?

— Je sais que tu ne l'aimes pas, ma chérie. Mais je te prie de le traiter avec courtoisie. Tu feras bien cela pour ton vieux papa, n'est-ce pas ?

— Vous savez très bien que ce n'est pas une question de l'apprécier ou non. Je n'ai pas confiance en lui.

— Raison de plus pour l'avoir à l'œil.

Nouvelle grimace. Madeleine retint même un frisson.

— Je préférerais ne rien avoir à faire avec ce… cet individu, murmura-t-elle.

— Là, ma fille, je vous le dis tout net, c'est tout à fait impossible. Je te le répète, Madeleine, répliqua le comte en élevant légèrement la voix. Il est de la plus haute importance que Sir William soit bien reçu chez moi.

Le ton et le comportement de son père étaient si inhabituellement graves que Madeleine se demanda si Maxton n'était pas encore plus dangereux qu'elle ne le pensait.

— Comme vous voudrez, *papa*. Dans ce cas, je vous promets d'être polie. Mais ne m'en demandez pas davantage.

Se remettant vivement sur ses pieds, elle salua son père d'un bref signe de tête et lui souhaita bonne nuit.

Jamais elle ne s'était sentie aussi abattue. Sans doute était-ce normal, après sa rencontre avec Grant. Il était évident, maintenant, que leur mariage était un échec. Peut-être même s'autoriserait-elle à verser quelques larmes sur son oreiller cette nuit. Mais, demain matin, elle chasserait cette humeur maussade comme le vent chasse les nuages après l'orage dans un ciel de printemps.

Il était important qu'elle garde la tête froide pour mieux se concentrer sur les manigances paternelles si elle voulait pouvoir parer à toutes les imprudences du comte.

Chapitre 9

Soucieux de préserver sa tranquillité d'esprit, Grant décida de se tenir à l'écart de sa femme. Madeleine suscitait en lui trop d'émotions et, quand il était près d'elle, son cerveau perdait toute sa lucidité. Une partie de lui aurait voulu la prendre de force sous son bras, en dépit de ses protestations, et l'emporter en lieu sûr. Et c'est ce qu'il ferait si la situation devenait par trop désespérée. Mais ce ne serait vraiment qu'en dernier recours. Grant se considérait comme un homme de bon sens, comme son père et son grand-père avant lui. Ces derniers avaient coutume de traiter les femmes avec respect, et même une certaine mansuétude eu égard à leur statut de sexe faible. Il s'était toujours efforcé de faire de même.

Mais pour l'heure, laissant le soin à Robert de garder un œil sur Madeleine et son père, il passait ses journées à visiter les maisons de café, les salons de thé et les clubs qu'il savait fréquentés par les partisans du Stuart dépossédé de sa couronne. Pourtant, bien que les rumeurs allassent bon train à propos du comte de Vaucluse, il ne put découvrir aucun indice sérieux d'une conspiration en cours de la part des jacobites. En fait, quand Robert et lui comparèrent leurs informations quelques jours plus tard, ils furent bien obligés de conclure que le comte et sa fille ne se comportaient pas autrement que tous les provinciaux et étrangers qui venaient dans la capitale pour jouir des nombreuses distractions qu'elle leur offrait. Ils se promenaient régulièrement dans Hyde Park, allaient au théâtre et au concert, assistaient à la plupart des grands bals et des réceptions qui y étaient donnés et recevaient leurs amis.

Grant commençait à se demander s'il ne s'était pas trompé. Pourtant, Madeleine avait paru sincère en prétendant s'inquiéter pour son père. Mais un démon intérieur se mettait à lui chuchoter que tout cela n'était peut-être qu'une comédie. Et si sa femme avait tout bonnement inventé un prétexte pour ne pas revenir avec lui en Écosse ?

Mais il avait du mal à le croire. Madeleine n'avait jamais essayé de le manipuler et leurs rapports avaient toujours été d'une grande honnêteté.

Non, décidément, il ne pouvait se résoudre à abandonner sa femme à son sort. Pas tant qu'il la croirait en danger.

Une semaine plus tard, Grant n'y voyait toujours pas plus clair. Il courait parmi les partisans des Stuarts une confuse rumeur à propos d'une manœuvre de grande importance. Mais rien de nouveau en cela. Et le comte vaquait à ses affaires avec le même flegme et la même élégance qu'il mettait en toutes choses. D'après les rapports quotidiens de Robert et de la petite équipe d'enquêteurs que son homme de confiance avait pris à son service, aucun mystérieux visiteur ne s'était présenté à Surrey Street. Le comte fréquentait régulièrement les cafés de Regent Street et leur voisinage, mais il n'y faisait aucune rencontre suspecte. Quant à Madeleine, elle se faisait conduire en ville quasiment tous les jours pour se livrer à quelques emplettes ou rendre visite à des amis et, tous les soirs, elle accompagna son père à diverses réceptions. Un seul détail pouvait paraître inquiétant : les hôtes des dites réceptions, qui n'étaient quasiment que des jacobites notoires.

Bref, tout cela était des plus irritants. Grant en était arrivé à souhaiter de tout son cœur qu'Yves d'Evremont quitte Surrey Street au plus vite avec sa fille pour regagner la France. Cela dit, considérant qu'il valait mieux éviter toute rencontre avec elle, il passait la plupart de ses soirées dans les clubs et les cafés, particulièrement abondants dans la capitale. Mais comme il n'était pas joueur, il finit par guetter les invitations plus chics, et c'est ainsi qu'en parcourant les diverses invitations qui s'accumulaient sur la console de l'entrée il finit par tomber sur l'une d'elles qu'il jugea pouvoir accepter sans risques.

Lady Elizabeth Wallington était une veuve d'un certain âge qui habitait un bel hôtel particulier à la sortie de la ville et était réputée pour la magnificence de ses réceptions. Grant avait fait sa connaissance lorsqu'il était venu à Londres pour recevoir des mains du nouveau roi son titre de chevalier. Elle s'était prise d'affection pour lui et, apprenant qu'il était à Londres, l'avait invité à assister le samedi suivant à l'un de ses célèbres feux d'artifice.

Enfin un divertissement digne de ce nom, songea-t-il. En outre, il savait qu'Anne McBinnie n'avait jamais assisté à pareil spectacle. Aussi, Lady Elizabeth étant une hanovrienne notoire, il lui fit savoir qu'il aimerait amener avec lui la famille McBinnie.

Il ne faisait pas encore tout à fait nuit quand la petite compagnie menée par Grant arriva à Wallington House, impressionnante bâtisse de pierre située à environ dix miles de Londres sur la Great's East Road. Ils furent conduits par un valet dans une immense pièce de réception, vaste galerie décorée de stucs dorés et de chandeliers flamboyants, et se retrouvèrent devant un long buffet chargé de pâtisseries, petits-fours et vins fins censés faire patienter les invités en attendant que le ciel fût assez noir pour le feu d'artifice.

Grant et les McBinnie se mêlèrent bientôt à la foule, on fit des présentations, on renoua connaissance… Mais, en fin de compte, bien que Sir Edmund reconnût un grand nombre de personnalités, il y avait là peu de familiers.

— Notre hôtesse a décidément beaucoup de relations, remarqua-t-il tandis qu'ils se regroupaient tous les quatre dans l'embrasure d'une fenêtre. On trouve ici ce soir la crème de la société.

— En effet, renchérit Lady McBinnie, les yeux brillants. Je reconnais là au moins deux ministres, et Lady Wallington m'a présentée à un prince de sang, le duc de… Oh !

La brave dame s'interrompit net, fixant du regard un point derrière lui. Grant se retourna vivement pour voir ce qui retenait ainsi son attention.

Le comte de Vaucluse, resplendissant dans un habit de velours bleu nuit orné de galons d'or, se tenait à l'entrée de la galerie. Bien sûr, Madeleine l'accompagnait et, presque instantanément, leurs regards se croisèrent. C'était inévitable, songea Grant, la gorge serrée. Où qu'ils soient, depuis leur première rencontre, c'était comme si une mystérieuse connexion existait entre eux. Comme une corde invisible reliant leurs deux cœurs.

Une connexion qui existait toujours, plus forte que jamais. Il en avait désormais la certitude.

Avait-il manqué à sa femme toute cette longue semaine ? S'inquiétait-elle de ses faits et gestes ? Se demandait-elle s'il pensait à elle ? Se contraignant à détourner le regard, Grant tenta de détourner aussi ses pensées de Madeleine. Cette histoire de mystérieuse connexion, de lien invisible, n'était qu'une fable. Et plus vite il s'en serait convaincu, mieux ce serait.

Reportant son attention sur le comte, il vit l'œil gris du

père de Madeleine parcourir la foule des invités, paisible et scrutateur à la fois, et se poser enfin sur Sir Edmund. Il s'apprêtait à se diriger vers eux, mais Madeleine posa sa main gantée sur son avant-bras. Le comte pencha la tête vers elle et, quand elle eut murmuré quelque chose à son oreille, il haussa les épaules et changea de direction. Ce qui était une bonne chose. Grant ne voulait plus avoir affaire avec cette famille.

Quand il reporta son attention sur ses amis, il s'aperçut qu'Anne et sa mère le considéraient d'un air inquiet.

— Vous me voyez navré, fit-il. Je ne m'attendais pas à rencontrer le comte ici. Sinon, jamais je n'aurais suggéré que nous... Je veux dire... je n'aurais pas voulu risquer de gâcher votre soirée par cette rencontre.

— Grant, je suis tellement désolée, répliqua Lady McBinnie en posant doucement sa main sur sa manche. J'imagine que, la situation étant ce qu'elle est, vous n'avez aucun plaisir à rencontrer votre épouse.

— C'est plutôt que je ne voudrais pas vous importuner avec mes déboires conjugaux.

— Mais vous ne nous importunez pas, mon garçon, intervint Sir Edmund, le visage grave. Il se trouve simplement que nous vous aimons beaucoup tous les deux.

— Et vous m'en voyez touché, monsieur. Il nous reste à espérer que la présence du comte et de sa fille ne va pas nous gâcher la soirée. Dans une aussi vaste demeure, nos chemins n'auront guère l'occasion de se croiser de nouveau...

Il parlait d'un ton brusque et décidé, comme pour signifier que l'affaire était close. Et, portant son regard vers le fond de la salle, il ajouta d'une voix enjouée :

— Oh ! Mais je vois que les gens commencent à se diriger vers les jardins. Y allons-nous ? Il paraît que la roseraie de Lady Wallington est superbe.

Il poussa le petit groupe vers les portes-fenêtres grandes

ouvertes et ils rejoignirent les invités qui se pressaient déjà sur la pelouse, prêts à jouir du spectacle. Quelques minutes plus tard, les trompettes sonnèrent dans la nuit, suivies aussitôt de l'explosion des premières fusées qui, trouant la nuit noire, s'éparpillèrent en une poussière d'étoiles multicolores. Un long voile de nuages s'étirant devant la lune servait d'écrin parfait à ces joyaux étincelants.

Grant, la tête renversée vers le ciel, regardait sans voir, l'esprit ailleurs. Que faisait le comte ici ce soir, dans un milieu si défavorable à ses convictions ? Le soutien de Lady Elizabeth à la Couronne était bien connu et il avait peu de chances de trouver des partisans des Stuarts parmi les invités. Quant à Madeleine, était-elle venue de son propre chef ou s'était-elle contentée, une fois de plus, d'obéir à son père ? À moins qu'elle ne soit là pour rencontrer un admirateur ?

Cette désagréable perspective s'imposa à son esprit au point de lui faire perdre définitivement le peu d'intérêt qu'il lui restait pour le magnifique spectacle qui se déroulait au-dessus de lui.

Chapitre 10

Madeleine, le regard vide, dut faire un effort pour se joindre aux cris d'admiration et aux applaudissements enthousiastes du public tandis que les feux d'artifice explosaient dans le ciel dans une débauche de couleurs. La soirée aurait pu être si belle… Son père avait prétendu qu'ils n'allaient chez Lady Wallington que pour se distraire. Mais elle avait du mal à y croire.

D'elles-mêmes, ses pensées revinrent à Grant. Elle ne s'attendait pas à le trouver là, et pourtant, à leur arrivée, comme attirée par un aimant, c'est la première personne qu'elle avait repérée dans la foule. Avec sa haute stature impeccablement sanglée dans un pourpoint de velours bleu et la riche couleur auburn de ses cheveux, comment aurait-elle pu ne pas remarquer son mari ? Puis il s'était retourné, leurs regards s'étaient rencontrés… et, pendant quelques secondes, c'était comme si la Terre s'était arrêtée de tourner. Madeleine avait éprouvé un terrible sentiment de nostalgie. Une intolérable sensation de manque.

Elle avait convaincu son père de ne pas aller le saluer mais, ensuite, toutes ses tentatives pour dévier ses pensées de Grant Rathmore avaient lamentablement échoué. Même maintenant qu'il était perdu dans la masse obscure des autres invités, elle sentait sa présence. Elle l'avait vu avec les McBinnie et en avait déduit qu'il était venu avec eux.

Se tenait-il à côté d'Anne ? Avait-il posé un bras rassurant autour des épaules de son amie quand, comme elle l'avait fait elle-même, son amie avait sursauté à la première explosion ?

Madeleine refoula une vague de jalousie. Anne était son amie, il n'était pas question de penser du mal d'elle. Pas question non plus de s'irriter contre Grant. Après tout, c'était elle qui avait décidé de le quitter, n'est-ce pas ?

Elle ferma les yeux un instant. Leur amour était mort. Ils étaient tombés d'accord sur ce point. Ce qu'elle éprouvait maintenant, ce n'était pas de l'amour. Juste le regret de ce qui avait été.

— Ma chère, vous voudrez bien m'excuser un instant, murmura son père à son oreille.

Madeleine rouvrit les yeux brusquement.

— Mais vous m'aviez promis ! protesta-t-elle. Nous étions ici seulement pour nous amuser.

Non qu'elle s'amusât beaucoup, à dire vrai…

— N'est-ce pas ce que nous faisons ? rétorqua-t-il d'une voix suave. Je ne vous demande rien d'autre ce soir que de prendre du plaisir. Quant à moi, hélas, il faut absolument que je m'entretienne avec l'un des invités. Je reviens tout de suite.

Il lui tapota la main avec son habituel sourire charmeur.

— Pour combien de temps en aurez-vous ? insista Madeleine en plissant les yeux.

— Je reviendrai au plus vite, ma chérie. Faites-moi confiance.

— Vous faire confiance, à vous ? Franchement, cela me semble difficile, puisque vous ne voulez rien me confier.

Il rit doucement.

— Chut ! Madeleine. On pourrait nous entendre. Vous savez très bien que, si je ne vous dis rien, c'est pour votre sécurité.

Sur ces mots, il s'éclipsa avec une grâce de vieux félin

prêt à bondir sur sa proie. Madeleine le regarda disparaître dans la pénombre puis, haussant les épaules, elle leva les yeux vers le ciel en feu. À quoi bon discuter avec son père ! Il n'en ferait jamais qu'à sa tête. Il n'était pas plus possible de l'arrêter que ces feux d'artifice qui sillonnaient le velours de la nuit de leurs étoiles d'or et d'émeraude. Elle observa les étincelles retomber vers la terre dans un sifflement de soie.

Quelle erreur d'avoir rejoint son père à Londres ! Elle savait pourtant qu'il était impossible de lui faire confiance. Mais la vie à Ardvarrick était devenue trop difficile. Aussi, quand elle avait reçu de lui cette lettre où il lui demandait son aide, elle avait vu là une bonne excuse pour s'échapper. Et maintenant, voilà qu'elle était prise dans un complot qui non seulement risquait de les mettre tous deux en danger, mais d'entraîner en plus Grant et son domaine ancestral dans leur perte.

Une autre fusée explosa, plus forte encore que les précédentes, remplissant le ciel d'étoiles rouge sang. Madeleine baissa les yeux avec un frisson. Son inconscience la rendait malade de regret et de peur. Comme son hôtesse bavardait avec quelques amis à proximité, elle se rapprocha et, au bout de quelques minutes, parvint à l'entraîner à l'écart. Elle lui demanda si, un peu fatiguée par le champagne et le bruit, elle pouvait se retirer dans un endroit calme.

— Un léger mal de tête, expliqua-t-elle en se touchant le front.

— Ma pauvre enfant ! Mais bien sûr.

Lady Elizabeth fit signe à un valet qui s'empressa auprès d'elles.

— John va vous conduire dans la bibliothèque. Vous ne serez pas dérangée.

Reconnaissante, Madeleine suivit le domestique et pénétra dans la pièce à peine éclairée par la lumière du foyer. On n'entendait que le crépitement du feu et une vague rumeur provenant du dehors. Mais tout était merveilleusement paisible après le tumulte qui régnait dans le parc. Sitôt que le valet eut refermé la porte sur lui, Madeleine se laissa tomber avec un gémissement dans l'un des fauteuils qui flanquaient la cheminée.

— Bonsoir, ma chère, dit alors une voix grave dans son dos. Je vous ai vue entrer ici… et je vous ai suivie.

Madeleine se retourna brusquement. C'était Grant, dont la haute silhouette bloquait la lumière venant du hall.

— Que se passe-t-il ? poursuivit-il, tendue par l'inquiétude.

— Rien. Un simple mal de tête.

Mal à l'aise, elle le regarda entrer dans la pièce et refermer la porte derrière lui.

— Vous n'avez jamais souffert de mal de tête, remarqua-t-il en avançant vers elle.

Se penchant sur elle, il la prit par les épaules et la tourna vers le candélabre dont le valet avait allumé les bougies.

— Qu'est-ce qui ne va pas, Madeleine ? reprit-il.

Elle se dégagea vivement. Sa voix douce, sa sollicitude menaçaient de lui faire perdre tous ses moyens.

— N'avons-nous pas convenu que je ne faisais plus partie de votre vie ? rétorqua-t-elle froidement.

Mais il continuait à la dévisager et elle sentait ses résolutions faiblir. Tournant la tête, elle se passa la main sur les yeux.

— Je t'en prie, Grant. Va-t'en.

— Les McBinnie sont venus dans ma voiture. Je ne puis partir sans eux.

Madeleine agita une main impatiente.

— Je ne parle pas de ce soir. Sors de ma vie, Grant. Retourne à Ardvarrick. Oublie-moi.

— Si seulement c'était aussi facile…

— Mais il le faut, Grant. Je t'en prie !

— Pourquoi le faut-il ? insista-t-il d'une voix dure.

— Parce qu'il n'y a plus d'amour entre nous !

Les mots lui arrachaient la gorge. Elle dut reprendre son souffle.

— Là où il y avait tendresse et complicité, il n'y a maintenant plus rien. Je pensais... j'espérais que, même si tu ne m'aimais plus, nous pourrions au moins cohabiter comme des amis. Mais, ces derniers temps, nous n'étions plus que des étrangers l'un pour l'autre... Tu n'as plus besoin de moi.

— Oh ! Madeleine... Je suis sincèrement désolé que tu aies pu croire cela...

— C'est pour cela que je suis partie, poursuivit-elle comme si elle ne l'avait pas entendu. Je n'ai plus de place dans ta vie, maintenant.

— Ce que tu veux dire, en fait, c'est que je n'ai plus de place dans la tienne, n'est-ce pas ? riposta-t-il d'une voix atone.

— Non !

Elle se retourna vivement, prête à s'expliquer, mais l'expression du visage de Grant la réduisit au silence. La lumière des bougies dessinait des ombres noires sur son beau visage, soulignant les mâchoires serrées, la bouche durcie par la colère. Les flammes jouaient dans ses yeux comme des diables dansant la sarabande.

Il eut un rire sauvage.

— Cela n'a rien à voir avec moi. Tu cherchais une excuse pour retourner à ta vie de fêtes et d'abondance, faite d'intrigues et de petites tromperies...

— Ça suffit ! le coupa Madeleine en se levant d'un bond. De quel droit oses-tu m'injurier ainsi ? Sors d'ici, veux-tu ? Immédiatement.

Grant se rapprocha d'elle.

— Comme tu voudras… Comme dit le poète, « puisqu'il n'y a plus rien à faire, embrassons-nous et adieu[1] ».

Il souriait maintenant, mais la colère brillait toujours dans ses yeux. Refusant de se laisser intimider, Madeleine le défia du regard, le menton levé. Mais avant même qu'elle eût pu réagir, il se pencha sur elle et effleura ses lèvres d'un baiser. Ce n'était qu'un simple contact, plus léger qu'une aile de papillon, mais Madeleine se sentit ébranlée jusqu'au fond de son être.

Son intention était de faire de ce baiser une insulte, de montrer à quel point il n'attachait plus d'importance à celle qu'il avait tant aimée. Mais sitôt que ses lèvres entrèrent en contact avec celles de sa femme, ce fut comme si un torrent de lave brûlante jaillissait en lui. Il se redressa, étourdi, et rencontra le regard bleu de sa femme, aussi surprise que lui. Il n'aurait pas dû faire cela. Il devait s'excuser.

Grant ouvrait la bouche pour ce faire quand, l'attirant à lui, Madeleine captura son visage entre ses deux paumes et l'embrassa avec une telle fougue que tous ses sens s'enflammèrent. La passion qui couvait en lui comme une braise mal éteinte explosa en un feu ardent. Il la saisit dans ses bras, et leurs langues se mirent à danser avec une hâte gourmande qui alluma tout son sang. Son cœur battait la chamade, le désir le consumait déjà. Il ne pouvait plus penser qu'à cette femme entre ses bras. Elle mettait dans son baiser la même passion que lui, la même avidité, et pressait tout son corps contre le sien, le retenant bouche contre bouche de ses doigts plongés dans ses cheveux.

Quand leur baiser s'acheva, Grant ne s'écarta pas. Ses

1. Sonnet de Michael Drayton, poète contemporain de William Shakespeare (fin XVIe-début XVIIe siècle.)

lèvres commencèrent à dessiner un chemin sur le visage de sa femme, ses yeux, sa gorge… Lançant la tête en arrière, Madeleine l'invitait à plus d'audace encore. Il sentit le pouls affolé qui battait au creux parfumé de son cou avant de descendre lentement entre ses seins.

Et puis soudain, tout changea. Maintenant, Madeleine se débattait dans ses bras, le repoussait violemment. Grant la libéra aussitôt, et elle tituba, le souffle court.

— Comment oses-tu ?

Le corps en feu, le cœur battant toujours à grands coups, Grant laissa échapper un rire rauque.

— Il me semble, madame, que c'est vous, cette fois, qui avez mené l'assaut !

— J'étais bouleversée, protesta-t-elle en croisant les bras sur la poitrine, comme pour se protéger d'on ne sait quel ennemi. Vous avez abusé de la situation. Partez, je vous prie.

Elle le dévisageait de ses grands yeux pleins de flammes et, les joues empourprées, ses boucles noires en désordre, elle était tout simplement… magnifique. Grant était encore excité par l'étreinte qu'ils venaient de partager. Même s'il avait voulu obtempérer, il en aurait été incapable.

— Après ce qui vient de se passer entre nous ? objecta-t-il, s'efforçant de gagner du temps.

Le regard de Madeleine se détourna.

— Simple réaction physique. Il n'y a pas que les hommes qui ont parfois ce genre de comportement… bestial.

— Ce n'est pas ce que je pense et vous le savez bien, rétorqua-t-il, se rappelant les nuits passionnées qu'ils avaient partagées à Ardvarrick.

Mais cette époque était hélas révolue. D'autres souvenirs, faits de dédain, de silence, de portes closes, vinrent recouvrir les premiers, éteignant son désir aussi sûrement qu'une douche glacée. Le feu qui le consumait se métamorphosa en une rage froide. Contre Madeleine qui l'avait si lâchement tenté, contre lui qui avait si aisément succombé. Il l'avait vue danser dans les bras d'autres hommes, flirter avec eux. Pourquoi n'aurait-elle pas éprouvé le même désir pour eux ?

Il n'aurait voulu partager Madeleine, sa femme, avec personne, mais il se sentait pris d'un terrible sentiment d'impuissance. Et, les poings serrés, il luttait pour ne pas la reprendre dans ses bras.

— Très bien, madame, reprit-il d'une voix parfaitement contrôlée. J'accepte votre sentence. Je m'en vais. Je ne peux que regretter de m'être si bêtement laissé tenter.

La suite du poème de Michael Drayton lui revenant soudain à l'esprit, il s'arrêta sur le seuil de la porte.

— « C'en est fait, vous n'aurez plus rien de moi », déclama-t-il.

Et d'ajouter avec un mince sourire :

— Une citation de circonstance, n'est-ce pas ?

Et sur ces mots, il quitta la pièce, veillant avec un soin inhabituel à ne pas claquer la porte.

Chapitre 11

Grant retourna dans le jardin, toujours fulminant. Plus tôt son père ramènerait Madeleine en France, mieux ce serait. Dans leur intérêt à tous les deux, et probablement même à tous les trois, étant donné les guêpiers dans lesquels le comte avait le talent de se fourrer.

Le feu d'artifice était terminé et les invités refluaient maintenant vers la maison où leur hôtesse avait prévu un souper consistant pour les mener jusqu'aux petites heures de l'aube. Mais Grant n'avait pas faim. Ses sens étaient encore tout pleins du souvenir de Madeleine, du goût de sa peau, de la sensation affolante de son corps pressé contre le sien, de son parfum. Et un poignant sentiment de nostalgie l'envahissait lentement.

Il se passa la main dans les cheveux. Pas question de se laisser faire. Madeleine était perdue pour lui. Continuer à en être amoureux comme un collégien n'avait pas de sens. Il aspira une grande bouffée de l'air frais de la nuit et carra les épaules. Il ne se laisserait pas manipuler ainsi plus longtemps.

Sur le chemin du retour en compagnie de Sir Edmund et de sa famille, il se montra peu loquace. Puisque Madeleine lui avait signifié clairement qu'elle ne voulait plus entendre parler de lui, il n'avait aucune raison de rester à Londres. Et puisqu'elle lui avait demandé de la renier en tant qu'épouse, il allait faire insérer un avertissement dans les journaux stipulant qu'il dégageait sa responsabilité en cas de dettes ou de comportement illégal de son ex-épouse. Ensuite, il retournerait chez lui, en Écosse, et oublierait jusqu'au fait même qu'il avait eu un jour pour femme Madeleine d'Evremont.

La nuit qui suivit, ou plutôt les quelques heures qui en subsistaient, ne lui apporta guère de repos. Quand, le teint hâve et la bouche amère, il rabattit les volets de sa chambre, il ne put retenir un grognement satisfait en voyant la pluie tomber à verse. Rien n'annonçait dans le ciel une quelconque amélioration, ce qui lui éviterait de devoir accompagner Lady McBinnie et sa fille dans leur habituelle promenade dominicale à Hyde Park. Il n'était pas d'humeur à faire des mondanités et préférait occuper son dimanche à voir comment il allait pouvoir se débarrasser de Madeleine et de son père. Malheureusement, ses quelques tentatives pour établir un plan d'action et rédiger un désaveu public de sa femme échouèrent lamentablement et il décida de confier l'affaire à un avocat dès le lendemain.

Mais le sort était contre lui.

Quand Grant arriva à l'office notarial que lui avait recommandé Sir Edmund tôt ce matin-là, ce fut pour apprendre que le maître des lieux, réputé pour son sérieux et sa discrétion, était parti en villégiature jusqu'au jeudi. Décevant, mais qu'y faire ? Il n'avait d'autre choix qu'attendre car ni lui ni Sir Edmund, le seul auprès de qui il pouvait s'épancher, ne connaissaient d'autre personne de confiance.

Grant retourna donc chez lui pour y trouver une invitation au bal de Clifton House pour le soir même. Le carton bordé d'un élégant liseré d'or était posé en évidence sur la cheminée, bien calé par une porcelaine de Meissen représentant un singe à l'expression particulièrement narquoise.

Grant, qui avait aussitôt envisagé d'envoyer ses excuses, se ravisa soudain. Tout valait mieux, même une salle de bal bondée, plutôt que, comme il l'avait fait la veille, passer la soirée à ressasser ses tracas en tête à tête avec une bouteille de cognac !

Robert, tout à son nouvel office d'agent de renseignement, s'empressa de l'informer que le comte et sa fille étaient invités à dîner chez Lady Thanet ce même soir. La place était libre ! Grant pouvait se rendre au bal des Clifton. D'autant plus que Sir Edmund et sa famille y étaient certainement conviés.

Quand il fit son entrée dans la vaste salle de bal, la danse s'achevait et la première personne sur qui ses yeux se posèrent fut Madeleine, raccompagnée par son cavalier, un jeune paltoquet visiblement sous le charme de sa partenaire. Grant ravala une injure. Après tout, quel droit avait-il de décider des déplacements de celle qui ne serait bientôt plus que son ex-femme ? Il était trop tard pour se retirer. Aussi, après un léger haussement d'épaules, il s'enfonça dans la foule des invités.

Prenant un verre de vin au passage, il remercia le serviteur et suivit du regard Madeleine que son cavalier conduisait auprès des portes-fenêtres, où ils furent aussitôt rejoints par d'autres gentlemen qui semblaient tous quêter les faveurs de sa jeune et encore très jolie femme. Le seul fait de poser les yeux sur elle allumait un feu dans ses veines. Impossible d'oublier leur baiser à Wallington House, la douceur des lèvres de Madeleine, le contact de son corps souple entre ses bras.

Et, malgré lui, il s'approcha plus près. Usant de son éventail avec dextérité, Madeleine distribuait un sourire ici, une œillade là, admonestait un autre d'un regard sévère. Il serra les mâchoires. Si elle jouait un rôle, elle le faisait à la perfection. Il ne l'avait jamais vue aussi enjouée, aussi heureuse, depuis…

Les souvenirs le submergèrent. Il se rappela leur bonheur parfait des premiers temps. Lors de sa première fausse couche, qui s'est produite à un moment avancé de la grossesse, ils avaient affronté ensemble leur malheur et, bien que n'ayant pu oublier cette douloureuse perte, ils avaient accepté la vie comme elle venait. Cette épreuve n'avait finalement fait que les rapprocher encore davantage.

Jusqu'à la naissance tant attendue de leur deuxième fils. Celui-là était bien arrivé à terme, mais n'avait hélas pas poussé un seul cri au moment de la délivrance. Et, comme si cela n'avait pas suffi, cette tragédie avait été suivie quelques mois plus tard par la mort soudaine de Logan Rathmore.

Après ces deux épreuves consécutives, plus rien n'avait été comme avant. La joie semblait avoir déserté à jamais leur foyer.

Grant observait toujours le manège de Madeleine, qui paraissait jouir pleinement de l'adulation de ses admirateurs. Était-ce là sa récompense, à lui, pour tous les sacrifices qu'il avait faits alors ? Il avait jugulé son chagrin comme il le pouvait en se jetant à corps perdu dans le travail, cachant sa peine pendant tout ce temps pour ne pas faire souffrir sa femme encore davantage. Évitant même Madeleine de peur de provoquer de nouveau ses larmes. N'était-ce pas son devoir, en tant que nouveau laird, de tendre le dos et d'affronter sans faiblir la tempête ?

Mais Dieu que cette époque avait été difficile et solitaire !

— Eh bien ! Sir Grant. Je vous surprends en train d'admirer à votre tour la dernière coqueluche de nos salons…

Une main sur son épaule et la voix chaleureuse de son hôte le ramenèrent brusquement au présent.

— Je suis confus d'avoir été pris sur le fait, Lord

Edgecott. Mais vous avez raison, cette jeune personne est une véritable beauté.

— Venez, mon garçon, je vais vous présenter.

— Oh ! Je vous remercie mais, à dire vrai… nous avons déjà…

Trop tard. Son hôte le poussait vers le petit groupe. Madeleine ne l'avait pas encore aperçu. Elle riait aux plaisanteries de l'ineffable pantin peinturluré qui s'agitait devant elle dans l'espoir de se faire remarquer.

— Mademoiselle d'Evremont, dit Lord Edgecott, tout sourire. J'ai avec moi un gentleman qui meurt d'envie de faire votre connaissance…

Madeleine pivota sur elle-même, une expression accueillante sur les lèvres et, en le découvrant, ne laissa voir sa surprise que par un léger frémissement des paupières.

— Vous devez faire erreur, milord. Sir Grant et moi, nous nous connaissons déjà.

Grant remarqua que le léger accent français de sa femme, qui lui conférait indéniablement un supplément de charme, s'était intensifié.

Leur hôte eut un rire joyeux.

— Eh bien, vous l'intimidez tellement qu'il n'a pas osé m'en informer.

Ce qui fit rire tout le petit groupe, à la grande contrariété de Grant. Se ressaisissant, il rétorqua poliment :

— Je doute d'être le seul à admirer Mlle d'Evremont…

— En effet, rétorqua l'un des soupirants de Madeleine, un jeune élégant engoncé dans un habit garni d'une profusion de rubans et de dentelles et nanti d'une haute perruque poudrée qui cachait mal ses boucles blondes.

Grant commençait à se demander quand, et surtout comment, il pourrait s'extirper de cette situation délicate. S'étant déclaré fervent admirateur de la belle, il pouvait difficilement s'enfuir maintenant.

Dieu soit loué, ce fut le moment que choisirent les musiciens pour entamer une nouvelle danse. Sans doute pourrait-il en profiter pour prendre congé. Déjà plusieurs de ces petits messieurs s'avançaient vers Madeleine, la main sur le cœur, la priant de bien vouloir leur faire l'honneur de la conduire sur la piste de danse. Mais, jouant le jeu de la coquette, elle ne semblait disposée à en accepter aucun. Elle se contentait d'agiter son éventail devant son visage, ne laissant voir que l'énigmatique regard de ses grands yeux bleus.

— Mais c'est trop de cruauté, mademoiselle ! protesta Lord Edgecott. Vous ne pouvez nous priver du plaisir de vous regarder danser une gavotte. On dit que c'est un enchantement.

Grant réprima un sursaut. Une gavotte ! L'enfer des souvenirs ne finirait donc pas de le hanter ? Les images dansaient déjà dans sa mémoire avec une telle force qu'il crut avoir été soudain transporté en arrière, chez lui, à Ardvarrick.

C'était par un soir de printemps un peu frais. Madeleine et lui étaient dans le petit salon en compagnie de Logan et d'Ailsa. Toute la petite compagnie était joyeuse et détendue, mais Maddie s'était soudain mis en tête de lui apprendre une nouvelle danse. Aussitôt, ses parents avaient fait chorus pour l'encourager.

— Je connais assez de danses de salon pour ne pas faire tapisserie, avait-il protesté, peu désireux de quitter son confortable fauteuil après une longue journée de chasse. Bien sûr, je suis plus à l'aise dans les *reels et jigs* des *ceilidhs*[1]

1. *Reels* et *jigs* sont des danses folkloriques celtiques, dansées aussi bien en Irlande qu'en Écosse. Le terme *jig*, apparu au XVIe siècle, a probablement été emprunté au français « gigue ». Les *ceilidhs* sont des fêtes populaires au cours desquelles on exécute ces danses accompagnées de la musique typique irlandaise et écossaise, toutes deux très proches de la musique bretonne.

de la région, mais je ne suis pas complètement ignorant des subtilités du menuet et de la courante, encore moins des danses plus sophistiquées à la mode dans les meilleures sociétés. Tout cela fait partie de mon éducation, ma chère mère, au cas où vous l'auriez oublié.

— Sans doute, avait rétorqué son père avec un sourire moqueur. Mais tu ne sais pas danser la gavotte et ta femme paraît bien décidée à changer cela.

— Mais oui, beau-papa, s'était exclamée la petite diablesse, les yeux brillants. Parce que c'est une danse galante... Tu verras, mon chéri, avait-elle ajouté. Nous ferons les choses très bien. À la française.

— Dans ce cas, mon fils, avait renchéri le laird d'Ardvarrick, il te faut l'apprendre. Tu vas devoir te rendre à la cour en octobre pour être élevé par le roi au rang de chevalier, et je serai ravi de savoir que Madeleine et toi avez brillé dans les bals grâce à son enseignement.

Grant dut s'avouer vaincu. Il aida son père à repousser les meubles et à rouler les tapis tandis que Madeleine chantait l'air à sa belle-mère. Il suffisait à celle-ci, excellente harpiste, d'entendre un air une seule fois pour être en mesure de le jouer sur sa *clàrsach*[1].

— Venez donc, monsieur mon mari ! s'était écriée Maddie en s'avançant vers lui. Je ne vous mangerai pas. La gavotte commence comme une danse de paysans et l'on s'y embrasse au début et à la fin. Cela devrait vous faire plaisir, non ?

Et il y prit un grand plaisir, en effet. Ils vinrent à bout du premier mouvement, compliqué mais amusant, et persévérèrent au point qu'à la fin de la soirée Grant avait la tête

1. Instrument à cordes ancien, plus petit que la harpe de concert. Il était jadis utilisé par les musiciens ambulants.

qui résonnait de jetés et de chassés-croisés. Mais il avait été dédommagé de sa peine par un long baiser.

Le regard perdu dans le vague, Grant se souvenait également de la manière dont Madeleine l'avait récompensé encore plus tard, dans l'intimité de leur chambre.

— Vous vous en êtes fort bien tiré, mon ami, avait-elle murmuré en pressant son corps nu contre le sien. Mais nous devons encore nous entraîner. Je veux que vous soyez le plus habile et le plus élégant des cavaliers quand nous danserons la gavotte devant le roi.

Les leçons de danse avaient continué tout l'été mais, lorsque octobre était venu, Maddie était enceinte et il avait dû se rendre seul à Londres. Ils n'avaient donc jamais dansé la gavotte en public.

Une flèche de douleur lui déchira le cœur comme il revenait brutalement au temps présent, à cette salle de bal pleine de rires et de bavardages insipides. Et devant lui, il y avait Madeleine, sa femme, entourée d'hommes qui se disputaient encore la faveur de danser avec elle.

C'est alors qu'il entendit sa propre voix dire haut et clair :

— C'est moi qui danserai cette gavotte avec vous, madame.

Le regard de Madeleine se tourna vers lui, soudain élargi. Elle paraissait aussi étonnée que lui.

Le blondin fronça les sourcils.

— Prenez garde, mon cher. Milady a déclaré cette danse trop sophistiquée pour notre nation barbare !

— Mais je ne suis pas anglais, mon petit ami ! rétorqua Grant, pris d'une soudaine fureur.

Et, tendant la main à Madeleine, il ajouta à son intention :

— Mademoiselle me fera-t-elle l'honneur… ?

Il remarqua sa réticence, mais elle ne pouvait lui faire un affront en public. Elle souhaitait certainement plus que tout ne pas attirer l'attention. Après un imperceptible mouvement d'hésitation, elle posa des doigts frémissants sur les siens et se laissa conduire sur la piste de danse.

Grant n'avait plus maintenant qu'à prier le ciel de ne pas avoir oublié ce qu'on lui avait si patiemment appris.

Chapitre 12

Pourquoi faisait-il cela ?

Quant Grant l'avait invitée à danser, ses yeux étaient presque noirs mais, maintenant, ils semblaient pleins d'une étrange douceur ; on aurait dit que, comme elle, il se souvenait de cet été où ils s'étaient entraînés avec une telle ferveur, perfectionnant les pas, transformant chaque contact, chaque regard, en un serment d'amour. Le chaste baiser qui concluait invariablement l'exercice n'était qu'une promesse de la nuit à venir, un avant-goût des caresses dont son mari allait l'étourdir jusqu'à ce qu'elle gémisse de plaisir.

À cette évocation, Madeleine sentit son corps trembler de désir et de tendresse mêlés.

Tandis qu'ils se mettaient en place sur le parquet, elle prit une profonde inspiration. Il y avait fort peu de couples autour d'eux, la gavotte étant moins populaire en Angleterre qu'en France, naturellement. Et Madeleine eut terriblement conscience d'être exposée aux regards du public.

Dieu fasse que j'aie encore assez de souffle, se dit-elle alors que, pointant son pied cambré comme il se devait, elle battait la mesure avant que la musique ne commence. Elle avait remarqué Grant dès son arrivée dans la salle, toujours infiniment plus élégant dans son simple pourpoint de velours sombre que ces godelureaux poudrés, le visage blanchi par la céruse et les lèvres peintes, qui pépiaient autour d'elle comme une volière remplie d'oiseaux bigarrés. Elle avait bien sûr aussitôt décidé de l'éviter le plus possible, et pourtant voilà qu'ils étaient là, face à face, se préparant à entamer une danse qui lui rappelait de si brûlants souvenirs.

Quelle mouche avait piqué Grant pour qu'il l'invite ainsi à danser ? Cela faisait plus de deux ans qu'elle lui avait enseigné la gavotte et ils ne l'avaient jamais exécutée en public. Si elle échouait, s'ils échouaient ensemble, ce serait un véritable désastre étant donné le lieu prestigieux et l'élite mondaine qui leur servirait de spectateurs !

Aussi veilla-t-elle à la parfaite exécution de sa prestation. Pied bien cambré, placement gracieux du bras, pirouettes et sauts en mesure. Elle soupçonnait Grant de prêter autant d'attention qu'elle à ce périlleux exercice car il n'avait le temps ni pour les œillades ni pour les regards lourds de sous-entendus. Encore moins pour les sourires. Ce qui était aussi bien. Car, quand son époux s'y employait, il était difficile de lui résister !

Par miracle, ils accomplirent la danse sans aucune difficulté et, quand Madeleine plongea dans la révérence finale, elle avait le cœur gonflé de joie et les joues rouges d'excitation. Elle éprouvait même un intense sentiment de satisfaction.

Mais cette humeur joyeuse s'évanouit sitôt qu'elle posa sa main sur celle de Grant pour qu'il la raccompagne à sa place. Se souvenant soudain de la manière dont ils avaient pris l'habitude d'achever cette danse et du long baiser qui s'ensuivait, elle ôta sa main de la manche de son cavalier. Cette fois, il n'y aurait pas de baiser.

Ils furent applaudis longuement tandis qu'ils traversaient le parquet de danse, et Madeleine, s'efforçant de reprendre le contrôle de ses émotions, parvint à plaquer sur ses lèvres un gracieux sourire.

— Quelle maestria, mes enfants ! s'exclama Lady

Edgecott en frappant la paume de sa main de son éventail. Je n'ai jamais vu une gavotte aussi parfaite. Vous ne l'auriez pas mieux dansée en France, chère mademoiselle.

— À un détail près, objecta Grant, l'œil brillant de défi. Pour que cette gavotte soit dansée tout à fait à la française, les danseurs ont coutume de la conclure par un témoignage de… d'affection. Un baiser par exemple, ou…

Comment osait-il ?

Le sang de Madeleine ne fit qu'un tour. Un petit rire moqueur, aigu et cruel, jaillit du fond d'elle-même.

— Peut-être chez les paysans, monsieur, rétorqua-t-elle avec tout le mépris dont elle était capable. Mais pas dans la bonne société.

Elle ponctua sa sortie d'une courte révérence à l'intention de son cavalier et, tournant les talons, s'éloigna la tête haute.

Grant la regarda partir, à la fois admiratif et plein de remords. Ç'avait été plus fort que lui. Il n'avait pas voulu lui rappeler ces baisers de naguère, mais le succès de leur performance l'avait empli d'un douloureux sentiment de nostalgie. Et, se sentant blessé et impuissant, il n'avait pu résister à l'envie de provoquer la jeune femme.

Il n'aurait pas dû inviter Madeleine à danser. Seul un petit démon malicieux avait pu l'inciter à le faire. Mais elle avait su faire front sans perdre la face, comme d'habitude. Cette diablesse de femme ne perdait jamais ses moyens. Après Culloden, ils avaient traversé ensemble toute l'Écosse, affrontant de nombreux dangers, et jamais elle ne s'était laissé abattre. Sous sa souple et soyeuse enveloppe de chair, ce joli corps de femme dissimulait un cœur d'acier.

Quelque chose qui ressemblait au regret de ce qui avait été, de ce qui aurait pu être encore monta en lui comme une vague. Mais Grant se ressaisit aussitôt. Il était trop tard, maintenant.

À quoi bon regretter ce qui ne pouvait plus être !

Madeleine souffrait de la migraine. L'air de la salle de bal était lourd et étouffant, les convives ennuyeux comme la pluie, et elle mourait d'envie de rentrer se mettre au lit. Chose impossible, hélas. Du moins, pas avant le souper. Maintenant, elle s'en voulait avec une véhémence disproportionnée d'avoir accepté cette invitation.

Si seulement son père n'avait pas arrangé cette sortie pour elle avant de partir vaquer à ses propres affaires ce matin-là ! Elle avait bien failli renoncer jusqu'à la dernière minute mais, quand Lady Kelty était venue la prendre dans son propre carrosse, si gracieuse et souriante, elle n'avait pas eu le courage de lui faire faux bond.

Et à présent, lui demander de quitter la soirée si tôt serait de la dernière incorrection.

Elle avait une autre raison pour rester. Partir aussitôt après cette gavotte avec Grant Rathmore serait le meilleur moyen de susciter les commérages. Aussi, après le souper, accepta-t-elle avec le plus charmant sourire de danser un menuet avec Lord Froome, puis deux gigues avec deux autres cavaliers, tout aussi ternes et maniérés, avant de se déclarer épuisée. Elle passa le reste de la soirée assise dans un confortable fauteuil à l'entrée de la salle de bal en compagnie de Lady Kelty et de ses amis. Ce qui lui donna le plaisir discutable de voir Grant inviter à plusieurs reprises leur amie commune, la jeune et gracieuse Anne McBinnie.

Bien sûr, Madeleine s'efforça de se convaincre qu'elle ne s'en souciait guère. Sans y parvenir, évidemment. Non qu'elle fût jalouse. Grand Dieu, non, pas le moins du monde. Elle aimait sincèrement Anne. Elles éprouvaient l'une pour l'autre une amitié sincère. Et Grant connaissait Anne depuis l'enfance. Alors, pourquoi ne danseraient-ils pas ensemble ?

Mais Madeleine ne parvenait pas à faire taire la petite voix qui lui chuchotait que, décidément, Anne était bien jolie, ce soir. Et qu'elle ferait une bien meilleure épouse pour le laird d'Ardvarrick que son actuelle femme...

Elle s'efforça en vain de s'intéresser à la conversation qui allait bon train autour d'elle. Et quand Lady Kelty se leva en déclarant qu'il était temps de rentrer, elle eut la plus grande peine du monde à contenir un soupir de soulagement.

Grant ouvrit brusquement les yeux. Un soleil clair filtrait par les persiennes, mais il n'avait pas la moindre envie de se lever.

Pas même après que Robert lui eut apporté son café du matin.

Ils avaient décidé d'aller faire une petite inspection du côté de Surrey Street afin d'interroger l'un des hommes que Robert payait pour faire le guet. Mais cela pouvait bien attendre une heure ou deux, décida Grant. il donna deux bonnes bourrades à son oreiller pour le rendre plus confortable et, les mains croisées sous la nuque, passa en revue sa soirée de la veille à Clifton.

Le plaisir qu'il avait éprouvé à danser cette fameuse gavotte avec sa femme l'étonnait encore. Une véritable gageure, du reste. S'ils avaient échoué, l'humiliation eût été totale. Mais, finalement, le danger encouru avait ajouté à l'excitation du moment. Et le succès de leur performance l'avait littéralement grisé. Même si Madeleine ne partageait visiblement pas son enthousiasme puisque, lui tournant le dos, elle avait passé le reste de la soirée à l'éviter.

Grant bondit hors de son lit. Bah ! Il devrait plutôt lui

être reconnaissant d'avoir pris ses distances. Le plaisir qu'il éprouvait en la compagnie de sa femme ressemblait assez au vol du papillon autour de la bougie avant d'aller tout droit s'y consumer.

Après s'être enfin restauré, Grant enfila une vieille redingote et une écharpe et partit avec Robert pour Surrey Street. Ils trouvèrent leur homme à son poste, en guenilles et muni d'un grand balai, de ceux qu'on utilise pour les rues ou les cours de ferme. Pour l'heure, s'empressa-t-il d'annoncer, personne n'était sorti de la maison.

— Mais le comte ne d'vrait pas tarder à met' le nez dehors, ajouta-t-il en empochant avec dextérité la pièce de six pence que Robert lui tendait. Quand y fait beau, lui et la jeune dame, y z'ont l'habitude d'aller au parc.

— Dans ce cas, nous les attendrons, décréta Grant.

— Y'a aut'chose, dit encore leur homme. Y'a de drôles de gars qui sont v'nus rôder par ici, ces derniers jours.

Il s'interrompit pour cracher sur le sol et resta un instant silencieux, comme s'il réfléchissait à la question.

Puis il reprit avec force :

— Les gars, y portaient de simples paletots, mais j'mettrais ma main à couper qu'ce sont des soldats du roi. Raides comme des baïonnettes, quiz'étaient !

— Vraiment ? s'étonna Grant, résistant à l'impulsion de tourner la tête pour inspecter la rue.

— Si j'vous l'dis ! Y'en a même encore un qui fait l'piquet là-bas, au coin de la rue.

Gratifiant leur informateur d'une autre pièce, Grant fit signe à Robert de le suivre.

— Eh bien, qu'en pensez-vous, monsieur ? s'enquit Robert. Ce sont des hommes du Gouvernement, vous croyez ?

Grant se rappela ce que lui avaient dit Sir Edmund et Madeleine.

— Très certainement. Mais lequel ? Là est la question.

Il s'agit peut-être des Français qui surveillent d'Evremont, ou des Anglais, ou encore une autre nation. Il se peut fort bien que plusieurs pays européens aient intérêt à savoir de quoi il retourne. Voyez ce que vous pouvez apprendre sur ces individus, Robert, mais soyez prudent.

— Naturellement, monsieur. Et vous ?

— Je vais tourner l'angle de la rue par l'autre bout, et jeter un coup d'œil du côté du fleuve. Ça fait un moment que je veux vérifier quelque chose…

Grant salua son compagnon d'un signe de tête et se dirigea vers un étroit passage qui s'ouvrait entre deux maisons, de l'autre côté de la rue. Passant sous l'arche, il se retrouva devant un escalier aux marches affaissées et moussues qui descendait vers le fleuve. Là, un petit débarcadère de bois s'avançait au-dessus de l'eau grise. Robert et ses hommes n'avaient vu personne de la maison du comte passer par là, même à la nuit tombante, et pourtant c'était l'endroit idéal pour traverser le fleuve depuis la rive sud. Ou pour aborder depuis un bateau.

Sur le fleuve, le trafic était dense mais l'appontement était en piètre état, comme s'il n'avait pas été utilisé depuis longtemps. Jetant un coup d'œil en amont, Grant repéra une lourde barque qui quittait le débarcadère le plus proche, à l'extrémité de Strand Lane, et fit signe à son occupant de s'approcher.

— Pourriez-vous me conduire à petite distance d'ici ?

Comme l'homme parcourait ses vêtements défraîchis d'un œil méfiant, il tapota sa poche de poitrine et ajouta :

— Je vous paierai ce qu'il faut.

Aussitôt, le marinier poussa sur son unique rame et vint ranger sa barque le long du quai.

— Je vous serais reconnaissant de me conduire jusqu'aux Arundel Stairs, mon brave. Est-ce possible ?

L'homme fronça les sourcils, sans doute étonné qu'on

puisse vouloir dépenser de l'argent pour un trajet aussi court alors qu'il suffisait de longer la rue parallèle, mais, haussant les épaules, il lui fit signe de monter à bord.

Tandis qu'ils s'éloignaient de la rive, Grant ne quitta pas des yeux le quai de pierre fort étroit qui la longeait. Les terrasses des vastes demeures de Surrey Street étaient en surplomb, et Grant aperçut bientôt les balustrades du jardin desservant la villa louée par le comte. Il remarqua alors que l'herbe de la rive était couchée : on était passé par là peu de temps auparavant.

— On dirait qu'un de vos collègues a mis pied à terre par ici, fit-il d'une voix neutre.

Un rire fusa de la bouche lippue du marinier.

— Pour y faire quoi ? On met pas sept longues années à obtenir not'licence pour faire une ânerie pareille. Seul un idiot f'rait ça.

Grant s'excusa et se tint coi, continuant de scruter la rive qu'ils longeaient toujours à petite vitesse. Il eut vite fait de repérer quelque chose qui paraissait dissimulé dans l'herbe. Comme une échelle. Parfait pour escalader le mur du jardin, par exemple. Et pour s'introduire ensuite dans la maison à la faveur de la nuit. Mais qui pourrait bien faire une chose pareille alors qu'on pouvait tout aussi bien acheter la complicité d'un domestique et entrer par la porte cochère ? Et pourquoi, comme par hasard, ce jardin était-il celui de la maison du comte de Vaucluse ?

Quand ils atteignirent Arundel Stairs, Grant plaqua une pièce d'argent dans la main tendue du batelier et sauta sur le quai. Si ses soupçons étaient corrects, le complot avait beaucoup plus d'ampleur qu'il ne le supposait. Un complot si audacieux que, s'ils étaient pris, le comte et sa fille seraient gravement compromis. Alors, il serait lui-même dans l'impossibilité de sauver Madeleine. Et il avait bien peur que ses propres protestations d'innocence ne suffisent pas à sauver non plus ses terres d'Ardvarrick et son titre.

Il arrivait tout juste dans Surrey Street quand une élégante calèche vide le dépassa et vint s'arrêter devant le portail peint en noir de la maison louée par le comte. S'immobilisant à l'angle de la rue, le chapeau baissé sur le nez, Grant se mit à fouiller ses poches, comme en quête de quelque chose. Il vit Yves d'Evremont sortir de la maison, suivi de près par Madeleine. Elle portait une nouvelle tenue, sans doute de celles offertes par son père puisqu'elle avait quitté Ardvarrick quasiment sans un sou.

Il parcourut attentivement sa toilette du regard, s'attardant sur l'ensemble de fine laine gris perle. La veste avait un petit col plat et de larges revers, comme une veste d'homme, mais il n'y avait rien de masculin dans le décolleté du corsage en dentelle pas plus que dans le gros nœud de soie bleu lavande sous le cou. Le petit chapeau, du même bleu intense que le nœud, visiblement une de ces dernières créations venues de Paris qu'on trouvait maintenant à Londres, était galamment piqué d'une plume d'autruche blanche.

Grant regarda le fiacre disparaître au coin de la rue, les dents serrées. Ils se rendaient à Hyde Park à l'heure où tous les gens comme il faut doivent y paraître, ce qui expliquait cette débauche d'élégance. Une telle tenue, aussi chic qu'audacieuse, était faite pour attirer l'œil de tous les jolis cœurs qui paradaient dans Crescent Alley, le long de la Serpentine ou dans l'allée cavalière de Rotten Row.

Car il lui fallait bien l'admettre, sa femme, ainsi vêtue, était absolument irrésistible.

Grant n'avait pas la moindre envie d'assister au triomphe de son épouse. Pourtant, il fallait bien la suivre s'il voulait comprendre ce qui se tramait. Il se précipita donc sur le Strand où il eut la chance de pouvoir héler presque immédiatement un fiacre vide. La promesse d'un bon pourboire persuada le cocher de rattraper la voiture qui filait devant eux. Sachant qu'un fiacre n'avait pas le droit de pénétrer dans Hyde Park, il se débarrassa rapidement de son vieux paletot et de son écharpe qu'il glissa sous le siège et, sitôt qu'ils eurent atteint la grille, il paya le cocher et sauta sur le pavé.

Il ne lui restait plus qu'à filer le plus discrètement possible la calèche qui avançait maintenant au pas dans l'allée comme toujours fort encombrée.

Chapitre 13

Grant n'eut aucune difficulté à garder sa cible en vue, le plus difficile étant assurément d'éviter cavaliers et voitures qui se croisaient sans aucun souci des pauvres piétons. Quoi qu'il en soit, sa bonne étoile lui resta favorable et il ne fallut pas longtemps avant que la calèche du comte ne s'arrête et que ses occupants en descendent. Le père et la fille commencèrent à se promener le long de la Serpentine. À cet endroit, l'allée était moins fréquentée et réservait des endroits plus privés.

Décidément, la chance était avec lui car, au moment où il s'arrêtait, protégé par le tronc épais d'un tilleul, deux hommes venant de la direction opposée abordèrent le comte. Ils se tenaient cependant trop loin pour qu'on pût saisir leurs propos. Baissant le rebord de son chapeau sur ses yeux, Grant se remit en marche. Avec sa redingote, son pantalon en peau de daim et ses hautes bottes parfaitement lustrées, il ne se démarquerait pas de la douzaine de jeunes gentlemen qui se promenaient à cette heure dans le Park. Pressant le pas, il dépassa le petit groupe, la tête penchée sur sa montre de gousset, et ne s'arrêta qu'à une petite distance de là, feignant un intérêt soudain pour une famille de canards.

Il pouvait apercevoir à l'extrémité de son champ de vision les jupes claires de Madeleine, ce qui lui permit de savoir que le petit groupe s'était remis en marche. Un autre coup d'œil lui apprit que les hommes continuaient à parler avec animation tandis que Madeleine, ralentissant sa marche, se retrouvait seule en arrière.

Quand le petit groupe parvint à sa hauteur, il avança de quelques pas vers la rivière et s'arrêta derrière un buisson de noisetiers. Il entendit le murmure des voix qui approchaient mais personne ne lui prêtait attention. Il décida de tenter sa chance.

Madeleine était perdue dans ses pensées. Elle ne connaissait pas les deux hommes qui avaient abordé son père, mais ils parlaient en français et elle crut comprendre qu'un bateau allait arriver sous peu de France. S'agissait-il de celui qui devait les ramener en France ? Madeleine en doutait, hélas… Plus sûrement était-il question d'un bateau porteur d'un message provenant de la famille exilée des Stuarts… De toute évidence, en tout cas, son père attendait quelque chose. Elle aurait voulu en apprendre davantage mais le comte, prenant ses compagnons par le bras, allongea son allure et baissa la voix, lui faisant ainsi comprendre qu'elle devait les laisser à leurs affaires.

Ils atteignirent une bifurcation, et Yves d'Evremont guida ses visiteurs vers le sentier de gauche, bordé d'un côté par la rivière et de l'autre par une rangée de tilleuls. Madeleine allait leur emboîter le pas quand une étrange prémonition la fit se retourner. Grant était là, sur le chemin de droite, et, s'avançant à grands pas silencieux, il la retint par le bras, la contraignant à s'arrêter.

— Il faut que je vous parle, Madeleine.

Il parlait sur un ton pressant mais, Dieu merci, assez bas pour qu'elle seule l'entende.

— Pas ici, pas maintenant, chuchota-t-elle en tentant de se libérer. Mon père…

— Nous ne nous éloignerons pas. Les deux sentiers se rejoignent dans une centaine de mètres, insista-t-il en serrant son bras plus fort. À moins que vous ne préfériez que je vous dise ce que j'ai à vous dire ici, pour que vos amis nous entendent ?

De nouveau, elle jeta un coup d'œil devant elle. Son père avançait toujours, absorbé par sa conversation avec les étrangers. Encore quelques pas, et ils seraient hors de vue, dissimulés par la courbe de l'allée. Hochant la tête avec un soupir, elle obtempéra.

— Alors, qu'y a-t-il de si important ? souffla-t-elle sans cacher son irritation. Ne vous avais-je pas dit que nous ne devions plus nous voir ?

— Je vous demande instamment, une fois de plus, de quitter cette ville. Si vous ne voulez pas rentrer avec moi chez nous, allez n'importe où mais partez. Vous n'êtes plus en sécurité à Londres et votre obstination ne met pas en danger que votre petite personne.

— Je vous ai déjà répondu sur ce point. Je ne peux pas laisser mon père.

Ils se turent en croisant un couple enlacé qui marchait dans le sens opposé. Madeleine ne put retenir un soupir. La promenade était si belle avec toute cette végétation en pleine floraison, ces parterres de narcisses et de tulipes dont les couleurs vives faisaient écho aux toilettes multicolores des femmes paradant le long du Ring dans des attelages plus somptueux les uns que les autres !

Elle aurait tant apprécié de faire cette sortie avec des amis.

— Votre père, toujours ! s'irrita Grant, le regard fulgurant. Il ne mérite pas le souci que vous vous faites pour lui.

Madeleine remarqua du coin de l'œil deux nurses assises sur un banc. Elles étaient plongées dans un joyeux bavardage tandis que les enfants dont elles avaient la charge couraient sur la pelouse. La voix de Grant bourdonnait toujours à ses oreilles.

— Je vous en ai déjà averti, Madeleine, vous devriez laisser votre père à ses folies. Ce qu'il fait s'appelle de la haute trahison et, si vous êtes pris, vous risquez tout bonnement la potence. Lui comme espion et traître, et vous en tant que complice.

Madeleine déglutit péniblement.

— Oui, je sais.

Elle l'entendit prendre une brusque respiration, comme s'il tentait de refréner sa colère

— Et vous ne risquez pas seulement votre vie. Je ne vous laisserai pas mettre Ardvarrick en danger par vos folles entreprises. C'est ma mère, mes paysans et mes domestiques que vous mettez aussi en péril. Est-ce vraiment ce que vous voulez ?

Madeleine baissa les yeux. Non, évidemment, elle ne voulait pas en arriver à une telle extrémité. Elle aimait beaucoup Ailsa, sa belle-mère. Elle aimait aussi Ardvarrick et ses gens. Grant avait raison. Si son père était pris et que sa culpabilité était démontrée, alors son mari serait lui aussi poursuivi et inculpé, car, selon la loi anglaise, il devait répondre devant la justice des faits et gestes de sa femme.

À ce moment, l'un des enfants se précipita sur eux.

Son attention portée tout entière sur Madeleine, Grant ne remarqua pas tout de suite le petit garçon qui courait vers lui. L'enfant se jeta dans ses jambes comme un boulet de canon et retomba sur son séant, hurlant sa surprise et sa peur. Aussitôt, Grant se précipita pour le remettre sur ses pieds.

— Là, là, mon petit bonhomme, dit-il en le prenant dans ses bras. T'es-tu fait mal ?

L'enfant se calmait déjà, ses sanglots se transformant en hoquets.

— Master ? Rupert ! Vilain garçon ! Vous auriez pu faire tomber ce monsieur, s'exclama la nurse qui courait vers eux, essoufflée… Je vous demande pardon, sir. Je n'avais pas vu…

— Master Rupert ? Tel est donc votre nom, jeune homme ! dit Grant en perchant l'enfant sur son bras gauche pour essuyer ses larmes.

Puis, se tournant vers la nurse :

— Rien de grave, assura-t-il à la gouvernante en le déposant dans ses bras tendus. Mais à l'avenir, je vous conseille de ne pas le perdre de vue. Il m'a tout l'air d'un sacré aventurier.

— Oui, monsieur. En effet, monsieur, bafouilla la brave femme, contenant difficilement les ébats du petit garçon qui se tortillait dans ses bras, déjà prêt à repartir à l'aventure.

Grant se retourna vers Madeleine, qui avait regardé la scène sans rien dire.

— Eh bien, ma chère, où en étions-nous ? Continuons-nous notre petite promenade ?

Il fut obligé de répéter sa question tant elle semblait perdue dans ses pensées. Il allait lui demander ce qui la troublait ainsi quand il s'avisa qu'ils approchaient de l'endroit où les deux sentiers se rejoignaient. Il lui fallait aller droit au but.

— Pour en revenir à notre propos, vous comprendrez que je ne puis vous laisser à Londres.

— Mais nous devons nous quitter maintenant. Je ne veux pas que mon père… Si nous sommes pris, je suis prête à jurer que vous n'étiez pas informé de mes actes.

Il eut un rire âpre.

— Qui croira une chose pareille !

— On le croira d'autant plus facilement que vous m'aurez reniée et que vous serez rentré chez vous.

— Je ne partirai pas tant que vous serez à Londres.

— Et moi, je ne quitterai pas mon père.

— Un père qui, il y a quatre ans, vous a abandonnée à votre sort à Inverness, la veille d'un combat décisif ! Et qui n'a pas pris de vos nouvelles depuis tout ce temps. Jusqu'au jour où il s'est rappelé votre existence parce qu'il avait besoin d'aide pour sauver sa peau. Bon sang, Maddie, vous ne lui devez rien. Absolument rien !

— Vous ne pouvez pas comprendre !

Grant se rembrunit.

— En effet, madame, je ne comprends pas.

Le comte de Vaucluse et ses compagnons étaient maintenant en vue. Le comte cherchait sa fille du regard. Le temps leur était compté.

Madeleine le regardait, les yeux élargis.

— Ne devinez-vous donc pas ? reprit-elle, la voix tremblante d'émotion. J'ai perdu mes bébés. Je vous ai perdu. Je n'ai plus de foyer… Il ne me reste que *papa*.

Sur ces mots, elle fit volte-face et se précipita vers son père, laissant Grant la suivre du regard.

Madeleine marchait le plus vite possible vers les silhouettes floues qu'elle distinguait au travers de ses larmes. Il lui fallait se ressaisir au plus vite, afficher devant son père un visage insouciant. Le comte avait certainement reconnu son interlocuteur mais, avec un peu de chance, ses amis ignoraient que Grant Rathmore était son mari.

Quand elle fut à portée de voix, son père l'accueillit dans leur langue.

— Eh bien, ma chère fille, encore un admirateur ?

Elle répliqua dans la même langue avec un regard malicieux :

— Vous voulez dire avec l'un de mes admirateurs, monsieur.

— Nul doute sur ce point, intervint l'un des gentlemen avec un petit salut galant. Mademoiselle d'Evremont ne peut manquer d'avoir tout Londres à ses jolis pieds.

Cela exigeait pour le moins un battement d'éventail et une révérence.

— Vous êtes trop bon, monsieur.

Les deux gentlemen lui rendirent son salut, tout sourire. Et, après quelques propos badins, prirent enfin congé. Le comte les regarda s'éloigner un instant puis offrit son bras à sa fille.

— Je croyais que vous aviez définitivement rompu avec Sir Grant, remarqua-t-il en la reconduisant à leur voiture.

— En effet, mais quand je l'ai vu se diriger vers nous, j'ai préféré l'entraîner dans un autre sentier. Vous n'auriez certainement pas apprécié qu'il interrompe votre conversation avec ces messieurs.

— Bien vu, ma chère. Par chance, ils viennent d'arriver à Londres et n'ont jamais entendu parler du laird d'Ardvarrick. Et donc de votre relation.

— Dieu soit loué. Je n'ose pas imaginer les conséquences que cela aurait pu avoir pour Grant.

La réponse de Madeleine était un cri du cœur et le comte s'arrêta net.

— Auriez-vous encore quelque sentiment pour votre mari, ma fille ? s'enquit-il en fouillant le visage de Madeleine d'un œil dur. Auriez-vous décidé finalement de ne pas rentrer avec moi en France ?

— Pas du tout, *papa*. Au contraire, cette rencontre n'a

fait que renforcer mes résolutions. Je tiens plus que jamais à quitter l'Angleterre.

C'était vrai. Quand Madeleine avait vu Grant prendre le petit garçon dans ses bras, l'avait entendu lui parler si gentiment, le souvenir de ses deux enfants perdus lui avait tordu le cœur. Le vide qui s'était creusé en elle à leur disparition ne s'était jamais comblé et se rappelait à elle à chaque fois qu'elle voyait un petit enfant ou entendait les pleurs d'un bébé.

Jamais Grant n'aurait pu comprendre cela, bien sûr. Il avait été soldat, il avait vu la mort, le sang et les flammes destructrices. Pour lui, un homme blessé devait se relever, se soigner et oublier.

Du reste, il ne lui avait jamais fait aucun reproche. Il s'était montré compatissant et lui avait donné tout le temps de se remettre de ces deux drames. En fait, ils n'en avaient jamais parlé. Sans doute n'avait-il pas voulu alourdir le poids de son chagrin en y ajoutant sa propre peine. Même quand son père, le vieux laird, était mort à son tour, il ne l'avait pas laissée le réconforter. Au contraire, la distance entre eux n'avait fait que se creuser davantage.

Voir le comportement de Grant avec ce petit garçon n'avait fait que rappeler à Madeleine combien il aurait été un bon père. Quoi d'étonnant à ce qu'il se soit montré si froid avec elle cette dernière année ? Après tout, n'importe quel homme avait le droit de désirer une progéniture de son propre sang. Oui, la meilleure chose que Madeleine pouvait faire, maintenant qu'elle avait perdu l'amour de son mari, c'était de rentrer en France. Il demanderait le divorce et pourrait fonder une vraie famille.

Mais avant cela, le comte avait une dernière mission à mener à bien en Angleterre. Une mission décisive puisque, à l'en croire, c'était pour lui une question de vie ou de mort.

Et elle ferait tout ce qui était en son pouvoir pour l'aider à réussir.

Après tout, comme elle l'avait dit à Grant, désormais son père était tout ce qui lui restait.

Chapitre 14

— Eh bien ! Qu'avez-vous trouvé ?

Telle fut la première question que Grant posa à son valet sitôt que celui-ci entra dans le petit salon de Henrietta Street.

— Le comte est bel et bien sous surveillance, annonça Robert en retirant son écharpe. J'ai parlé avec un des gars chargés de faire le guet. Il s'agit bien d'un soldat de l'armée britannique.

— Vous êtes sûr qu'il n'est pas payé par les Français ?

Robert secoua la tête avec un petit sourire.

— J'ai croisé assez de Tuniques rouges dans ma vie pour les reconnaître quand j'en vois un. Même s'il essaie de se faire passer pour quelqu'un d'autre, ce gars est bien un loyal sujet du roi George. J'en mettrais ma main au feu.

Grant lâcha un juron.

— Bien… Dans ce cas, l'affaire est sérieuse.

— Oui, monsieur. Et cela met notre dame dans de sales draps.

— Merci de me le rappeler, Robert. Mais j'en suis bien conscient, hélas.

S'approchant de la fenêtre, Grant regarda dans la rue. Il voulait plus que tout sauver Madeleine. Il était prêt à la ramener chez eux de force. Mais lui pardonnerait-elle jamais de l'avoir empêchée d'aider son père !

Depuis leur retour de Hyde Park, ce matin, les derniers mots de celle qui était encore sa femme le hantaient.

« Puisque je vous ai perdu… »

Il y avait eu ce quelque chose de si définitif dans sa voix, dans ses yeux… De tellement désespéré…

Grant se passa la main dans les cheveux d'un geste nerveux. Se pouvait-il que sa femme l'aime encore ?… S'il restait dans le cœur de Madeleine ne serait-ce qu'une minuscule étincelle d'amour pour lui, alors il ferait tout pour rallumer la flamme. Mais la contraindre à abandonner son père à son triste sort était certainement le pire moyen pour y parvenir.

— Si les soldats du roi ont le comte à l'œil, je ne vois pas comment il pourrait arriver à ses fins, marmonna-t-il, formulant ses pensées à voix haute.

— Dans ce cas, sir, il n'y a pas d'autre solution que la contrainte…

— Non, non. Il faut que je voie encore une fois Lady Rathmore. Que je lui parle.

Grant mesurait combien son projet était impossible. Il lui semblait de plus en plus difficile de garder à la fois son épouse et Ardvarrick.

Et en effet, sa quête paraissait hasardeuse. Le lendemain matin, il alla au domicile du comte pour s'entendre dire que mademoiselle était sortie. Et le laquais, se confondant en excuses, ne put lui apprendre quand elle pourrait recevoir des visites. Grant se rendit ensuite à Broadwick Street, mais aucune des dames McBinnie n'avait connaissance de l'emploi du temps de Madeleine. En revanche, le fait qu'elle ait fait parvenir à Anne un mot expéditif pour annuler leur sortie de l'après-midi, sans fournir aucune explication, était pour le moins inquiétant.

En désespoir de cause, Grant retourna à Surrey Street en

fin de journée et y apprit de l'homme chargé de balayer le trottoir devant la villa du comte que ce dernier avait pris un ferry pour Southwark et n'était toujours pas rentré. L'employé, plein de bonne volonté ou espérant une récompense, ajouta que mam'selle avait quitté la maison avec sa femme de chambre peu de temps après son passage de ce matin.

— J'ai envoyé un gamin après elles mais il les a perdues de vue dans la City.

Dépité, Grant retourna chez lui et, après un dîner solitaire, revêtit son habit le plus seyant pour faire le tour des dames des environs qui étaient en relation avec le comte. Il fut fort bien accueilli partout, mais personne n'avait de nouvelles de Madeleine ni de son père. Il rentra peu avant minuit et se jeta dans son lit, épuisé et avec la désagréable impression d'avoir perdu son temps. Pis encore, il avait peut-être même éveillé quelques soupçons.

Ce fut Robert qui le réveilla, chargé du plateau du petit déjeuner.

— Vous voilà donc, mon cher ! Où aviez-vous disparu ? Il n'y avait personne cette nuit, quand je suis rentré…

Robert, parfaitement impassible, prit tout son temps pour installer le plateau sur la table de nuit.

— Après votre départ, hier soir, j'ai décidé de retourner à Surrey Street au cas où il se passerait quelque chose.

— Et alors ?

Grant attrapa le plateau qu'il installa sur ses genoux. Il but son café tandis que son homme de confiance lui débitait son histoire.

— La rue était bien calme, sir. Milady est rentrée vers les 19 heures et n'est plus ressortie de la soirée. Comme le comte n'avait pas donné signe de vie de la journée, une fois la nuit tombée, j'ai décidé de faire un tour du côté du débarcadère. Et bien m'en a pris. Vers 21 heures, une petite embarcation s'est approchée de la rive. Rien à voir avec les bateliers qui circulent régulièrement dans le coin. C'était une grosse barque, et quatre hommes étaient aux rames.

— Continuez ! ordonna Grant, son petit déjeuner tout à fait oublié.

— Je me suis écarté du bord, pensant qu'ils allaient accoster la jetée, mais ils se sont contentés de se coller à la rive et deux passagers sont descendus à même le talus puis ont escaladé le mur du jardin.

— En utilisant l'échelle que nous avions repérée dans l'herbe.

— Exactement, sir.

— J'avais donc raison, murmura Grant avec un sourire satisfait. Ils ont préféré entrer chez le comte par-derrière. Reste à savoir pourquoi.

— Oui. Depuis le débarcadère jusqu'à Surrey Street, la rive, très pentue, est en mauvais état. Peu de chance que quelqu'un s'y hasarde. L'échelle est donc passée inaperçue pendant tout ce temps.

— Parfait, Robert. Vous n'avez pas perdu votre temps. Autre chose ?

Robert se dandina d'un pied sur l'autre, l'air assez content.

— Eh bien, sir, évidemment, il faisait trop sombre pour distinguer nettement les choses, mais l'un des deux gentlemen avait tout à fait le gabarit du comte et se montrait fort agile pour quelqu'un de cet âge.

Robert avait toujours su ménager ses effets.

— Et l'autre ? s'impatienta Grant.

— L'autre était un homme nettement plus jeune. Aussi grand que son compagnon mais très mince. Avec un chapeau qui lui cachait les yeux.

— Personne d'autre ?

— Non, à part les rameurs qui sont repartis aussitôt. Les deux hommes qui ont mis pied à terre avaient avec eux un gros paquet. Un sac de marin, peut-être…

— Hmmm... Pourrait-il s'agir de l'homme que le comte attendait ? L'émissaire venu de France ?

— C'est très possible, en tout cas.

Grant bondit de son lit, tout excité.

— On dirait que la partie a commencé, Robert, s'exclama-t-il. Il faut en savoir plus. Retournez immédiatement à la maison du comte. Je peux m'habiller tout seul. Tâchez de savoir s'il s'est passé quelque chose cette nuit. De mon côté, je vais faire le tour des maisons de café. Quelqu'un doit bien en avoir appris sur cette affaire à présent.

Robert l'interrompit d'un geste.

— Il y a encore quelque chose, monsieur. Une lettre a été déposée ce matin. Elle est là, sur le plateau.

Grant posa les yeux sur le plateau auquel il n'avait pas touché. Comment avait-il pu ne pas voir le rectangle d'épais papier crème glissé sous le sucrier ? S'en emparant vivement, il rompit le sceau qui le fermait et en sortit une feuille pliée en deux qu'il s'empressa d'ouvrir.

Je soussignée...

Il balaya du regard le reste du texte avant de déchirer la feuille en mille morceaux. C'était le document promis par Madeleine pour l'exonérer de toute responsabilité quant aux faits et gestes de son épouse...

— Maintenant, je sais ce que ma femme allait faire dans la City hier, dit-il d'une voix lente.

Il allait jeter les fragments de la lettre dans le foyer encore rougeoyant quand, se ravisant, il les glissa dans l'enveloppe.

— Mauvaises nouvelles, sir ?

Grant, la gorge serrée, se contenta de hausser les épaules. Tendant l'enveloppe à son homme de confiance, il répondit simplement :

— Veuillez sceller ceci de nouveau, je vous prie. Et

rapporter ce courrier à Surrey Street aujourd'hui, puisque, de toute façon, vous devez vous y rendre.

Il ne se sentait pas assez maître de lui pour s'acquitter lui-même de cette tâche.

Robert toussota.

— Bien, monsieur. Ce sera fait… Nous sommes mardi. N'aviez-vous pas l'intention d'aller à Lincoln's Inn ce matin pour consulter cet avocat ? Faut-il que je vous appelle un cab avant que je m'en aille ?

— Non, merci. J'ai changé d'avis, grommela Grant.

L'ironie de la situation ne lui échappait pas. Il avait prévu de désavouer son épouse, mais elle avait été plus rapide. Et pourtant, contre toute attente, sa missive ne faisait que renforcer sa décision. Il n'était pas question pour lui d'abandonner Madeleine au moment où elle avait le plus besoin de lui.

C'était son père qui avait mis la jeune femme dans cette situation périlleuse. À lui, son mari, de l'en tirer.

Chapitre 15

Après une enquête discrète autant qu'infructueuse dans les maisons de café de St James, Grant rejoignit Sir Edmund et sa famille pour leur promenade quotidienne à Hyde Park. Il avait demandé à Anne de bien vouloir conserver son amitié à Madeleine, pensant que ce serait ainsi un bon moyen d'obtenir des renseignements. Mais, comme il le confia à la jeune fille tandis que leur petit groupe déambulait le long des allées, il avait un peu honte de l'utiliser ainsi.

Elle l'avait rassuré tout de suite.

— Il est bien normal que vous souhaitiez savoir comment elle va. J'aimerais tant pouvoir vous aider davantage ! Mais ces derniers temps, elle ne me parle que de la pluie et du beau temps. On dirait qu'elle n'a plus confiance...

Anne eut une petite grimace coupable.

— Elle craint sans doute, à juste titre, que vous me rapportiez ces propos, commenta Grant.

— Je crois surtout qu'elle ne veut pas me mêler à ses histoires...

Lui pressant affectueusement l'avant-bras, Anne ajouta avec sa bonté habituelle :

— Elle tient toujours à vous, Grant. J'en suis certaine.

— J'en suis moins sûr que vous. Notre dernier entretien s'est fort mal passé, déclara Grant avec une petite grimace. C'est gentil de votre part, Anne, mais tout ce que je veux, maintenant, c'est protéger Madeleine. Peu importe comment elle envisage notre avenir.

— Allons ! Ne soyez pas aussi définitif. Aïe !...

Anne s'arrêta net, la main sur le visage.

— Que se passe-t-il ?

— J'ai quelque chose dans l'œil. C'est affreusement gênant.

— Laissez-moi voir... Ah ! oui. Ce n'est qu'une poussière. Attendez...

Sortant prestement un grand mouchoir immaculé, Grant se pencha sur la blessée. Il était si appliqué dans sa tâche de la soulager qu'il ne prêtait aucune attention aux équipages qui se croisaient sur le chemin autour d'eux. Aussi ne vit-il pas la calèche du comte de Vaucluse qui les dépassait au pas vif de ses deux chevaux.

Madeleine était seule dans le véhicule. Son père lui avait demandé la veille au soir de ne pas l'attendre le lendemain pour aller au parc. Et de fait, quand elle était descendue dans la petite salle à manger réservée aux repas familiaux, il était déjà parti. Mais il avait donné des ordres pour qu'elle effectue sa promenade habituelle, précisant même l'heure à laquelle elle devait partir et l'itinéraire qu'elle devait emprunter. Il lui fallait également, détail saugrenu s'il en est, arborer la nouvelle ombrelle à rayures bleues et blanches qu'il venait de lui offrir. C'était à l'évidence un signe de reconnaissance à l'intention de Dieu sait qui. Madeleine se demanda non sans malice ce qu'il serait advenu si le temps anglais, fidèle à sa réputation, s'était mis soudainement à la pluie.

Mais, par chance, ce jour de septembre était sec et ensoleillé à souhait. En reconnaissant Anne McBinnie dans l'allée, elle avait failli demander au cocher de s'arrêter pour qu'elle puisse s'excuser d'avoir annulé leur sortie de la veille. Même la présence de Grant au côté de son amie ne l'avait pas tout de suite dissuadée, ne serait-ce que pour prouver à tous et d'abord à elle-même que Grant Rathmore ne comptait plus pour elle. C'est alors qu'elle vit Grant saisir le menton d'Anne entre deux doigts et se pencher lentement sur le frais visage levé vers lui.

Grand Dieu ! Mais… ne s'apprêtait-il pas à… l'embrasser ?

Madeleine, le feu aux joues, détourna vivement le regard. Comment osait-il ? Ici, dans l'un des endroits les plus publics de Londres ! Elle ravala l'ordre qu'elle s'apprêtait à lancer, et la calèche poursuivit son chemin sans ralentir tandis qu'elle se dissimulait habilement derrière son ombrelle.

Elle ne voulait pas en voir davantage. Non que, aveuglée par les larmes, elle eût pu profiter vraiment du spectacle.

Elle n'avait pas quitté le parc depuis dix minutes qu'elle regrettait déjà de ne pas s'être arrêtée pour dire son fait au nouveau couple. Puis elle se rappela soudain la lettre qu'elle avait adressée à son mari et par laquelle elle renonçait bel et bien à ses droits d'épouse légitime. Désormais, ce que faisait ou disait Grant ne la concernait plus. S'il était tombé amoureux d'Anne McBinnie, cela ne regardait plus que lui. Tout au plus pouvait-elle avoir la bonne grâce de s'en réjouir.

Ce qui n'était malheureusement pas le cas.

Décidément, ce jour-là, tout allait de mal en pis. D'abord, le tailleur recommandé par Sir Edmund, qui avait promis de tenir prêt son costume d'équitation pour le jour même, avait coupé la jupe beaucoup trop long. Madeleine dut la lui laisser pour les retouches nécessaires.

Puis, quand elle arriva chez son père, ce fut pour trouver le courrier qu'elle avait envoyé à Grant déposé bien en vue sur la console du hall. Elle porta l'enveloppe dans sa chambre pour l'ouvrir tout à son aise ; ce faisant, les fragments de sa missive tombèrent en pluie sur le sol. Elle s'empressa de les jeter rageusement dans le feu.

Le comte n'était toujours pas revenu de ses affaires, mais on avait livré pour elle une nouvelle toilette qu'elle trouva étalée sur son lit avec un petit billet stipulant qu'elle devait la porter pour le grand dîner de ce soir organisé ici même. En d'autres temps, Madeleine se serait réjouie d'arborer une si belle toilette, toute de satin doré avec un ajout de dentelle de Malines et des manches en gigot ornées de rubans du même ton. Mais toutes les intrigues qui entouraient son père ne faisaient qu'aggraver ses soupçons.

Le comte avait prévu quelque chose d'important pour la soirée, songea Madeleine. Il ne lui avait pas échappé qu'il avait renvoyé son personnel de louage, ne gardant avec lui que ses seuls domestiques. La veille, quand elle avait insisté, le valet personnel de son père avait bien voulu lui révéler que le maître était rentré avec un invité, mais il n'avait pas voulu en dire plus.

Ce qui laissait à l'imagination débridée de Madeleine le loisir d'échafauder les plus folles hypothèses.

Comme le soir approchait, elle prit un long bain puis revêtit la fameuse robe aux reflets mordorés. Mais quand elle descendit dans le salon, ce fut pour s'entendre annoncer que M. le Comte serait en retard. Ce n'était pas la première fois qu'elle devait accueillir les invités en son absence, mais tant de contrariétés accumulées rendirent son sourire un peu contraint et ses yeux moins brillants.

Les premiers à se présenter furent les Froome, bientôt suivis par Richard Trimby et Sir John Belsay. Puis une deuxième salve survint, en la personne de Lord Kelty et de son épouse accompagnés de Sir Evelyn et Lady Milton. Madeleine espérait que son père ferait son apparition avant l'arrivée des derniers invités, mais ce ne fut pas le cas et elle dut se composer une physionomie aimable pour recevoir Sir William Maxton, apparemment si pressé que, malgré un âge certain, il courait presque dans l'escalier. Il était accompagné d'un mince jeune homme brun qu'il présenta comme Mr Alexander Murray.

— Je vous demande pardon de m'imposer de manière aussi impromptue, commença Mr Murray, un peu hésitant. J'espérais que le comte avait eu le temps de…

Madeleine lui serra chaleureusement la main.

— Cela n'a aucune importance, cher monsieur, je vous assure. Je connais un peu votre frère, Lord Elibank…

Soulagée de voir qu'aucun invité compromettant ne s'était manifesté, à part le détestable Sir Maxton pour qui elle éprouvait une antipathie toute personnelle, Madeleine se sentait infiniment plus à l'aise. Elle n'aurait à faire la conversation à aucun mystérieux émissaire venant de France.

Mais le comte n'était toujours pas là.

Elle envoya dire aux cuisines qu'il fallait retarder le dîner d'une heure et fit de nouveau remplir les verres de vin mousseux de France. La compagnie était d'excellente humeur et les conversations allaient bon train. Malheureusement, elle ne pourrait éviter William Maxton bien longtemps.

Et de fait, feignant d'être plongé dans une conversation animée avec Richard Trimby, ce dernier la lorgnait de son œil luisant depuis l'autre extrémité du vaste salon, tel un gros chat cruel guettant sa proie.

À peine la vit-il délivrée de l'accueil de ses invités qu'il fondit sur elle.

— Eh bien, ma chère ! Si nous allions goûter l'air frais du jardin ? La nuit est si chaude !

Elle tenta de le dissuader avec un petit rire désinvolte.

— Mais je me trouve fort bien ici, cher monsieur. Je crains par trop la fraîcheur de la nuit.

— Et pourtant, vous ne cessez de jouer de l'éventail depuis que je vous observe !

— Naturellement, mon cher. Ne le saviez-vous pas ? L'éventail est l'arme maîtresse d'une lady.

Joignant le geste à la parole, Madeleine scruta son interlocuteur par-dessus son éventail déployé devant son visage.

Le sieur Maxton rit complaisamment.

— Très efficace, sans aucun doute… Dites-moi, qui est le gentleman avec qui vous dansiez chez les Clifton, l'autre soir ? Un homme de haute taille, avec les cheveux rouges. Non poudré, précisa-t-il avec une moue de dédain.

Madeleine égrena dans l'air un rire léger.

— Vraiment, mon cher, comment suis-je supposée me souvenir de tous mes cavaliers ?

— Vous ne pouvez avoir oublié celui-ci. C'est avec lui que vous avez interprété cette fameuse gavotte.

Madeleine ouvrit de grands yeux.

— Comment pouvez-vous être au courant, Sir William, puisque vous n'étiez pas là ?

Il eut l'air flatté et se pencha sur son oreille, ronronnant comme un gros chat.

— Ainsi, mademoiselle, vous avez remarqué mon absence !

Comme elle ne répondait pas, se contentant de baisser pudiquement les paupières, il ajouta avec un petit gloussement ravi :

— Mais vous ne me ferez pas la grâce de bien vouloir le reconnaître… Pour répondre à votre question, c'est Lady Froome qui y a fait allusion. Il paraît que non seulement ce menuet était un chef-d'œuvre de grâce et de précision, mais qu'en outre votre cavalier s'est montré particulièrement attentionné. D'après le portrait qu'elle m'a fait de ce monsieur, il me semble l'avoir déjà vu à d'autres occasions. Chez les Tunbridge, par exemple.

Madeleine fronça les sourcils. Sir William en savait trop pour qu'elle se donne la peine de feindre l'ignorance.

— Laissez-moi réfléchir… Ah ! Oui, bien sûr. Il doit s'agir de Sir Grant Quelque-chose. Je ne saurais vous en dire plus, sinon qu'il habite dans le nord du pays et qu'il vient d'arriver à Londres.

— Pourtant, insista Sir William un peu lourdement, Sa Seigneurie m'a dit que vous flirtiez tous les deux outrageusement.

— Sir Grant n'est assurément ni le premier ni le dernier homme avec qui je flirte, Sir William. Ce n'est pas pour autant que je me souviens de lui ni des autres.

Et de lui adresser un regard innocent.

— Petite friponne ! s'écria-t-il.

Elle battit des paupières et demanda innocemment :

— Mais, au fait, pourquoi me demandez-vous cela ?

— Tout homme digne de ce nom aime à connaître ses rivaux.

— Dans ce cas, vous allez avoir beaucoup d'occupation… Même si je ne vois pas ce qui peut vous laisser supposer que vous seriez en capacité de vous aligner…

Se rappelant soudain que son père lui avait vivement recommandé de ménager Sir William, sans compter qu'elle n'avait aucun intérêt à ce que son interlocuteur découvre ses liens réels avec Grant Rathmore, elle baissa son éventail et sourit aimablement.

— … mais je suis sensible à l'intérêt que vous portez à mon humble personne, termina-t-elle.

La porte du salon s'ouvrit soudain à deux battants, et Madeleine pivota sur elle-même, heureuse de la diversion.

— Enfin ! s'exclama Sir William avec humeur. Voici notre hôte !

Madeleine se précipita vers le maître de maison, les deux mains tendues.

— Eh bien, mon cher père ! Où vous cachiez-vous ? J'ai dû retarder le dîner d'une heure et nos invités meurent de faim.

— Mille excuses, ma chère. Et à vous tous, mes chers amis, ajouta le comte en s'inclinant très bas. J'espère que vous me pardonnerez quand vous connaîtrez la raison de mon retard.

— Auriez-vous des nouvelles d'un certain… gentleman ? s'écria Mr Trimby, avec plus d'enthousiasme que de prudence.

Le comte jeta un coup d'œil par-dessus son épaule pour s'assurer que le valet s'était éclipsé, refermant la porte derrière lui, puis il salua de nouveau.

— Nous avons des nouvelles, en effet, monsieur. Mais il n'est pas temps d'en discuter… Madeleine, ma chère, veuillez faire servir le dîner sur-le-champ, voulez-vous ? Ensuite, je vous ai réservé à tous une belle surprise, ajouta-t-il, enveloppant toute l'assistance d'un sourire radieux. Nous sommes tous invités à la soirée de Lady Primrose.

Chapitre 16

Essex Street était à deux pas, mais le comte insista pour qu'on fît appeler des chaises à porteurs pour les dames. Madeleine n'avait pu trouver le moyen de parler à son père en tête à tête mais, au vu de l'humeur joyeuse du comte pendant le dîner, elle finit par se demander, tout en casant non sans peine l'ampleur de ses jupes dans l'étroit espace de la cabine, quelle dangereuse farce il avait encore inventée.

Une fois parvenus chez Lady Primrose, ils furent introduits dans un vaste salon à l'atmosphère surchauffée malgré les fenêtres grandes ouvertes. Prenant le premier prétexte pour se séparer du petit groupe formé par son père et ses invités, Madeleine alla rejoindre une vague connaissance et se plongea avec ardeur dans une conversation insipide. Tout plutôt que de supporter l'exaltation de mauvais augure de son père !

Elle se sentait préoccupée et maussade, non seulement à cause du souci que lui donnait son père, mais aussi parce que, bien contre son gré, la scène du baiser entre Grant et son amie Anne revenait sans cesse la hanter. Bien qu'elle fût parvenue à se convaincre qu'elle n'aimait plus son mari, le fait que Grant manifeste de l'intérêt pour une autre femme avait éveillé en elle le désagréable et tenace démon de la jalousie. C'était complètement absurde, bien sûr. Si Grant pouvait retrouver le bonheur avec une jeune fille aussi gentille et intelligente qu'Anne McBinnie, elle aurait plutôt dû s'en réjouir.

Alors, grand Dieu, pourquoi cette envie soudaine de griffer au visage celle qui lui était devenue une amie si chère ?

Quand, quelques minutes plus tard, Madeleine chercha son père du regard dans la nombreuse assemblée, il avait disparu. Le petit groupe qui l'accompagnait était toujours là, devisant avec entrain, mais plus trace nulle part du comte de Vaucluse. En revanche, Sir William Maxton semblait inspecter sans cesse la foule d'un regard aigu tout en conversant avec Mr Murray. Soucieuse de lui donner l'occasion de la rejoindre, elle passa dans une autre pièce.

C'était un salon identique au premier, dans lequel de petits groupes d'hommes et de femmes se pressaient autour d'un long buffet chargé de victuailles. Les murs couverts de panneaux de chêne vert pâle ornés de frises d'or sombre brillaient doucement à la lumière des chandeliers, créant une atmosphère à la fois magique et mystérieuse. À l'autre bout de la salle, devant l'une des hautes fenêtres aux rideaux tirés, Lady Primrose trônait dans un large fauteuil, entourée comme une reine d'un bouquet de courtisans assis sur des strapontins ou négligemment appuyés du coude au marbre d'une haute cheminée.

Madeleine s'arrêta net, les yeux écarquillés. Ce n'était pas la vue de leur hôtesse qui suscitait en elle tant de surprise, mais le tableau qui ornait le manteau de la cheminée. Il s'agissait du portrait d'un grand jeune homme en perruque poudrée, ses beaux yeux bruns brillant d'intelligence dans un visage qui possédait encore les rondeurs de l'enfance, un léger sourire flottant sur ses lèvres roses. Une écharpe de soie bleue traversait sa redingote de damas rose foncé, et il arborait l'ordre de la Jarretière fièrement épinglé sur sa poitrine.

Elle sentit son cœur s'arrêter de battre. Elle avait vu assez de ces portraits pour ne pas ignorer de qui il s'agissait. Elle s'arracha à sa contemplation, la bouche sèche. Comment osait-on encore exhiber si ouvertement un portrait aussi ressemblant du prince Charles Edouard Stuart ? Si cela arrivait aux oreilles du Gouvernement, Lady Primrose risquait tout simplement d'être accusée de trahison, elle aussi. Prenant un verre de vin sur le plateau que lui présentait un laquais, Madeleine ne put s'empêcher de remarquer avec un frisson que ce bon vin de Bordeaux était servi dans un verre où la rose des Stuarts était représentée en filigrane. Elle en but deux longues gorgées pour tenter d'apaiser les battements soudains de son cœur.

Ce fut le moment que choisit son père pour apparaître, radieux et essoufflé, en compagnie d'un inconnu de haute taille… qui n'était que la copie conforme du portrait que Madeleine avait admiré un instant plus tôt.

Les deux hommes se dirigèrent vers leur hôtesse, qui s'était levée dès leur entrée, imitée aussitôt par ses invités. Madeleine entendit son père présenter son compagnon sous le nom de Mr Smith et, comme aimanté, son regard se reporta sur le tableau. Tous ses doutes, s'il en subsistait, s'évanouirent quand elle vit Lady Primrose s'abîmer dans une profonde révérence devant le nouvel arrivant qui lui donna sa chevalière à baiser.

C'était bien là le prince Charles Edouard Stuart que quasiment toutes les personnes ici présentes considéraient comme l'héritier légitime du trône de Grande-Bretagne.

Les bavardages insouciants s'étaient transformés en murmures excités, et Madeleine, soucieuse de ne pas être remarquée, se réfugia dans l'embrasure de l'une des hautes fenêtres. Tel était donc le mystérieux invité que son père attendait ! Mais pourquoi le Prince faisait-il son apparition ici, au domicile de Lady Primrose, plutôt qu'à Surrey Street ?

La réponse surgit aussitôt dans son esprit surchauffé.

Tout simplement parce que, dans un reste d'étonnante prudence, son père n'avait pas voulu prendre la responsabilité d'héberger le Prince chez lui pendant le séjour de celui-ci à Londres, même s'il en eût été à la fois heureux et flatté. Il devait être déjà assez fier d'en avoir eu l'idée. Car l'initiative de faire venir le Jeune Prétendant à Londres plus ou moins incognito venait du comte de Vaucluse, Madeleine en était maintenant persuadée.

Elle sentit monter en elle un rire hystérique qu'elle eût la plus grande peine à refouler. Tout cela était de la pure folie ! Mais il lui fallait bien admirer le panache avec lequel son père escortait le Prince dans le salon. Les saluts des messieurs et les profondes révérences des dames dépassaient largement ce que le protocole exigeait devant un simple Mr Smith, mais personne ici ne doutait de l'essence royale de celui à qui ils étaient présentés.

Quand son père, qui avait fini par la repérer dans son coin, lui fit signe de venir le rejoindre, Madeleine obtempéra aussitôt. À quoi bon résister ? Son père avait toujours gain de cause.

Elle constata en s'approchant, observant le Prince sous ses cils baissés, qu'il n'était plus aussi mince que sur le tableau. Bien qu'il fût toujours aussi séduisant, son visage était désormais tanné par le grand air. Il était plus âgé, bien sûr, mais son regard noisette pétillait de malice et son sourire était plein de charme.

Madeleine tendit la main et plongea dans une gracieuse révérence.

— Bienvenue, monsieur.

Le Prince s'empressa de la relever.

— Votre père m'a parlé de vous, mademoiselle. Et je dois avouer qu'il n'a rien exagéré de vos charmes.

— Vous êtes trop aimable, monseigneur… monsieur.

Prise de court pour la première fois de sa vie, Madeleine

s'efforça tant bien que mal de soutenir la conversation jusqu'à ce que son père semble s'aviser que d'autres invités attendaient impatiemment d'être présentés.

C'est avec soulagement qu'elle se laissa immerger dans la foule. On n'avait rien exagéré du charisme du Prince, ce qui ne faisait que compliquer la situation. Madeleine était à présent partagée entre la sympathie qu'elle éprouvait pour cette personne royale et la conscience aiguë du terrible danger que le Prétendant faisait courir à tous ses partisans.

— Eh bien, ma chère ? Êtes-vous maintenant convertie à cette noble cause !

Se retournant, elle se retrouva face à face avec Sir William Maxton.

— Ce gentleman est fort aimable, il me faut bien l'admettre, répondit-elle prudemment.

— On ne peut nier que votre père a su créer l'événement !

Madeleine prit le temps de réfléchir. Avec un interlocuteur comme Maxton, il fallait savoir peser ses mots.

— Ce n'était pas tout à fait une surprise, n'est-ce pas ?

— En effet… Nous nous doutions que le comte nous préparait quelque chose, mais il a bien caché son jeu… Mr Smith loge-t-il chez vous ?

— Je l'ignore. Mon père sait être discret.

Sur ces mots, elle salua de la tête son interlocuteur et tourna les talons. Mais Sir William la retint par le bras.

— J'aimerais en apprendre davantage sur les projets de votre père, ma chère.

Madeleine, soudain raidie, posa un regard sourcilleux sur la grande main osseuse qui l'agrippait. Sir William, la libérant aussitôt, reprit avec un petit rire :

— S'il vous fait assez confiance pour vous les livrer, bien sûr. Je ne voudrais pas que de si lourds secrets reposent sur vos charmantes épaules.

— Mon père ne le souhaite pas plus que vous, Sir William. C'est la raison pour laquelle il ne me dit rien.

Cela dit, Madeleine s'esquiva prestement.

Les premières lueurs de l'aube éclairaient le ciel quand Madeleine et son père quittèrent la soirée. De nouveau, le comte insista pour que sa fille prenne une chaise à porteurs afin qu'elle ne souille pas ses souliers de satin et le bas de sa robe sur le pavé. Aussi lui faudrait-il attendre d'avoir regagné la villa pour avoir une conversation privée avec son père.

— Eh bien, ma chérie, qu'as-tu pensé de notre hôte ? l'interrogea ce dernier dès qu'ils furent dans le hall.

— Mr Murray ? s'enquit Madeleine, feignant de ne pas comprendre. C'est quelqu'un de tout à fait agréable, bien que je ne me sois guère entretenue avec lui.

— Je fais allusion à Mr Smith, Madeleine, comme tu le sais fort bien.

— Mais il n'est pas notre hôte, *papa*. Cet honneur revient à Lady Primerose.

Madeleine poursuivit, abandonnant tout faux-semblant :

— … Et vous m'en voyez fort soulagée. À dire vrai, je serais bien contente que nous ne nous mêlions pas du tout de cette affaire.

— C'est tout à fait impossible, hélas ! Cela dit, Mr Smith n'est en Angleterre que pour quelques jours. Et ton rôle dans cette histoire sera très succinct, je te le promets.

Madeleine s'arrêta net dans le hall.

— Mon rôle ? !

Le comte la prit par le bras, l'incitant à avancer vers l'escalier qui conduisait aux appartements privés.

— Mr Smith est ici pour affaires, mais quelques moments de détente sont prévus, expliqua-t-il tandis qu'ils s'engageaient dans l'escalier. Ainsi, Sa Maj… notre hôte souhaite assister à un spectacle !

Madeleine ne put retenir un éclat de rire.

— Voilà bien une idée saugrenue !

— Absolument pas ! rétorqua son père, une note de triomphe dans la voix. J'ai loué une loge, comme tout un chacun, et nous irons au théâtre demain soir.

Cette fois, Madeleine resta sans voix. Elle croyait connaître les limites de l'audace paternelle, mais elle n'était pas, semblait-il, au bout de sa peine. Pourtant, c'en était trop. Comme ils arrivaient devant la porte de sa chambre, le comte eut un nouveau petit rire.

— Je vois que tu es surprise, ma chérie. Tu connais pourtant mes manières de faire. C'est quand on se cache qu'on attire l'attention. Il vaut bien mieux se montrer à la vue de tous, si je puis dire. Personne ne s'y attend.

Madeleine dévisagea son père, la main à la gorge et les yeux élargis. Elle croyait déjà sentir le nœud de la corde se resserrer autour de son cou. Suivant sa main du regard, le comte se contenta de sourire. Puis, après une brève chiquenaude sur la joue de sa fille, il lui souhaita bonne nuit.

Le matin suivant lui apporta le plaisir doux-amer de recevoir une invitation d'Anne McBinnie à faire un peu de shopping. Anne semblait bien décidée à ne pas essuyer de refus, car elle précisait dans son billet qu'elle viendrait prendre son amie chez elle, à Surrey Street.

Le souvenir de la petite scène à laquelle Madeleine avait assisté dans le Park entre Anne et Grant était encore assez vivant dans sa mémoire pour qu'elle fût tentée de refuser.

Mais rester seule à la villa était encore plus pénible. La perspective de la soirée au théâtre en compagnie du fameux Mr Smith l'accablait et elle avait désespérément besoin de distraction.

Aussi, dès le petit déjeuner terminé, elle monta dans sa chambre pour revêtir une tenue de ville.

Chapitre 17

— Oh ! Madeleine… Je suis si contente que tu aies pu te libérer pour passer un peu de temps avec moi, s'exclama Anne tandis que Madeleine montait dans le cab. Maman a la migraine et Eilidh aurait pu m'accompagner mais, décidément, elle ne se fait pas à l'Angleterre. Et encore moins aux Anglais ! Et puis, c'est beaucoup plus amusant avec toi.

Madeleine considéra pensivement son amie un instant.

— Je suis très étonnée que tu n'aies pas demandé à Grant de t'accompagner, ne put-elle s'empêcher de riposter, perfide. Vous êtes des amis très proches, n'est-ce pas ?

Le rire d'Anne s'égrena en cascade dans l'étroit habitacle.

— Grant ! M'accompagner ? Quelle idée, Maddie ! Tu sais aussi bien que moi qu'il déteste faire les boutiques… Sauf, bien sûr, s'il avait su qu'une certaine personne serait à mes côtés, ajouta-t-elle avec un sourire malicieux.

Avait-elle mal interprété la scène dont elle avait été témoin la veille ? Devant la réaction si spontanée de son amie, Madeleine s'interrogeait. Sa rancune se dissipa quelque peu mais sa réponse garda encore de son aigreur :

— Il n'aurait pas manqué de prendre un autre engagement. Il n'a pas plus envie que moi de me revoir.

— Je n'en crois rien, protesta Anne en se penchant vers elle pour lui saisir la main. Il se soucie beaucoup de toi, sais-tu ?

— Il craint surtout que je ne compromette son nom et la réputation de sa famille, répliqua Madeleine tandis que le cab s'arrêtait devant la boutique d'une modiste… Oh ! Mais nous sommes déjà arrivées.

Madeleine était heureuse de changer de sujet, pourtant le sort voulut que tout, sans cesse, lui rappelle Grant. Un chien errant traversa la rue avec un os trop grand pour sa gueule et qui le faisait marcher de travers, anecdote qui les fit rire toutes les deux, Anne et elle, et qu'elle se serait empressée naguère de rapporter à son mari en rentrant chez eux. Puis quand elle vint récupérer son costume d'équitation, ce fut le tailleur qui lui demanda si elle ne préférait pas le faire livrer chez Lord Rathmore pour lequel on était précisément en train d'achever la confection d'un habit. Madeleine, le souffle coupé, dut inventer une excuse. Comment un tailleur d'Oxford Street pouvait-il connaître ses liens avec Grant ?

Et enfin, comme si cela ne suffisait pas, en passant devant la vitrine d'un libraire, elle perdit quelques minutes à chercher un ou deux ouvrages dont elle pourrait enrichir la bibliothèque de leur manoir écossais. Avant que ne lui revienne, comme une gifle en pleine figure, l'évidence qu'elle ne remettrait plus jamais les pieds là-bas.

Après tout cela, elle eut du mal à retrouver sa bonne humeur. Quand Anne demanda à voir de plus près un châle des Indes exposés dans la devanture d'une mercerie, elle lui suggéra d'y aller seule, prétextant vouloir regarder des gravures dans la boutique voisine. Elle était penchée sur une vitrine exposant des gravures effectuées à partir de peintures de William Blake et de Nathan Cooper Branwhite quand elle entendit une voix dans son dos :

— Mademoiselle ?

Se retournant vivement, Madeleine se trouva nez à nez avec un grand jeune homme sobrement vêtu d'une redingote noire. Un homme qu'elle n'avait pas revu depuis quatre ans, alors que Grant et elle fuyaient à tire-d'aile à travers l'Écosse après la défaite de Culloden.

— Major Rutter ! Quelle bonne surprise ! Je ne m'attendais pas à vous rencontrer ici.

Il la gratifia d'un salut tout militaire.

— Non, bien sûr. Nous sommes bien loin de l'Écosse, n'est-ce pas ? Et vous vous adressez au colonel Rutter, maintenant.

Se ressaisissant, Madeleine s'obligea à sourire.

— Vraiment ? Toutes mes félicitations, colonel. Voilà une promotion bien méritée.

Nouveau salut.

— Merci, mademoiselle.

Curieusement, le sourire du jeune homme n'atteignait pas ses yeux. Mais cela ne voulait rien dire. Le jeune major que Grant et elle avaient connu avait toujours fait preuve d'un caractère réservé. Elle jeta un coup d'œil sur son manteau de voyage.

— Seriez-vous sur le départ, colonel ?

— Malheureusement, non.

— Oh ! je pensais que… Comme vous n'êtes pas en uniforme, n'est-ce pas…

— Je viens d'être affecté à Whitehall[1].

Dieu du ciel ! De mieux en mieux…

Madeleine eut un petit rire forcé.

— Vraiment ? Comme c'est intéressant ! J'espère que votre service n'est pas trop prenant…

— Je n'ai pas à me plaindre. Je suis chargé de mener quelques enquêtes… Et puis-je savoir ce qui vous amène à Londres ?

1. Whitehall, ancien palais royal où fut du reste exécuté le roi Charles Ier en 1648, est le siège historique de plusieurs ministères dont ceux de l'Armée, de la Défense et du Premier ministre. Les bureaux de Scotland Yard ne sont pas loin…

— Je suis ici avec mon père.

Elle crut voir une étrange lueur traverser le regard de son interlocuteur. Son cerveau se mit à fonctionner à grande vitesse. La dernière fois qu'elle avait vu le major Rutter, Grant et elle lui avaient sauvé la vie et s'étaient saisi d'une importante somme d'or destinée à la cause jacobite pour la remettre à la Couronne. C'est grâce à ses actes héroïques que Grant avait gagné son titre de chevalier. Mais cela suffirait-il à le protéger si celui qui était maintenant le colonel Rutter le suspectait d'être partie prenante dans un complot jacobite ?

— J'étais convaincu que vous couliez des jours heureux en Écosse aux côtés de votre courageux Highlander, poursuivait le colonel. Je pensais même que vous aviez fini par l'épouser.

Madeleine sentit sa gorge se serrer.

— Et vous pensiez juste. Mais nous nous sommes séparés.

— Je vois. Navré de l'apprendre, sincèrement.

— Merci. C'est pour cela que je suis à Londres et que j'ai repris mon nom de jeune fille, Madeleine d'Evremont. Mon père va me ramener bientôt en France avec lui.

Il hocha la tête.

— Votre père, le comte de Vaucluse, c'est bien cela ?

La clochette de la porte d'entrée tintinnabula, et Madeleine se retourna, heureuse de cette diversion.

— Mais permettez-moi de vous présenter mon amie Anne, dit-elle en désignant la jeune fille chargée de plusieurs paquets. Anne, tu te souviens sans doute du major Rutter ? Il est colonel, maintenant.

Elle lança un regard d'alerte à Anne, qui fronça les sourcils.

— Mais bien sûr ! s'exclama celle-ci en s'avançant, la main tendue, ses paquets en équilibre sur un bras. Comment pourrais-je l'oublier alors que nous vous avons hébergé plusieurs semaines ? Quelle agréable surprise ! Seriez-vous déjà sur le départ, colonel ?

— Hélas non, Miss McBinnie. Je suis ici en mission pour… mon travail.

— Je lui ai posé exactement la même question, ma chère, renchérit Madeleine sur le mode plaisant. On peut se demander quelle mystérieuse affaire peut bien retenir le colonel à Londres, n'est-ce pas ?

Elle ponctua son petit discours d'un sourire engageant mais, loin de mordre à l'hameçon, leur interlocuteur se contenta d'un mince sourire.

— Les voies du Gouvernement sont impénétrables, mademoiselle… Cela dit, mes journées comportent aussi des moments de loisir. N'avez-vous pas de valet pour vous aider à porter vos paquets ? Une voiture vous attend-elle quelque part ?

— En effet, nous avons dû renvoyer notre valet à notre cab avec un premier chargement, expliqua Anne avec un sourire radieux. Il était chargé comme une mule, le pauvre homme.

— Dans ce cas, si je peux vous être utile, s'empressa de proposer le colonel en s'inclinant. Je suis libre pour la journée et je serais ravi de vous accompagner…

— Comme c'est aimable de votre part ! Mais nous avons achevé nos emplettes, n'est-ce pas, Maddie ? Et il ne nous reste plus qu'à tout porter jusqu'à la voiture.

— Alors, reprit le colonel Rutter en déchargeant Anne d'une partie de ses paquets, laissez-moi vous accompagner jusque-là.

Impossible de refuser un tel dévouement, et le petit groupe rebroussa chemin de concert parmi les rues encombrées. Au grand soulagement de Madeleine, Anne entretenait joyeusement la conversation par son babil insouciant, et ils arrivèrent bientôt à l'endroit où le cab les attendait.

Après s'être assuré que les jeunes femmes étaient bien installées et leurs colis bien arrimés, le jeune colonel prit gracieusement congé.

— Ce fut un plaisir, Miss McBinnie. Je ne vous dis pas adieu. Quelque chose me dit que nos chemins pourraient bien de nouveau se croiser.

Se tournant vers Madeleine, le jeune homme resta un instant immobile, la main sur la portière, son regard brun parfaitement indéchiffrable.

— Quant à vous, mademoiselle d'Evremont, j'espère bien ne pas vous perdre de vue avant d'avoir eu le plaisir de faire la connaissance de votre père.

Sur ces mots, il referma sans bruit la portière et, reculant d'un pas, fit signe au cocher qu'il pouvait partir.

— Quelle malchance ! s'exclamèrent dans un bel ensemble les deux amies en s'abandonnant contre le dossier de leur banquette.

— Dans une ville aussi grande que Londres, il fallait que ce soit celui-là qu'il nous soit donné de rencontrer ! soupira encore Anne, les yeux clos.

— Et le pire, ajouta Madeleine, c'est qu'il n'est pas près de quitter Londres. Avec ses états de service pendant les événements de 45, nul doute qu'il est chargé de surveiller ce qui se passe de l'autre côté du Channel…

— Je remercie Dieu dans ce cas que mon père ait pris ses distances. Mais toi, Maddie, que lui as-tu raconté de tes affaires ?

— Que voulais-tu que je lui dise ? Je n'ai pas osé mentir. Je lui ai dit que Grant et moi nous étions mariés, puis séparés… Mais il faut avertir Grant au plus vite.

— Cela tombe bien, ton mari… Grant dîne chez nous ce soir. Il nous accompagne ensuite au théâtre.

De nouveau, Madeleine ressentit les affres de la jalousie. C'était tout à fait irrationnel mais irrépressible. Même si, maintenant, son inquiétude pour Grant avait pris amplement le dessus.

— J'y serai moi aussi avec mon père, souffla-t-elle en se penchant vers son amie. Dis bien à Grant de ne s'approcher de moi sous aucun prétexte. À dire vrai, si tu pouvais le persuader de quitter Londres au plus vite, cela me retirerait un grand poids.

— Tu sais mieux que moi qu'il ne le fera pas. Pas tant qu'il se préoccupera à ton sujet.

Madeleine ne savait plus si elle devait se réjouir ou s'inquiéter d'une telle affirmation. Elle avait l'impression que la toile d'araignée de toutes ces intrigues l'enserrait chaque jour un peu plus. Naguère, Grant avait tout risqué pour elle mais, alors, ils étaient profondément amoureux l'un de l'autre.

Maintenant, ils savaient tous les deux qu'ils n'avaient plus d'avenir ensemble.

Chapitre 18

Une fois rentrée à Surrey Street, Madeleine se précipita dans sa chambre afin de se changer pour le dîner. Elle aurait tout donné pour ne pas se rendre ce soir à Drury Lane mais, hélas, son père avait exigé sa présence. *Mr Smith*, accompagné de Lord Froome et de son épouse, dînerait d'abord avec eux. Madeleine savait pertinemment ce qu'on attendait d'elle au théâtre. Elle s'installerait bien en vue au-devant de leur loge et recevrait la visite d'un certain nombre de gentlemen qui, de prime abord, viendraient présenter leurs hommages à Mlle d'Evremont. Mais, tandis qu'elle serait occupée à jouer de l'éventail et à plaisanter, le comte et son mystérieux invité, dissimulés dans la profondeur obscure de la loge, s'occuperaient à faire passer des messages et à tisser des intrigues.

Son père avait beau prétendre qu'on éveillait davantage les soupçons si on tentait de se cacher, Madeleine craignait que son père, cette fois, n'ait été trop loin. Bien sûr, personne ne pouvait s'attendre à rencontrer Charles Edouard Stuart en Angleterre en ce moment, et encore moins à Drury Lane, aux yeux du Tout-Londres. Cependant, si le Prince était découvert, les risques pris étaient énormes et les conséquences redoutables.

Le dîner fut une véritable épreuve. Le comte et ses invités

étaient de joyeuse humeur mais, malgré ses efforts pour entretenir la conversation avec son enjouement habituel, Madeleine se sentait horriblement mal à l'aise. Et ce fut encore pire quand ils furent au théâtre. Le foyer était bondé, comme il fallait s'y attendre, et elle dut s'attarder en compagnie de Lord et Lady Froome pour saluer connaissances et admirateurs, concentrant ainsi l'attention des curieux sur leur petit groupe, tandis que son père et leur invité montaient furtivement jusqu'à leur loge.

Quand Madeleine put enfin gagner sa place, elle occupa l'attente toujours assez longue avant le début de la représentation à parcourir du regard les rangées de spectateurs, à la recherche de visages familiers. Elle reconnut le visage épais de Sir William Maxton et détourna aussitôt les yeux. Il serait bien temps, hélas, de subir ses compliments quand il se rendrait dans leur loge pendant l'entracte.

Mais quand son attention se porta sur la loge qui était juste en vis-à-vis, le Prince et Maxton furent aussitôt oubliés.

Grant, dont le grand corps occupait une bonne partie de l'espace, était en train d'aider Anne McBinnie à s'installer dans l'un des confortables fauteuils de velours rouge. Et soudain, comme s'il sentait peser le poids de son regard, il leva les yeux et son regard se posa sur elle.

Aussitôt, le sourire de Grant disparut. Il lui adressa un bref signe de tête auquel elle répondit de la même manière, afin que personne ne pût supposer que Mlle d'Evremont et le laird d'Ardvarrick étaient plus que de simples connaissances.

Et c'est avec soulagement que Madeleine vit le rideau de scène s'ouvrir. La pièce allait commencer. Pourtant, sachant que Grant se trouvait là, juste en face d'elle, elle ne parvenait pas à fixer son attention sur le spectacle qui se déroulait maintenant sous ses yeux.

De son côté, Grant s'efforçait de se concentrer sur la scène, mais ses pensées revenaient constamment à sa femme. Elle paraissait parfaitement à son aise entre son père et une dame d'un certain âge, dont Sir Edmund l'informa obligeamment qu'il s'agissait de Lady Froome. Maddie semblait regarder avec toutes les apparences d'un véritable plaisir l'opéra-comique qui se donnait ce soir. Et, pourquoi le nier, elle offrait elle-même un spectacle éblouissant avec le diadème orné de diamants qui retenait le sombre rideau de ses cheveux et tous ces diamants qui scintillaient aussi à ses oreilles et sur sa gorge. Tout, dans sa toilette, sa robe de soie dorée, ses joyaux, son attitude d'icône byzantine, était savamment conçu pour attirer l'attention.

Elle était tout simplement d'une beauté ensorcelante.

Bien sûr, Anne l'avait prévenu que Madeleine serait présente. Mais quelle malchance qu'elle fût installée juste en face de lui ! Grant aurait de loin préféré l'ignorer. Et pourtant, à chaque fois qu'il sentait le regard de sa femme se poser sur lui, il ne pouvait s'empêcher de lever les yeux. Il s'était contenté de lui adresser un simple salut, mais il craignait que l'expression de son visage ne le trahisse. Qu'on y lise sa colère, sa rancune devant le sentiment de trahison qui le rongeait depuis un mois.

Comment Madeleine avait-elle pu le quitter ainsi ? Comment avait-elle pu déserter Ardvarrick ?

Anne lui avait raconté leur rencontre avec le colonel Rutter l'après-midi même, dans une boutique de St James Street. Elle n'avait pas manqué non plus de lui faire passer l'avertissement de Madeleine lui conseillant de garder ses distances. Judicieuse mise en garde, bien sûr. Mais il n'y avait nulle trace du colonel dans la salle ce soir, et Grant ne put s'empêcher de penser que sa femme souhaitait surtout flirter avec qui elle voulait sans que son mari s'en mêle.

Le premier acte s'acheva enfin et les McBinnie décidèrent

de rester à leur place pendant le petit divertissement musical. Un certain nombre de leurs connaissances vinrent leur rendre visite et, pour leur faire de la place, Grant se retira tout au fond de l'étroit habitacle, d'où il pouvait observer sans être vu.

La loge opposée se remplissait également à vue d'œil, essentiellement d'élégants gentlemen pressés de faire leur cour à la plus jolie femme de la salle. Lady Froome était certainement là pour jouer le rôle de chaperon, mais elle avait migré dans un fauteuil du second rang tandis que Madeleine trônait toujours au premier rang, jouant de l'éventail et devisant – non, flirtant outrageusement avec ses admirateurs.

La bouche de Grant eut un pli moqueur. Pouah ! Tous des pantins déguisés, avec leur culotte de satin couleur dragée, leur perruque poudrée, leurs dentelles et leurs rubans !

Son regard revint à Madeleine. Était-ce donc là le milieu dans lequel elle se sentait à l'aise ? Entourée de gandins et de dilettantes prompts à se moquer de tout et de tous pour le seul plaisir d'un bon mot ?

Des images d'un passé pas si lointain lui revinrent soudain. Madeleine et lui s'étaient rencontrés pour la première fois lors de la terrible déroute qui avait suivi la bataille de Culloden. Comme elle s'était montrée brave, alors ! Comme elle avait su faire preuve d'intelligence et de ressource lors de leur difficile traversée des Highlands, semée d'embuches et d'épreuves. Et voilà qu'il s'apercevait ce soir que, finalement, il ne connaissait pas Madeleine. Pas celle qu'il avait sous les yeux, en tout cas. Ainsi, quand elle l'attendait dans leur manoir des Highlands, c'était à ça que pensait sa femme avec nostalgie ? ! À tous ces ors et ces fastes, à ces troupeaux bêlants d'admirateurs ? Du reste quand, l'autre soir, il l'avait accusée d'avoir fui pour retrouver son ancienne vie, elle ne l'avait pas nié.

Voilà pourquoi elle avait quitté l'immensité de la lande et le ciel tourmenté d'Écosse.

Pour retrouver ses semblables !

Irrésistiblement, ses yeux se tournèrent encore une fois vers la loge d'en face.

Pour ceux qui ne connaissaient pas Yves d'Evremont, Madeleine paraissait la reine de la soirée. Mais Grant était convaincu qu'il ne s'agissait que d'une mascarade destinée à dissimuler ce qui se tramait réellement au fond de la loge. Sa fem... Madeleine paraissait pourtant si heureuse, si naturelle ! Difficile de croire qu'il ne s'agissait que d'une comédie pour servir les intérêts de son père. Cette pensée le tourmenta un instant mais, la chassant, il se concentra sur les mystérieuses allées et venues qu'il devinait dans la pénombre. Apparemment, rien que de bien banal que ces visites de courtoisie d'une loge à l'autre. Et pourtant, devant ce ballet bien réglé, Grant sentit sa méfiance s'accroître. De temps à autre, l'un des visiteurs avançait un instant dans la lumière, les paupières palpitantes. Parmi eux, Grant reconnut Lord Elibank, son voisin à Henrietta Street, dont il connaissait la sympathie fervente pour les Stuarts.

Il en identifia un autre, un gentleman vêtu d'un habit de damas violet rebrodé de fils d'or. Sir Edmund le lui avait nommé un instant plus tôt.

— Sir William Maxton... Un homme particulièrement dangereux, à en croire le colonel Rutter, avait-il précisé à son oreille.

Et il avait ajouté :

— Du reste, quand Anne a informé Rutter qu'ils avaient été présentés, celui-ci nous a clairement mis en garde contre Maxton.

— Vous avez revu Rutter ? s'était étonné Grant, un instant distrait de ses préoccupations.

— Eh bien... oui, en effet. Il est arrivé à Broadwick

Street cet après-midi peu après le retour d'Anne. Ils se sont rencontrés dans un magasin et il avait proposé de la raccompagner pour l'aider à porter ses paquets. Il semblerait qu'elle en avait oublié quelques-uns dans le fiacre et il est venu les rapporter chez nous... Ce qui est fort élégant, n'est-ce pas ?

Grant ne put retenir un petit rire.

— On dirait bien que la mouche a trouvé son pot de miel !

— On le dirait, en effet. Et cela paraît réciproque. Anne apprécie beaucoup ce jeune homme. Mais n'anticipons pas. Nous verrons bien comment les choses évoluent. Personnellement, je n'aurais pas choisi un militaire pour gendre. Mais je dois reconnaître que ce garçon est très sympathique.

— - Oui. C'est quelqu'un de bien, je crois... Pour en revenir à Maxton, avait repris Grant, que pense Rutter de lui, exactement ?

— Il n'est pas rentré dans les détails mais, en menant ma petite enquête, j'ai découvert que Sir Maxton était très ami avec le Secrétaire de la Guerre.

— Vraiment ? Dans ce cas, que fait-il dans le sillage du comte de Vaucluse ? À moins qu'il ne soit chargé par le Gouvernement de recueillir des renseignements ?

— Et qu'il joue ainsi sur les deux tableaux !

Cette dernière remarque de Sir Edmund revint à l'esprit de Grant tandis qu'il regardait aussi discrètement que possible les deux têtes rapprochées de Maxton et du comte. Il avait éprouvé une antipathie immédiate pour l'individu, attisée par son attitude possessive à l'égard de Madeleine. Et en le considérant plus attentivement, Grant ne pouvait s'empêcher de penser que Sir William jouait décidément un jeu fort dangereux.

Les trois coups annonçant la reprise du spectacle, les visiteurs commencèrent à quitter la loge du comte. Seul

Maxton ne faisait pas mine de vouloir bouger. Tranquillement, avec une nonchalance étudiée, il s'installa dans le fauteuil occupé précédemment par le père de Madeleine.

Grant ne prit aucun plaisir au reste du spectacle. Décidément, songeait-il en laissant son regard errer du côté de la loge opposée, il n'aimait pas l'opéra-comique. Le regard de Madeleine était tourné vers la scène, et Sir William Maxton, penché sur son épaule, ne cessait de chuchoter à son oreille. Bien qu'elle dissimulât le bas de son visage avec son éventail, Grant crut deviner qu'elle lui répondait complaisamment. Discutaient-ils tous les deux des qualités du spectacle, des plans ourdis par le comte de Vaucluse ou bien répondait-elle par des minauderies à la cour éhontée que semblait lui faire le vieux séducteur ? Nul n'aurait su le dire.

Il y avait longtemps que Madeleine n'avait passé une journée aussi désagréable. Elle ne pouvait oublier que Charles Edouard Stuart était assis dans la pénombre, au fond de la loge, et, sur le qui-vive, elle s'attendait à ce que, d'une minute à l'autre, les portes de la loge claquent contre les murs sous la poussée des officiers du roi venus les arrêter. L'intermède fut particulièrement éprouvant. Elle s'efforçait de poursuivre son vain bavardage, ignorant délibérément les tractations qui se tenaient dans son dos et la désagréable sensation que, bien qu'elle ne pût le voir, Grant ne la quittait pas des yeux.

Elle attendait impatiemment que le spectacle reprenne, espérant pouvoir se détendre un peu mais, hélas, Sir William vint s'asseoir d'autorité auprès d'elle. Si près qu'elle sentait les effluves de son tabac à priser se mêler au parfum entêtant de la poudre d'iris avec laquelle il dissimulait sans doute les remugles émanant de son corps mal entretenu de quinquagénaire.

Que penserait Grant d'une telle intimité ? Pour autant que cela le soucie, bien sûr. Le terrible sentiment d'échec et de nostalgie qui la taraudait depuis qu'elle l'avait revu se réveilla en elle, plus violent que jamais.

— Le spectacle vous plaît-il ? s'enquit son voisin, la bouche en cœur et l'œil luisant.

— Oui, beaucoup. C'est très amusant, vraiment.

Madeleine répondait d'une voix froide et détachée, sans tourner la tête vers son interlocuteur.

Mais il en fallait davantage pour décourager le sombre individu.

— À dire vrai, répliqua-t-il avec un sourire entendu, je le trouve tout à fait à propos.

— Ah oui ? Vraiment ? soupira-t-elle.

— Mais oui ! Voyez le titre… *Le Mari abandonné* !

Devant l'air interloqué de sa voisine, il rit grassement.

— Sauf votre respect, ma chère, il ne m'a pas fallu longtemps pour découvrir que vous étiez et êtes toujours l'épouse de Sir Grant Rathmore.

Madeleine, soudain glacée jusqu'aux os, le dévisageait sans répondre. Elle continua pourtant à jouer machinalement de son éventail, feignant la plus grande indifférence.

— Nous nous sommes rencontrés au lendemain de Culloden, expliqua-t-elle avec un haussement d'épaules. Notre mariage était une erreur et nous ne sommes plus rien l'un pour l'autre.

— Que fait-il à Londres, dans ce cas ?

— Aucune idée. Et peu me chaut,

— Pourtant, on vous a vus danser ensemble.

— Difficile de refuser, sauf à lui infliger une offense publique. Et je n'avais pas envie qui plus est de me faire remarquer, argua Madeleine, ajoutant avec un regard méprisant : Vous êtes mieux placé que quiconque pour savoir que mon père ne souhaite pas attirer l'attention.

Son cœur battait à lui rompre la poitrine. Sir William s'était-il aperçu de la présence de Grant ici ce soir ? Malgré elle, ses yeux se portèrent vers la loge opposée.

— Rathmore souhaite peut-être vous reconquérir ? insista lourdement son voisin en se rapprochant encore.

— Non, de cela je suis certaine. Nous n'avons plus rien en commun, je vous assure.

— Vous me voyez soulagé, madame. Ainsi, vous êtes libre d'accepter mes hommages…

Un sentiment d'alarme la secoua brutalement. Les hommages de ce répugnant personnage au regard libidineux et aux mains baladeuses ? ! Dieu l'en garde ! Réprimant le dégoût qui l'envahissait, elle s'imposa de maintenir les yeux sur la scène, un sourire de ravissement aux lèvres.

— Vous me voyez navrée de vous décevoir, Sir William, minauda-t-elle derrière son éventail, mais je n'ai nulle intention d'accepter les hommages de qui que ce soit. Je retourne bientôt chez moi en France avec mon père.

— C'est ce que je ne crois pas, ma chère, rétorqua son interlocuteur d'une voix plus dure. Du moins, pas avant que nous n'ayons eu le plaisir de faire plus ample connaissance.

Madeleine réprima un sursaut.

— Il n'en est pas question, monsieur. Je vous conseille de vous retirer cette idée de la tête.

Elle se détourna ostensiblement, signifiant par là que leur conversation était terminée. Mais, ne l'entendant visiblement pas de cette oreille, son voisin se pencha sur elle, plongeant le regard dans son décolleté. Sa bouche rouge lui effleurait la joue et, malgré le duo que venait d'entamer le jeune couple d'amoureux sur la scène, elle entendit clairement ses propos :

— Ma chère Madeleine, vous me voyez dans l'obligation

d'insister. Si les commanditaires français de votre père apprenaient que sa propre fille est mariée à un partisan des Hanovres, cela risquerait de coûter fort cher au comte.

Elle eut une moue de mépris.

— S'ils ne s'en sont pas aperçus plus tôt, franchement, je ne leur fais pas mes compliments. Mais sans doute s'en soucient-ils comme d'une guigne. Après tout, c'est moi qui ai décidé de revenir auprès de mon père, et je défie quiconque de nier sa loyauté à la cause.

— Peut-être avez-vous raison, rétorqua Lord Maxton d'une voix lourde de menace. Ne négligeons pas, malgré tout, le danger que représente Lord Ardvarrick.

Madeleine répliqua vivement, le cœur battant :

— Il me semble vous l'avoir dit. Grant Rathmore n'est plus rien pour moi.

— Vraiment ? Pouvez-vous me jurer, vos beaux yeux dans les miens, que vous ne vous souciez pas de ce qui peut lui arriver quand on saura au plus haut niveau de l'État que sa femme complote de manière fort active en faveur des Stuarts ?

— Et qui se chargera de le leur faire savoir ? tâcha d'ironiser Madeleine, l'angoisse lui serrant la gorge.

— Mais moi, ma chère. Moi, naturellement. Ce qui entraînera pour le moins sa disgrâce. Peut-être même un procès pour haute trahison si j'accepte de me porter témoin.

— Mais vous n'avez aucune preuve !

Sir William semblait maintenant boire du petit lait.

— Nous en trouverons facilement. Et je témoignerai devant la Cour de justice avec un document signé de ma main. Je n'hésiterai pas à livrer le nom des deux traîtres : Sir Rathmore, laird d'Ardvarrick, et Yves d'Evremont, comte de Vaucluse.

Madeleine se retourna vivement.

— Mais ce serait là pur mensonge !

— C'est vous qui le dites, ma toute belle ! Étant la fille du comte, personne ne vous croirait. J'ai de puissants amis des deux côtés du Channel, voyez-vous. Des personnages haut placés et qui me font parfaitement confiance. Un simple murmure de ma part suffirait à condamner n'importe qui. Alors, pensez donc ! Une déclaration signée de ma propre main ! Pour eux, ce serait la fin.

Il ajouta après un bref silence en la dévisageant de son regard froid :

— Et pour vous aussi, madame.

Sur la scène, le duo s'achevait dans un crescendo de voix et d'instruments. Le public applaudit frénétiquement, et Madeleine en fit autant, soucieuse de se donner du temps pour maîtriser le sentiment de panique qui l'envahissait.

— Je ne vous crois pas, murmura-t-elle enfin d'une voix rauque. Vous ne pourriez parler sans vous découvrir vous-même et vous mettre aussi en danger.

Sir William, renversé dans son fauteuil, applaudissait mollement, la bouche ouverte dans un rire silencieux.

— C'est un risque à prendre, en effet. Mais quand les Stuarts seront entre leurs mains, les Anglais seront disposés à pardonner... D'un autre côté, je pourrais tout aussi bien ne me mêler de rien. Mes amis français seraient ravis que le Jeune Prétendant continue à servir de poil à gratter à la Couronne britannique. D'un côté comme de l'autre, comme vous pouvez le constater, je serais gagnant. Faites donc votre choix, madame, conclut-il en lui lançant un regard luisant. Repoussez-moi et vos proches seront perdus. Acceptez et je mettrai à vos pieds les trésors d'une reine.

Il se pencha de nouveau vers Madeleine.

— Vous êtes très belle, savez-vous ? J'ai fréquenté la cour de France, où l'on trouve les plus belles femmes de toute l'Europe, et j'ose affirmer que vous pourriez rivaliser sans peine avec la Pompadour. Vous faites un vrai morceau de roi qui mérite bien qu'on se batte pour le conquérir.

Comme Madeleine, saisie, ne répondait pas, il lâcha un petit rire.

— Mais je ne suis pas un monstre. Si vous acceptez de devenir ma maîtresse, rien de tout cela n'arrivera. Je laisserai votre père achever sa petite affaire et rentrer bien tranquillement chez lui, dans son beau château de Provence.

— Et Lord Rathmore ?

— Tiens, tiens… Vous voyez bien que vous y tenez encore !

— Comme je tiendrais à préserver la vie de n'importe quel innocent !

Le sourire narquois de son interlocuteur disait assez qu'il ne la croyait pas.

— Grant Rathmore pourra retourner chez lui, en Écosse, tant qu'il ne se mettra pas en travers de ma route… Eh bien ? Qu'en dites-vous ? Ce n'est pas trop cher payé, n'est-ce pas ? Vous vivrez luxueusement dans mon hôtel particulier de Londres, et vos hommes seront libres d'aller se faire pendre ailleurs !

Madeleine déglutit douloureusement.

— Et si je ne vous donne pas… satisfaction ?

— À vous de faire en sorte de me satisfaire, madame.

Le regard lourd de concupiscence qui la parcourut déclencha un frisson de dégoût dans tout son corps. Pourtant, elle se ressaisit. Le destin de trop de gens dépendait d'elle.

— On ne prend pas ce genre de décision à la va-vite, monsieur. Je dois prendre le temps d'y réfléchir.

— Je vous donne jusqu'à ce dimanche soir. Passé ce délai, la police secrète du roi sera prévenue. Le comte et son… invité seront arrêtés ainsi que tous leurs complices.

Madeleine le regarda, sidérée.

— Vous dénonceriez tous ces gens ? Mais ce sont vos amis !

Maxton retroussa les lèvres, comme un chien prêt à mordre.

— Ce sont surtout des imbéciles qui ne voient pas qu'ils se battent pour une cause perdue. Mais je suis prêt à les épargner et à laisser ce qui reste des Stuarts quitter l'Angleterre sans encombre... À condition que vous acceptiez mon petit marché, naturellement.

Il posa une large main possessive sur son genou, geste que Madeleine sanctionna aussitôt sèchement d'un coup d'éventail.

— J'accéderai à votre demande, monsieur, répondit-elle d'une voix lente. Mais je ne quitterai Surrey Street qu'une fois assurée que mon père est en sécurité sur un bateau.

Son interlocuteur la gratifia d'un long regard scrutateur.

— Ai-je votre parole, madame ?

Elle le défia du menton.

— Je ne reviendrai pas sur ma parole, Sir William. Mais il faut que vous respectiez mes conditions.

Sir Maxton haussa un sourcil impérieux.

— Et si je refuse, que ferez-vous ? Vous empresserez-vous d'aller pleurnicher auprès de votre père ? Il ne peut vous sauver, ajouta-t-il en lançant un regard furtif par-dessus son épaule, là où les ombres bougeaient toujours. Il ne pourra vous sauver et il est assez intelligent pour ne pas chercher à me contrarier. À moins que vous ne projetiez de me faire assassiner dans le temps qui vous reste avant de vous jeter dans un bateau pour retourner au bercail ? Vous seriez bien mal inspirée d'en venir à de telles extrémités. Mon témoignage, intégralement rédigé de ma main et scellé de mon sceau est déposé en lieu sûr chez un homme de confiance qui a pour consigne, s'il m'arrivait quelque chose, de le transmettre aussitôt aux autorités compétentes. Je puis vous assurer qu'il contient des informations suffisamment compromettantes pour faire inculper de haute trahison toute votre fine équipe.

L'opéra arrivait à sa fin. L'aria final sonnait haut et fort, se répandant en volutes mélodieuses dans la salle, mais Madeleine, affolée par ces menaces, n'entendait ni ne comprenait plus rien. Un piège invisible se refermait sur elle, coupant une à une autour d'elle toutes les issues.

Ses pensées devaient se lire sur son visage, car elle perçut soudain le rire brutal de son voisin.

— Mais nous ne sommes pas obligés d'en arriver à de telles extrémités, n'est-ce pas ? ajouta-t-il. Je suis tout disposé à me montrer compréhensif. Si vous me donnez sur-le-champ votre parole, il en sera fait comme vous le souhaitez. Tout cela n'est qu'une affaire de quelques heures. Vous serez dans mon lit lundi soir…

Ces derniers mots furent prononcés à voix basse, comme si William Maxton se parlait à lui-même. Mais déjà Madeleine était sur le qui-vive. Était-il possible que son père envisage de quitter l'Angleterre dimanche soir, à la faveur de la marée nocturne ? Et si c'était un coup de bluff ? Comment Sir William aurait-il pu connaître les plans de son père ? Ce dernier lui avait dit de se tenir prête, en effet, mais jamais elle n'aurait cru que leur départ était si proche. Comment s'en assurer ?

— Dans ce cas… je vous donne ma parole, Sir William. Une fois sûre et certaine que mon père vogue en liberté vers la France, je me rendrai chez vous et je… je vous appartiendrai.

Comme pour se moquer d'elle, le public se mit alors à applaudir à tout rompre. Déjà, les acteurs saluaient et le rideau tombait.

Sir William se leva.

— Excellente soirée, vraiment, déclara-t-il en se penchant

sur elle pour baiser la main qu'elle lui tendait machinalement. N'imaginez pas une seconde que vous pourriez me tromper, Madeleine. Si vous le tentiez, votre père parviendrait peut-être à s'échapper, mais pas pour longtemps. Quant au clan Rathmore, il en paierait doublement le prix.

Chapitre 19

— Voilà une soirée particulièrement réussie, déclara le comte en l'aidant à monter dans leur voiture. Le charmant *Mr Smith* est rentré avec Lord Froome, et nous voici libres de nous amuser un peu.

Il donna ses ordres au cocher et vint prendre place aux cotés de sa fille.

— Devons-nous encore sortir, *papa* ? protesta Madeleine d'une voix lasse. Ne pouvons-nous rentrer chez nous ? Il est fort tard et…

— Pas encore, ma fille. Nous nous rendons maintenant chez Lady Thanet.

Madeleine réprima un bâillement, plus nerveux que de véritable fatigue.

— Je ne connais même pas cette dame.

— Non, en effet. Mais j'ai déjeuné récemment avec elle et elle a insisté pour faire ta connaissance. Dans son jeune temps, c'était une grande amie à moi… Il y a fort longtemps, à vrai dire, reprit le comte, le regard dans le vague. Ah ! La belle Mary… Nous ne manquerons pas de louer le bon vieux temps, tous les deux.

— Mais je suis si lasse, *papa*. J'en ai tellement assez !

— Seulement quelques heures, ma chérie, tenta de la rassurer son père en lui tapotant la main. Je ne peux la décevoir, n'est-ce pas ?

Madeleine eut un geste impatient.

— Je ne parlais pas de ce soir en particulier mais de toute cette aventure londonienne. Quand retournons-nous en France ? Dites-moi la vérité, *papa* !

Peut-être était-ce son ton pressant, l'angoisse qui perçait dans sa voix, mais, pour une fois, son père ne tergiversa pas.

— Notre bateau prendra la mer à la marée montante dans la nuit de dimanche.

C'était donc vrai ! Sir William était informé des moindres faits et gestes du comte de Vaucluse !

« Vous serez dans mon lit lundi soir… »

Ses paroles résonnaient lugubrement dans son cerveau fatigué, et elle leva la main dans un geste de désespoir inconscient. S'en emparant, le comte y déposa un baiser affectueux.

— Tu sembles bien sérieuse, mon petit. Moi qui croyais que tu aimais l'aventure !

— Vous savez très bien que je n'ai jamais aimé ce genre d'aventure, *papa*.

— Tu seras donc heureuse d'apprendre que c'est la dernière. Je deviens décidément trop vieux pour les intrigues. Plus que deux jours, et nous serons en France où je te confierai à la comtesse, qui te traitera comme sa propre fille. Te voilà rassurée, n'est-ce pas ?

Opinant du chef, Madeleine s'obligea à sourire. Sir William ne lui avait pas raconté d'histoires. Et les nœuds du filet qu'il avait tissé autour d'elle se resserraient encore davantage.

Arrivés à Thanet House, ils furent aussitôt accueillis chaleureusement par la maîtresse de maison à qui, visiblement, le comte avait laissé de beaux souvenirs. Se sentant tout de suite de trop, Madeleine s'esquiva discrètement, laissant son père et leur hôtesse occupés à flirter outrageusement dans l'embrasure d'une fenêtre. Elle identifia dans l'assemblée deux ou trois personnes de connaissance mais aucune qui ne parût appartenir au parti jacobite.

C'était déjà ça !

Elle commença à se détendre un peu. Nul besoin de rester sur ses gardes et de faire attention à ses moindres propos.

À sa grande joie, elle trouva même un tout jeune homme qui appréciait les mérites des romans de Mr Richardson et discutait avec animation sur l'étonnante véracité de leurs personnages quand une force irrésistible la contraignit à lever les yeux. Grant se tenait à quelques mètres et la regardait fixement. Elle tenta aussitôt de se replonger dans sa conversation, mais les arguments qu'elle s'apprêtait à développer s'étaient mystérieusement évanouis. Il ne lui restait plus qu'à se tenir coite, le bas du visage dissimulé par son éventail.

La situation devint vite intenable. Grant ne faisait pas mine de l'approcher, et pourtant elle était douloureusement consciente de sa présence. Optant pour la fuite, elle tourna les talons avec une vague excuse à l'intention de son interlocuteur et se dirigea vers le salon où était installé le buffet. Elle était en train de se faire servir quand son mari se matérialisa brusquement à ses côtés.

— Je pensais que vous aviez quitté Londres, bafouilla-t-elle, désemparée.

— Je vous l'ai pourtant dit. J'y serai aussi longtemps que vous y demeurerez.

— Et comment osez-vous me harceler de la sorte ?

Furieuse, Madeleine gagna l'extrémité du long buffet, où trônait un immense bol de punch. Mais Grant la suivait obstinément. Tremblant de rage contenue, elle demanda un verre de cette boisson et, comme Grant était toujours là, attendant patiemment son tour, elle lui posa la question qui l'obsédait depuis le matin :

— Pourquoi avez-vous déchiré le document qui vous libérait de ma personne ?

— Parce que je n'avais pas l'intention de m'en servir. Vous êtes ma femme, pour le meilleur et pour le pire.

— Chut !

Madeleine lança un coup d'œil alarmé autour d'elle, mais personne ne paraissait s'intéresser à leur conversation.

— Ne restez pas auprès de moi, insista-t-elle pourtant. Il ne faut pas éveiller les soupçons.

Il eut un soupir exaspéré.

— À part votre père, personne ici ne sait que nous sommes mari et femme... Je dois avouer que, parfois, je préférerais que nul ne l'ignore. Nous pourrions ainsi mettre fin à toute cette comédie.

Madeleine eut soudain très peur. Pour Grant, pour ce qu'il risquait en se montrant ainsi familièrement à ses côtés. Lui lançant un regard qui lui intimait de la suivre, elle posa son verre et se dirigea vers l'une des portes-fenêtres donnant sur la terrasse. Elles étaient grandes ouvertes et quelques invités se tenaient déjà sur les pelouses. Sûre d'être suivie par Grant, elle chercha un endroit tranquille. Un petit pavillon se dressait sous les arbres, protégé des regards par une haie de rhododendrons. Seule la lune l'éclairait de sa lumière argentée. Là, personne ne pourrait les voir ni les entendre, pensa-t-elle.

Traversant la pelouse d'un pas vif, elle se dépêcha de se réfugier dans la pénombre du kiosque.

— Quelqu'un a découvert notre secret, chuchota-t-elle dès que Grant l'eut rejointe. Sir William Maxton. Il m'a menacée de te dénoncer aux autorités de police comme partisan des jacobites.

Grant rit.

— Sur quels motifs ?

— Ta seule présence à Londres lui semble un motif

amplement suffisant… Tu dois quitter la ville, Grant. Sans délai !

— C'est impossible, Madeleine. Tu le sais très bien. D'autant plus que je n'ai rien à me reprocher.

Devant tant d'insouciance, Madeleine dut prendre sur elle pour ne pas crier. Fou qu'il était ! Ne voyait-il donc pas le danger ?

— Peu importe, insista-t-elle en lui posant la main sur l'avant-bras. Maxton a quantité d'amis puissants prêts à le soutenir s'il décide de forger de toutes pièces des preuves contre toi. Rester à Londres, c'est tisser la corde pour te pendre.

Les yeux de Grant n'étaient plus qu'une mince fente.

— Et en quoi cela t'importe-t-il ?

— Cela m'importe beaucoup, tu le sais bien. Je… je ne supporterais pas qu'il t'arrive malheur !

Les mots étaient sortis tout seuls, avant même que Madeleine ait pu les retenir. Elle reprit tant bien que mal :

— Je t'ai promis de ne pas créer de scandale qui puisse entacher le nom de ta famille. Cela m'est impossible si tu restes à Londres.

Grant l'observait toujours, la dominant de sa haute taille.

— Veux-tu vraiment que je rentre chez moi, Maddie ? murmura-t-il d'une voix très douce. Que je te laisse ici toute seule, livrée à tous ces…

Il embrassa d'un geste explicite la vaste demeure qui se dressait au fond du jardin, avec ses fenêtres vivement éclairées et tous ces gens en habit qui riaient et jouaient la comédie humaine.

Son visage était dans l'ombre, mais Madeleine pouvait imaginer le sourire qui dansait dans son regard, qui faisait frémir sa bouche…

Elle s'humecta les lèvres du bout de la langue.

— Oui, Grant. Il le faut. Nous avons convenu tous les deux que nous ne pouvions plus vivre ensemble.

— Tout cela n'était-il pas un peu précipité ?

Il se rapprochait lentement. Elle sentait la chaleur de son corps la pénétrer tout entière. Le parfum épicé de son eau de toilette, l'odeur fraîche de son linge l'emplissaient d'un douloureux sentiment de familiarité. C'était à proprement parler suffoquant. Elle mourait d'envie d'aller vers lui, de se remplir de la présence de Grant. Comme ce serait facile, comme ce serait bon de s'abandonner contre ce large torse, de se blottir entre ces bras qui l'avaient si souvent étreinte. De lui laisser lui prendre les lèvres.

De tout oublier de ce qui les séparait, enfin !

Mais non, il ne fallait pas !

Madeleine recula brusquement contre le mur de brique qui fermait l'un des côtés du kiosque. Acculée, elle tendit les bras pour repousser son compagnon.

Grant s'immobilisa aussitôt, le cœur battant.

Madeleine levait vers lui des yeux pleins d'étoiles. Elle passa de nouveau la langue sur ses lèvres, et il sentit son sang courir plus vite dans ses veines.

— Non, Grant ! Je t'en supplie…

— Mais pourquoi pas ? insista-t-il en caressant de ses deux pouces la nuque tiède et douce. Ne sommes-nous pas mari et femme ? Nous ne faisons rien de mal.

Madeleine s'abandonnait maintenant sous ses caresses comme une poupée de chiffon et Grant l'attira dans ses bras. Grand Dieu, comme c'était bon de la sentir là de nouveau, palpitante et tout aussi émue que lui ! Il l'entendit soupirer tandis que, renversant la tête, elle levait le visage vers lui, la bouche offerte. Quand il la prit, un violent frisson le secoua tout entier. Son cœur battait maintenant sur un rythme endiablé. Il entendait rugir son sang dans ses oreilles.

La langue de Madeleine jaillit, le taquinant, se mêlant à la sienne, déclenchant en lui une fièvre depuis longtemps oubliée. Ses mains erraient maintenant sur le corsage de sa femme, rêvant d'exposer ses seins. Mais, retenant son ardeur, il se contenta de lui baiser la nuque, les épaules, s'attardant sur le creux satiné de son cou.

Madeleine gémissait sous sa bouche, se cambrant sous ses caresses comme pour s'offrir à lui, et il laissa glisser une main dans la profondeur tiède de son corsage, sous la fine dentelle de sa chemise. Quand ses doigts tremblants rencontrèrent la pointe dressée d'un sein, une flèche de désir lui laboura cruellement les reins. Soudain, Grant fut submergé par le souvenir doux-amer des longues nuits d'amour où, allongés l'un contre l'autre, ils reprenaient leur souffle, ivres du plaisir qu'ils s'étaient donné.

— Non, Grant, il ne faut pas. Je t'en supplie, lâche-moi !

Le cri d'angoisse de Madeleine brisa le sortilège, le ramenant brutalement à la réalité.

Il libéra Madeleine aussitôt.

— Que se passe-t-il, ma douce ? chuchota-t-il dans la pénombre. Pourquoi lutter contre ce que nous désirons si fort tous les deux ?

Grant sentait les doigts de Madeleine lui étreindre les mains, comme si elle avait peur de tomber. Elle paraissait si bouleversée qu'elle pouvait lui échapper, s'enfuir Dieu sait où.

Il prit une profonde inspiration et reprit calmement :

— Nous ne faisons rien de mal, Madeleine. Je te le répète… Même si, ajouta-t-il avec un petit rire en regardant autour de lui, le jardin de Lady Thanet n'est pas précisément l'endroit que j'aurais choisi pour nos retrouvailles.

Elle n'eut même pas un sourire.

— Il n'y aura pas de retrouvailles, Grant. Il est trop tard pour cela, maintenant. Nous devons oublier… Tu dois m'oublier.

— T'oublier ? Mais, grand Dieu, pourquoi ?

Ce qu'elle disait n'avait aucun sens. Grant la sentait encore vibrer contre lui, au même diapason. Il entendait encore ses gémissements sous ses caresses. Il sentait encore sur sa bouche les baisers qu'elle lui avait rendus avec la même ferveur passionnée.

— Comment peux-tu me demander de t'oublier après ce qu'il vient de se passer, Madeleine ? Tu le désirais autant que moi.

Madeleine secouait la tête, les yeux pleins de larmes.

— C'était juste pour me remémorer le temps où nous croyions que… que nous pourrions être heureux ensemble.

— Non, protesta Grant d'une voix que la frustration rendait plus dure. Tu sais parfaitement que ce n'est pas vrai. Il y a toujours eu entre nous quelque chose de puissant. De profondément partagé.

Elle haussa les épaules.

— La seule chose qui nous relie, maintenant, ce sont d'amers souvenirs. Tu n'aurais jamais dû m'épouser. Par deux fois, j'ai déçu tes espérances…

— Mes espérances ? De quoi parles-tu ?

— Tu le sais très bien. Ce qu'il te faut, c'est une femme qui puisse te donner des enfants. En tant que laird d'Ardvarrick, tu as besoin d'un héritier.

Grant se souvint alors de cette petite scène au Park, lorsqu'un petit garçon était venu se jeter dans ses jambes. Il revit l'expression du visage de Madeleine, soudain figée. Son regard blessé, désespéré, même. Comment n'avait-il pas compris plus tôt le mal qui la rongeait ?

Il emprisonna les deux mains de Madeleine dans les siennes.

— Oh ! Maddie… Comment pourrais-tu me décevoir, toi entre toutes les femmes ? Du reste, ai-je vraiment besoin d'un héritier ? J'ai assez de cousins pour y pourvoir. D'ailleurs, nous sommes encore jeunes. Nous avons le temps…

Madeleine soupira.

— Non. Tu ne m'aimes plus. Comment des enfants pourraient-ils être heureux dans un foyer sans amour ? Ton amour-propre est blessé parce que je me suis enfuie, mais tu ne souhaites plus vraiment m'avoir auprès de toi comme épouse.

Grant la dévisagea, horrifié.

— Comment peux-tu dire une chose pareille ? Comment peux-tu prétendre que je ne t'aime plus après ce qui vient de se passer entre nous ? Ne sens-tu pas combien tu me manques ? Combien je te désire ?

— Le désir n'a rien à voir avec l'amour, Grant. Si tu me désires maintenant, c'est parce que je ne suis plus… accessible.

Grant, exaspéré, laissa échapper un grondement de bête fauve.

— Tout ceci n'est qu'un amas de sottises, madame.

— C'est la vérité, Grant. Comment expliquer sinon que tu as déserté mon lit, notre lit, depuis si longtemps ?

— Que j'ai déserté ton lit ? répéta-t-il, désemparé, en se passant la main sur le visage. Mais, Maddie… c'est toi qui m'as fermé ta porte !

— Après la mort de notre enfant, oui. J'avais besoin d'un peu de temps pour me remettre, expliqua Madeleine, des larmes ruisselant maintenant sur ses joues. Mais plus tard, à la mort de ton père, quand tu es devenu laird, il est vite devenu évident que tu ne voulais plus de moi.

Grant la dévisagea un instant sans rien dire.

— Mais je t'ai laissée tranquille, comme tu me l'avais signifié !

Il se détourna, complètement désorienté. N'avait-il pas assez souffert, lui aussi ? Pourtant, il s'était vite ressaisi. Il s'était jeté dans le travail, laissant à sa femme le temps de surmonter son chagrin. Et voilà comment elle le remerciait ! En l'accusant d'avoir déserté le lit conjugal ! En s'enfuyant de la maison pour rejoindre à tire-d'aile les lumières et les flonflons de la capitale ! En s'enfonçant à nouveau avec volupté dans cette vie de plaisirs imbéciles qui était la sienne aux côtés de son comploteur de père avant qu'elle le rencontre.

Soudain, la rage remplaça son chagrin. Il fit brutalement volte-face.

— Cesse de jouer à la noble victime, veux-tu ! Nous savons tous les deux que c'est toi qui m'as chassé de ta chambre. Un autre enfant, bien vivant cette fois, aurait risqué de t'attacher à Ardvarrick pour de longues années. Tu ne le désirais pas, n'est-ce pas ? Tu en avais assez de l'Écosse et des Écossais !

— C'est faux, Grant Quand j'ai perdu ces deux bébés quasiment coup sur coup, j'étais déprimée et très affaiblie. C'est le médecin qui m'a recommandé le repos le plus complet.

— Il aurait dit tout ce que tu voulais en échange de ses confortables honoraires. Mais je t'ai laissé tout le temps que tu voulais… Et tu t'es éloignée de moi, froide comme la glace.

Madeleine se tordait les mains, le visage sillonné de larmes.

— C'est toi qui m'as repoussée, Grant ! Après la mort de ton père, j'ai essayé de te parler. Mais tu n'avais jamais le temps.

— Bien sûr que je n'avais pas le temps ! Dès que je suis devenu laird d'Ardvarrick, c'en a été fini de ma liberté. Tout le monde avait besoin de moi. Tous nos gens, tous nos voisins avaient besoin de s'assurer qu'ils pouvaient compter sur moi, de vérifier que je serais à la hauteur… Je devais faire mes preuves. Je n'avais pas le droit de me laisser distraire de mon devoir.

Madeleine se recroquevilla sur elle-même, comme si tous ces souvenirs lui étaient soudain insupportables. Elle se rebiffa pourtant.

— Eh bien ! Qu'attends-tu pour retourner auprès de tes gens puisque tu leur es à ce point indispensable ! Je ne cesse de te le répéter depuis que tu es arrivé à Londres

Elle ajouta en regardant autour d'elle, l'air un peu égaré :

— Je voudrais regagner les salons mais j'ai besoin d'un peu de temps pour me ressaisir… Il ne faudrait pas susciter la curiosité.

Il eut un rire âpre.

— Nous devons éviter les commérages à tout prix, n'est-ce pas ?

Elle eut un geste de la main.

— Je t'en prie, Grant. Tu en as assez dit. Laisse-moi un peu seule, veux-tu ?

— Oh ! Mais je vais vous laisser tout le temps que vous voulez, madame. J'en ai du reste assez perdu avec vous. Plus tôt vous rentrerez en France avec votre père, mieux ce sera.

Sur ces mots, furieux, il sauta les trois marches du pavillon et, aussi peu désireux que Madeleine d'attirer l'attention, il alla s'enfoncer sous les arbres du parc.

Comment Madeleine osait-elle retourner la faute contre lui ? N'avait-il pas passé la nuit à arpenter le salon pendant que le médecin et l'infirmière aidaient à la naissance de leur enfant ? Quand il avait appris que l'enfant n'avait pas survécu, il avait été dévasté par le chagrin. Pas seulement parce qu'il perdait un héritier, mais parce qu'il aimait déjà cet enfant. Et parce qu'il pensait à la peine que devait éprouver sa femme. Il se sentait tellement impuissant.

Puis le Dr McGiry lui avait dit qu'il faudrait des semaines à sa femme pour se remettre. Des mois, peut-être. Il avait compris cela, bien sûr. Ne s'était-il pas montré prévenant ? Affectueux ? N'avait-il pas fait arranger une jolie chambre un peu à l'écart pour que Madeleine puisse se reposer à son aise ?

Et même quand son père était mort, trois mois plus tard, malgré sa douleur, il avait su garder ses distances, de peur que trop de proximité avec Maddie ne l'empêche de se contenir. Jamais il n'avait ennuyé sa femme avec son propre chagrin. Pas plus, du reste, qu'avec ses pulsions de mâle jeune et en bonne santé.

Certes, chuchota une petite voix au fond de lui, *mais était-ce vraiment ce qu'elle voulait ?*

Ralentissant le pas, il laissa resurgir en lui des souvenirs de cette triste période, les examinant les uns après les autres comme il ne l'avait jamais fait auparavant. La mort du vieux laird avait été un choc terrible pour tous mais, maintenant, avec le recul, Grant comprenait que ce qui l'avait tenu écarté de sa femme, ce n'était pas un juste sentiment du devoir. C'était la peur. La peur d'affronter la douleur de Madeleine, mais la peur aussi de ne pas être à la hauteur.

Et comment pouvait-il en vouloir à Madeleine pour cela ?

Il la revit venir à lui, après les funérailles du vieux laird d'Ardvarrick. Elle l'avait pris par le bras et lui avait demandé si elle pouvait faire quelque chose. Grant aurait alors voulu l'enlacer, sentir le réconfort de son corps doux et tiède contre le sien. Mais elle était si pâle, elle paraissait si fragile dans ses vêtements de deuil qu'il ne souhaitait pas ajouter un poids supplémentaire à son propre chagrin de mère endeuillée. Alors, redressant les épaules, il s'était écarté sans trouver un mot à dire.

Grant, abattu, se laissa tomber sur un banc. Il s'était enfermé dans ses obligations et avait traversé cette sombre période comme enfermé dans une bulle.

Il leva la tête avec un soupir. La lune flottait sur l'eau noire du ciel, sereine et indifférente aux tourments qui l'avaient envahi. Depuis quand Madeleine et lui ne se parlaient-ils plus vraiment ? Ailsa lui avait suggéré d'emmener sa femme en voyage pendant quelque temps, mais il avait rejeté cette idée. Il y avait toujours tant à faire sur le domaine ! il se rendait compte maintenant que sa mère avait perçu le malaise qui régnait dans leur couple. Mais lui avait été trop aveugle pour le comprendre. De même qu'il avait été trop aveugle pour percevoir les efforts de sa femme pour reprendre contact avec lui.

Elle était toujours présente le soir quand il rentrait à la maison. Elle était toujours présente pour le dîner, même quand il rentrait très tard. Et durant la longue période de chagrin qui avait submergé sa mère après le décès de Logan Rathmore, elle avait assumé sans une seule plainte la lourde charge de maîtresse de maison. Le soir, elle veillait avec lui en cousant ou en brodant, et même lorsqu'il s'attardait dans la bibliothèque avec son cognac et un bon livre, il était rare qu'elle se retire avant lui.

Madeleine avait toujours été là pour lui. Toujours prête. Comme si elle attendait qu'il fasse un geste…

— Bon sang, Rathmore ! Quel idiot tu as été !

Grant se leva d'un bond, furieux contre lui-même. Il fallait qu'il la retrouve, qu'ils s'expliquent enfin clairement. Et le plus vite serait le mieux.

Se précipitant vers la terrasse et les pièces vivement éclairées et toujours bondées, il repéra presque aussitôt le comte de Vaucluse au centre d'un groupe d'invités particulièrement animé. Mais aucune trace de Madeleine nulle part et, après s'être enquis d'elle auprès de son hôtesse, il apprit avec regret qu'il était trop tard.

Elle était déjà partie.

Chapitre 20

— Un bal masqué à Vauxhall ! Quelle merveilleuse idée !

Le cri extasié de Lady Molton ne trouva aucun écho chez Madeleine. Son père et elle avaient emprunté la navette qui traversait le fleuve pour rejoindre Sir Evelyn et Lady Molton dans les célèbres jardins de plaisir de Vauxhall, et ils allaient maintenant souper ensemble dans l'un des kiosques ornés de peintures juste en face de l'orchestre.

Il fut un temps où Madeleine se serait réjouie à la perspective de cette soirée à Vauxhall, avec ses lampions vénitiens qui illuminaient les parterres de fleurs, sa mystérieuse Dark Walk[1] où, depuis près d'un siècle et demi, plus d'une réputation de jeune fille s'était vu compromise, et la délicieuse excitation provoquée par le fait de ne pas savoir qui d'un prince ou d'un pauvre se cachait sous les masques. Mais après une journée si lourde en émotions, les jardins avaient perdu tout leur charme à ses yeux. Même le port de son masque de velours noir orné de diamants la laissait indifférente. L'ultimatum de Sir William formulé la veille

1. Longue allée qui longe les limites est et nord des jardins et dont les arbres centenaires créent une voûte obscure au-dessus des promeneurs. C'est seulement en 1764 que les autorités de la ville ont contraint le propriétaire des Vauxhall Gardens, Jonathan Tyers, à installer des éclairages dans cette allée dont la pénombre encourageait les comportements inappropriés.

au soir au théâtre lui faisait l'effet d'une épée de Damoclès suspendue au-dessus d'elle.

Ce matin même, au petit déjeuner, elle avait essayé d'avertir son père des manœuvres du sinistre individu. Elle lui avait dit et répété qu'il fallait se méfier de lui, mais le comte avait balayé tous ses arguments d'un geste distrait de la main et, la saluant poliment, était parti vaquer à ses propres affaires. Affaires qui, elle le redoutait, étaient en étroite connexion avec le destin de Charles Edouard Stuart.

Avant de quitter la petite salle à manger, il s'était simplement contenté de lui rappeler de se tenir prête à quitter Londres la nuit prochaine. Ce qui l'avait confortée dans l'idée que son père ne la considérait pas beaucoup plus qu'un objet. Dans son monde, les femmes n'étaient rien d'autre que des ornements et des instruments. Pourtant, elle avait fait une dernière tentative tandis qu'il se tenait sur le seuil, un sourire poli étirant sa bouche fanée de vieux séducteur.

— *Papa*, je dois vous dire que… Enfin… il me semble que Sir William a de mauvaises intentions à mon égard.

— C'est normal, avait-il rétorqué avec un petit rire. Belle comme tu es, tous les hommes ont de mauvaises intentions à ton égard !

Et, sur ces mots, il avait tourné les talons et s'en était allé.

Et voilà que maintenant, tandis qu'elle était assise à ses côtés dans l'un des kiosques de Vauxhall en compagnie de leurs amis aussi bavards qu'insouciants, elle se sentait terriblement seule.

« Tous les hommes ont de mauvaises intentions à ton égard »…

Les mots résonnaient encore douloureusement dans son crâne.

Mais c'est faux, chuchota une petite voix tout au fond de son cœur. *Il existe au moins un homme sur cette terre qui ne veut pas te faire du mal. Qui t'aime assez pour te protéger de tous et vouloir te rendre heureuse.*

Mais cet homme, Grant Rathmore, était le seul vers lequel elle n'avait plus le droit de se tourner. Pourtant, depuis la scène du kiosque dans le jardin de Lady Thanet, Madeleine se sentait encore bouleversée, le corps brûlant et le cœur en émoi. Impossible de nier l'attraction que Grant exerçait toujours sur elle. Il avait le pouvoir de la transformer en une pauvre gelée tremblotante d'une seule de ses caresses. Et pourtant, il ne l'aimait plus.

Quoi qu'il en dise, elle savait qu'elle l'avait profondément déçu. Après quatre ans de vie commune, elle avait été incapable de lui donner un héritier.

Ces derniers mois, à Ardvarrick, il la regardait à peine et, quand il le faisait, c'était d'un regard froid, minéral, qui semblait la transpercer. Il évitait même de se trouver dans la même pièce qu'elle, a fortiori dans le même lit. Et il avait l'audace de prétendre que c'était sa faute ? !

Et si cela l'était, en effet ? murmura la même petite voix. *N'avais-tu pas peur de le laisser partager de nouveau ton lit et de devoir de nouveau affronter la terrible douleur de perdre un enfant ?*

Madeleine, son appétit soudain envolé, reposa ses couverts dans son assiette. Si seulement ils s'étaient parlé ! S'ils avaient été honnêtes l'un envers l'autre…

— Ah ! Mais regardez donc qui nous arrive ! entendit-elle son père s'exclamer soudain.

Elle leva vivement la tête, le cœur battant, mais le gentleman qui approchait de leur kiosque n'avait ni l'élégance ni la carrure de Grant.

— Sir William, mon cher ami ! s'exclama le comte en affichant un air radieux. Joignez-vous donc à nous, je vous en prie.

Madeleine, silencieuse, ne put refuser de tendre sa main

à Sir William, qui en baisa la paume avec un long regard complice.

— Miss d'Evremont, ronronna-t-il, ses yeux gris luisant dans les fentes de son masque. De fait, j'ai plutôt envie de marcher un peu. Me ferez-vous le plaisir de m'accompagner ? Vous semblez avoir fort peu d'appétit, ajouta-t-il comme pour anticiper son refus. La marche vous fera le plus grand bien.

— Mais oui, ma fille, c'est cela, renchérit le comte comme dans un numéro bien rôdé. Vous ne paraissez pas dans votre assiette, ce soir. Une petite promenade vous remettra les idées en place.

Son père lui fit un geste explicite de la main. Madeleine ne pouvait refuser. Elle rajusta son masque sur son visage et, se levant, accepta le bras que Sir William lui tendait.

— Seriez-vous souffrante ? s'inquiéta son compagnon tandis qu'ils s'enfonçaient dans les jardins.

— Ce n'est rien…

— J'espère que vous ne cherchez pas une excuse pour revenir sur votre parole ?

Elle leva le menton un peu plus haut.

— Jamais je ne ferais une chose pareille… à moins que vous ne me donniez des raisons de croire que vous seriez disposé à ne pas respecter la vôtre.

— Je n'ai aucune raison de le faire. Je ne suis pas vindicatif et je n'aime pas nuire gratuitement à mon prochain. Dans mes fonctions, ce n'est guère conseillé, ajouta-t-il avec un fin sourire. Du reste, en ce qui vous concerne, je suis tout au plaisir anticipé des délices qui m'attendent…

Madeleine dissimula sa répugnance avec un petit rire et agita coquettement son éventail.

— L'attente ne fait que rendre plus attrayants les plaisirs en question, Sir William. Ne vous pressez pas trop de vouloir les obtenir.

— Oh ! Madeleine ! Mais que… ?

Une jeune voix féminine venait d'interrompre leur dialogue. Anne McBinnie avançait à leur rencontre dans l'allée. Avec sa capuche rejetée sur ses épaules et son fin masque de satin, il était impossible de se tromper. Elle était accompagnée d'un long et mince gentleman qui, à dire vrai, paraissait plutôt mal à l'aise dans son domino et son masque de velours noir.

Madeleine reconnut aussitôt le colonel Rutter. Et, malgré ses propres soucis, elle fut soulagée de voir que son amie l'avait choisi pour cavalier et non Grant. Peut-être pourrait-elle du reste faire tourner cette rencontre inopinée à son avantage ?

— Anne ! s'exclama-t-elle en adressant à son amie un large sourire. Quel plaisir de te rencontrer ici ! Tu connais Sir William Maxton, bien sûr ?

— Nous nous sommes rencontrés, en effet.

Anne plongea dans une courte révérence avec un sourire poli mais Madeleine surprit le regard dubitatif qu'elle jeta à son compagnon.

— Colonel Rutter ! reprit Madeleine, je ne crois pas que vous ayez déjà vu Sir William…

Elle fit les présentations et les deux hommes se saluèrent avec beaucoup de cérémonie. Puis ils échangèrent quelques politesses, mais l'espoir que les nouveaux arrivants feraient demi-tour pour se joindre à eux s'évanouit très vite. Les deux hommes semblaient avoir peu d'intérêt l'un pour l'autre et les couples reprirent leur route chacun de son côté.

Tout de suite, le cerveau de Madeleine se remit en marche. Le colonel Rutter était trop bien élevé pour entraîner une jeune fille à Vauxhall dans un but coupable. Et jamais Anne n'accepterait de se promener dans ces allées mal éclairées avec un homme en qui elle n'aurait pas une totale confiance. N'était-ce pas le signe d'une idylle naissante ?

Malgré elle, Madeleine sentit un sourire naître sur ses lèvres. Ils formeraient un couple parfaitement assorti, car Anne était une jeune fille sérieuse et sincère, et le colonel, malgré la raideur de son allure, paraissait bien cultiver les mêmes valeurs.

Mais peut-être avait-elle sauté sur des conclusions un peu trop hâtives…

— Qu'en pensez-vous, Miss d'Evremont ? Ne partagez-vous pas mon point de vue ?

Madeleine sursauta.

— Je vous demande pardon, Sir William ?

— Tudieu, madame ! Vous n'avez pas écouté un traître mot de ce que je vous ai dit.

Sir William ne cachait pas son irritation. Ils s'étaient éloignés des zones éclairées et, bien que la lune fournisse une clarté assez vive, l'allée bordée d'arbres aux branches en berceau était plongée dans la pénombre. Madeleine, tous les sens en alerte, comprit qu'il lui fallait manœuvrer habilement.

— Je pensais à autre chose, sir. Veuillez me pardonner… Que disiez-vous, je vous prie ?

Son compagnon s'arrêta net.

— Non, je n'aime pas me répéter. Vous l'aurez voulu, coquine !

Comme il faisait mine de la saisir dans ses bras, Madeleine se recula vivement.

— Patience, monsieur. Plus que quelques jours et vous ferez de moi ce que vous voudrez.

— « Patience » ! gronda-t-il comme un fauve à peine dompté. Voilà un mot que je n'aime pas. C'est maintenant que je vous veux.

Ignorant le cri de protestation de Madeleine, Sir William la plaqua violemment contre un tronc d'arbre et entreprit de débarrasser sa gorge du fichu de dentelle qui la recouvrait.

Elle essaya de se libérer, en vain. Son assaillant était lourd et puissant comme un taureau et, haletant, l'écrasait sans ménagement contre l'écorce rugueuse.

— Arrêtez ! Arrêtez, vous dis-je. Je ne suis pas prête à cela. Laissez-moi partir !

Mais son assaillant semblait avoir perdu la raison. Plus Madeleine se débattait, plus il paraissait excité. Son étreinte se resserra cruellement, et elle sentit la panique l'envahir. Soudain, un cri retentit. Et une voix forte perça la nuit :

— Espèce de malotru ! Tu n'as pas entendu ce qu'a dit la dame ? Elle ne veut pas, est-ce clair ?

Les poignes qui la retenaient prisonnières se desserrèrent. Elle fut bientôt libérée tandis que Sir William se retrouvait violemment projeté sur le sol.

— Fichez le camp de là ! aboya encore le nouveau venu. Et plus vite que ça.

Madeleine leva les yeux vers son sauveur. Sa large carrure était dessinée en contrejour par le clair de lune. Et son visage était dissimulé par les rebords de son tricorne mais, à en juger par sa houppelande de grosse laine brute et ses bottes de cuir épais, il devait s'agir d'un cocher. Sans doute attendait-il le client qui avait retenu ses services pour la soirée. Pourtant, il portait un masque, comme les gentilhommes de la fête, ce qui la fit revenir sur sa première impression.

Madeleine en était encore à conjecturer l'identité de son bienfaiteur quand Sir William se remit lourdement sur ses pieds, crachant des injures à son adversaire.

— Comment osez-vous vous attaquer à vos supérieurs, espèce d'animal ?

Le cocher eut un rire gras.

— Vous attaquez les femmes sans défense et vous vous croyez meilleur que moi ? Eh bien, moi je vous dis, milord, que malgré vos beaux habits et votre linge fin, vous valez pas grand-chose.

— C'est ce que nous allons voir !

Tirant son épée de son fourreau, Sir William s'élança sur l'inconnu. L'homme recula d'un bond, la manche de sa houppelande fendue par la lame, et para sans effort le second assaut de Maxton.

Il parut vite évident à Madeleine que son ange gardien était le plus fort. Malgré son lourd manteau, il faisait preuve d'une agilité et d'une dextérité étonnantes, poussant sans peine son adversaire dans ses retranchements. Sir William recula de plusieurs pas et, trébuchant maladroitement, s'écroula sur le sol où il resta étalé.

Son mystérieux sauveur jeta l'épée de son offenseur dans les buissons avant de taquiner du bout de sa botte la forme immobile.

— Bon, il s'en remettra, commenta-t-il.

Et d'ajouter en retirant son masque :

— Je ne voulais pas le tuer. Il ne mérite même pas ça !

Chapitre 21

— Grant !

Madeleine se rapprocha de son sauveur dont le visage était à moitié dissimulé sous le large rebord de son couvre-chef, miraculeusement resté vissé sur son crâne.

— Grant ! répéta-t-elle, sidérée. C'est bien toi… Mais que fais-tu ici ? Et pourquoi es-tu fagoté de la sorte ?

— Je suis venu pour garder un œil sur toi. Quant à ces vêtements…

Elle vit ses dents blanches étinceler dans le noir tandis qu'il ajoutait :

— … je savais que le colonel Rutter était invité à se joindre à la famille de Sir Edmund ce soir. Alors j'ai préféré me déguiser.

Son rire se termina dans un cri de douleur tandis qu'il posait sa main sur son bras gauche.

— Bon sang ! Il ne m'a pas manqué, ce sauvage !

Madeleine se précipita.

— Laisse-moi voir…

Même dans l'obscurité, elle pouvait distinguer la déchirure dans la manche du lourd vêtement et le sang qui rougissait la chemise. Elle entreprenait de lui ôter son manteau quand elle entendit un léger bruit derrière elle.

— Attention !

Sir William s'était remis tant bien que mal sur ses pieds

et s'élançait vers eux, la bouche tordue par un vilain rictus. Grant poussa Madeleine hors de sa trajectoire juste avant que Maxton ne l'atteigne de plein fouet et, horrifiée, elle vit les deux hommes s'empoigner. Cette fois, Sir William, plus lourd, avait l'avantage sur Grant, qui ne pouvait se servir de son bras blessé.

Madeleine se précipita vers les lumières de la fête pour aller chercher de l'aide. Mais c'était trop loin. Jamais elle n'arriverait à temps. Avisant une tête de lion en pierre à moitié descellée et posée sur une colonne branlante, elle s'en saisit et, avec la force du désespoir, l'arracha de son socle.

Puis elle revint en courant vers les deux hommes qui luttaient toujours, soufflant et ahanant.

Grant perdait du terrain. Elle entendit son cri de douleur comme Maxton tordait vicieusement son bras blessé. Plus question d'hésiter. Prenant son élan, elle leva le bloc de pierre et l'abattit de toutes ses forces sur le crâne de Sir William, qui tomba comme une masse sur le sol.

S'ensuivit un long silence, puis elle sentit la présence de Grant derrière son épaule.

— Merci, Maddie, haleta-t-il. Je te dois une fière chandelle.

— Je.. je n'ai fait que te retourner la politesse. Est-ce que… Est-il mort ?

Elle tremblait d'effroi. Si elle l'avait tué, alors tout était perdu. Le témoignage couché par écrit de Sir William serait divulgué, et son père, elle-même, puis Grant seraient arrêtés. Les yeux exorbités, elle regarda Grant s'agenouiller près de son agresseur.

— Non, il respire, lança-t-il par-dessus son épaule. Maxton pourra remercier son perruquier, ajouta-t-il, méprisant. Tu n'as même pas réussi à lui entamer le crâne.

Grant se leva d'un bond et replaça son masque sur son nez.

— Partons d'ici avant que quelqu'un ne nous surprenne ! dit-il.

— Mais tu es blessé !

— Nous nous occuperons de cela plus tard. Ce triste sire ne m'a probablement pas reconnu et il ne peut pas savoir que c'est toi qui l'as frappé… Mieux vaut filer.

Ils s'enfoncèrent dans l'ombre de Dark Walk, Madeleine soutenant la démarche chancelante de Grant. Ils changèrent plusieurs fois de direction avant de jeter leur dévolu sur un bosquet qui abritait un banc bien éclairé par la lune. C'était probablement la raison pour laquelle la place était libre, songea-t-elle, mais c'était l'endroit idéal pour soigner la blessure de Grant.

En un tournemain, Madeleine retira la lourde houppelande dont était affublé Grant. La veste d'équitation qu'il portait en dessous, un vêtement ajusté comme la mode le requerrait, s'avéra plus délicate à manier car les manches en étaient fort étroites et celle de gauche était raidie par le sang séché. Elle fut soulagée de constater que la blessure était superficielle.

— Je craignais qu'il ne ne t'ait entaillé jusqu'à l'os, remarqua-t-elle. Grâce à Dieu, l'épaisseur du manteau a amorti le coup.

Le fichu de dentelle de Malines que Sir William avait essayé de lui arracher fut sacrifié sans une seconde d'hésitation et habilement noué par-dessus le mouchoir de Grant autour du bras blessé.

— Voilà, le sang va vite s'arrêter de couler.

— Merci, souffla Grant avec une grimace de douleur tandis qu'il essayait de replier son membre douloureux. Maintenant, filons de là !

— Pas encore… As-tu un couteau ?

— Pas sur moi… Londres est censée être une ville civilisée…

— Alors, donne-moi ton épée pour que je coupe cette

manche. De toute façon, la veste est fichue et elle ne pourrait que t'encombrer.

Il fit un geste vers sa ceinture.

— Sers-toi, je t'en prie.

Grant regarda sa femme détacher soigneusement la manche de l'élégant vêtement, veillant bien à ne pas malmener le bras blessé.

Se souvenant comment elle l'avait soigné jadis au sortir du champ de bataille de Culloden, il réprima un petit sourire.

— On dirait bien que l'histoire se répète, murmura-t-il. Je vais pouvoir arborer une deuxième cicatrice sur ce bras, maintenant. Juste à côté de celle causée par la balle de la Tunique rouge qui a réussi à m'avoir à Culloden.

Les mains de Madeleine s'immobilisèrent un instant puis elle reprit sa tâche.

— Ce qui me rappelle, poursuivit Grant, que tu avais l'habitude de glisser un *sgian*[1] en argent dans ton corsage pour te protéger d'individus tels que William Maxton. Qu'en as-tu fait ?

— Il est dans ma malle, à Surrey Street. Les toilettes commandées par mon père ne sont guère conçues pour dissimuler un poignard. Et je ne pensais pas moi non plus en avoir besoin à Londres.

— Eh bien ! Il semblerait que tu te sois trompée… Et que les coups viennent des proches même de ton cher *papa*… C'est le comte lui-même qui a commandé ces toilettes, dis-tu ?

— Oui… Tu n'imagines tout de même pas que, une

1. Le *sgian dubh* (en écossais, littéralement « lame noire ») est un court poignard porté traditionnellement en toutes circonstances par les habitants des Highlands. Il est souvent glissé dans la botte de son propriétaire.

fois arrivée à Londres, j'aurais pu dépenser ton argent à me reconstituer une garde-robe ?

— Non, je ne pensais pas cela, en effet… Mais un amant aurait pu le faire pour toi.

Madeleine plissa les lèvres, comme si cette remarque ne lui plaisait guère. Elle lança la manche souillée de sang dans un buisson puis jeta un dernier coup d'œil au bandage improvisé.

— Cela devrait faire l'affaire un moment. À présent, rentre chez toi au plus vite. Ton valet se fera un plaisir de jouer les infirmières. Et d'essayer aussi, j'espère, de te convaincre de rentrer en Écosse !

— Je vais rentrer, en effet. Mais pas sans toi.

Elle secoua violemment la tête.

— Impossible ! *Papa*…

— Enfin, Maddie ! Tu ne vas pas rejoindre vos invités dans cet état. Maxton va te faire chercher. Il vaut mieux faire parvenir un message à ton père lui disant que tu te sentais fatiguée et que tu es retournée à Surrey Street.

Comme elle hésitait, il poussa son avantage.

— … Tu vois bien que j'ai besoin d'être accompagné, au cas où j'aurais un malaise sur le chemin d'Henrietta Street.

Madeleine le dévisagea d'un œil soupçonneux, mais il affichait un air si innocent qu'elle finit par déclarer :

— Très bien. Il est vrai que tu as reçu un sacré choc…

— Oui, terrible ! renchérit Grant, ravalant difficilement un petit rire devant le regard dont elle le gratifia derrière son masque.

Personne ne parut remarquer le couple d'amoureux masqués qui se frayait un chemin dans la foule. Comme ils arrivaient devant le parterre où se dressaient les alcôves des dîneurs, Madeleine chercha un serveur pour faire porter un message à son père.

— Nous devrions aussi envoyer des secours à William

Maxton, suggéra-t-elle. Je hais cet homme mais je ne souhaite pas sa mort.

— Hélas ! la rassura Grant avec son ironie habituelle, je ne crois pas que cela soit pour aujourd'hui. Mais tu as raison. Lui faire porter secours pourrait tourner à notre avantage. Pour quelques shillings de plus, le valet sera sans doute disposé à raconter à Sir William qu'il a été attaqué par un groupe de jeunes fêtards.

— Le croira-t-il ?

— Je le suppose. Il est fréquent que de jeunes mondains désœuvrés et un peu ivres s'en prennent pour le plaisir aux promeneurs isolés.

— Bonne idée, dans ce cas. Il ne t'a pas vu et ne peut imaginer que j'ai joué un rôle dans cette affaire.

Madeleine fut un instant tentée de révéler à Grant la menace que Maxton faisait peser sur elle, puis décida que cette information était trop dangereuse pour tous les deux. Il ne pouvait pas faire grand-chose, de toute façon, et son intervention risquait d'aggraver la situation.

Leurs messages envoyés et leur courrier dûment récompensé pour sa peine, Madeleine et Grant marchèrent jusqu'au débarcadère où ils trouvèrent rapidement une embarcation pour les amener de l'autre côté du fleuve. La lune brillait toujours dans un ciel sans nuages et, quand ils furent en sécurité dans la barque, Madeleine tint à vérifier de nouveau la blessure de Grant. Dieu merci, la plaie avait cessé de saigner.

Dans le cab qui les conduisait à Henrietta Street, il paraissait avoir retrouvé toute sa vigueur.

Pourtant, quand ils furent devant la porte de son logis, il insista pour qu'elle l'aide à monter jusqu'à son appartement. Dans l'étroit escalier, entendant du bruit au-dessus de leur tête, Madeleine leva les yeux et vit une main brandir une lampe à huile.

— Robert ! Dieu merci, vous êtes éveillé ! s'exclama-t-elle en montant prestement les dernières marches. Le laird est blessé. Nous avons besoin d'eau bouillie et de linge propre pour confectionner des bandages.

L'homme de confiance de Grant lui décocha un large sourire.

— Tout de suite, madame.

— Bah ! N'exagérons rien, *lassie*[1]. Ce n'est pas si grave, protesta Grant, s'adressant à elle de cette manière tendrement familière qu'elle n'avait pas entendue depuis longtemps.

— C'est assez grave pour être pris au sérieux, insista-t-elle en l'aidant à passer la porte et à pénétrer dans le salon. Assieds-toi à cette table et laisse Robert t'examiner soigneusement. Je dois y aller.

Grant la retint par le bras.

— Non ! Non, je t'en prie… Reste encore un peu.

Elle tenta de se libérer.

— Mais le cab m'attend…

— Non, il ne t'attend pas. J'ai payé le cocher et l'ai renvoyé avec un bon pourboire pendant que tu déverrouillais la porte d'entrée.

Madeleine se précipita à la fenêtre et entrebâilla les rideaux. En effet, la rue était vide.

— Oh ! Mais tu n'avais pas le droit…

— Je te demande pardon mais j'avais besoin de ta présence, Maddie. Robert est très dévoué, certes, mais il a la main plutôt brutale. N'est-ce pas, mon ami ? reprit-il à l'intention de son domestique qui revenait avec un bol d'eau chaude et des linges.

— En effet, Sir Grant, je dois bien l'avouer. Et il est bien connu que Milady n'a pas son pareil pour soigner les blessures.

1. Mot affectueux, difficilement traduisible en français.

Madeleine fronça les sourcils, sachant parfaitement que Robert abonderait toujours dans le sens de son maître, mais elle ne pouvait nier le besoin impérieux de s'occuper elle-même de la blessure de son mari. Elle finit par capituler.

— Fort bien, allons-y. Donnez davantage de lumière, Robert, je vous prie.

Elle dénoua le lacet de son domino qu'elle lança sur le sofa et, se munissant d'un linge propre, se pencha sur le bras blessé. Une fois celui-ci nettoyé et bandé, elle aida le valet à dévêtir Grant et à lui faire enfiler son peignoir de soie. En moins d'une heure, ce dernier était confortablement installé sur le sofa, le bras surélevé par un coussin, un verre de cognac dans sa main valide.

— Tout semble aller pour le mieux maintenant, remarqua enfin Madeleine avec un léger sourire.

Et, jetant un coup d'œil à la pendule, elle ajouta :

— Mais il est plus de 1 heure et je dois rentrer chez moi. Vous serez remis sur pied dans quelques jours…

Grant fit un geste vers le buffet.

— Ne prendras-tu pas d'abord un verre de vin pour m'accompagner ? Robert a laissé une carafe de bordeaux sur la desserte tout exprès.

Elle hésita un instant.

— Il ne vaut mieux pas… Mais où est Robert ? s'impatienta-t-elle soudain. Il faut qu'il me trouve un cab.

— Parti se coucher. Il ne reviendra que si je le lui demande… Tu n'aurais tout de même pas la cruauté de le tirer du lit ?

Madeleine luttait contre son envie de rester. Elle se disait que c'était dans l'intérêt de Grant. Il avait besoin qu'on veille sur lui. Mais, en réalité, elle n'avait guère envie de partir. C'était sans doute la dernière fois qu'elle voyait son mari.

— Je t'en prie, Madeleine, insista encore Grant d'une voix sourde. Reste avec moi… Nous avons besoin de parler…

Comme il la voyait se raidir, il corrigea :

— J'ai besoin que tu me parles.

Impossible de résister. Sans mot dire, elle reposa sa cape sur le dossier d'un fauteuil.

Grant, empli d'un intense sentiment de soulagement, la regarda leur verser à tous deux un verre de vin et prendre place dans un fauteuil en face de lui.

— C'est tout à fait comme au bon vieux temps, remarqua-t-il d'une voix douce. Avant notre mariage, je veux dire. Ces semaines que nous avons passées ensemble après Culloden. Bien que les conditions aient été beaucoup moins confortables…

— Cesse, Grant ! Je t'en prie, ne reparlons pas de tout cela.

Elle plongea le regard dans son verre, faisant tourner nerveusement le liquide couleur rubis. Se laissant aller contre le confortable dossier du sofa, Grant poursuivit, comme s'il n'avait pas entendu :

— Te souviens-tu quand ce fou de Tunique rouge m'a tiré presque à bout portant dans le bras ? Tu m'as soigneusement bandé et tu nous as conduits jusqu'à Calder House, chez les McBinnie. Sans toi, jamais je n'aurais réussi à marcher jusque-là.

— Et je n'aurais pas survécu pendant cette période sans toi non plus, Grant, répondit-elle sans lever les yeux.

— Puis Sir Edmund m'a caché jusqu'à ce que je sois complètement rétabli tandis que tu vivais avec la famille, enchantant les officiers anglais que Sir Edmund hébergeait par ton esprit et ton charme.

— Je me suis contentée de faire ce qu'il fallait faire, commenta Madeleine en sirotant son verre de vin.

Grant rit.

— Mais avec un tel aplomb ! Nous faisions une belle équipe, n'est-ce pas, ma douce ?

On n'entendait plus que le tic-tac de la petite horloge de porcelaine de Meissen qui décorait la cheminée et le craquement des buches dans l'âtre. Grant observait sa femme, heureux de voir le sourire qui étirait imperceptiblement ses lèvres à l'évocation de ce bonheur révolu. Il espérait qu'elle aussi avait gardé tout au fond d'elle un bon souvenir de ces moments de bonheur et de complicité. Non pas le souvenir du danger qui rôdait partout autour d'eux mais ces parenthèses de joie simple et de tendre amitié.

Reposant son verre sur la petite table de marqueterie, il se remit un peu laborieusement sur ses pieds.

— Ne retourne pas ce soir à Surrey Street, Maddie, dit-il en lui tendant la main. Reste avec moi. Je t'en prie.

Chapitre 22

Madeleine resta figée. Elle avait la gorge sèche et son cœur battait si fort que Grant devait l'entendre. Elle ne désirait rien de plus au monde que prendre la main que Grant lui tendait pour le suivre dans sa chambre. Mais c'était impossible. Si elle s'autorisait à chercher du réconfort et du plaisir dans ses bras, si elle s'abandonnait à ses baisers et à ses caresses, comment aurait-elle ensuite la force de partir ?

Et pourtant, elle n'avait pas le choix. Si elle voulait le sauver, il lui faudrait bien partir, en effet.

Son escapade de ce soir à Vauxhall avait bien failli tout compromettre, et qui sait s'il n'était pas déjà trop tard. Si William Maxton avait reconnu Grant, ou s'il ne croyait pas à l'histoire qu'ils avaient chargé le serveur de lui raconter, sa vengeance serait rapide et brutale. D'un autre côté, si ce misérable individu la désirait vraiment, il se laisserait peut-être persuader d'épargner Grant et sa famille. S'il n'y avait qu'une minuscule chance pour cela, il ne fallait pas la négliger. Elle devait regagner Surrey Street pendant qu'il en était encore temps.

Et pourtant…

Grant la dévisageait, une flamme qu'elle connaissait bien brillant dans ses yeux noirs. Une flamme qui embrasait jusqu'à son âme.

Pourquoi ne pas profiter de cette dernière nuit avec lui ? Il se peut que vous ne puissiez jamais vous revoir...

La petite voix qui parlait de nouveau au fond de son crâne était aussi irrésistible que le chant des sirènes. Comme un écho parfait des désirs de son corps. Madeleine mit sa main dans celle de Grant, et il l'aida à se relever. Elle le dévisagea, s'attendant à voir dans ses yeux une lueur de triomphe, mais ce qu'elle y lut ne pouvait que renforcer son amour pour son mari. Bien sûr, son regard sombre brillait de désir mais nul triomphe stupide, seulement un profond contentement. Et elle en fut bouleversée.

— Ne crains rien, ma douce... Je sais que cela fait longtemps. Mais je ne te presserai pas...

— Je n'ai pas peur, murmura-t-elle avec un sourire. Je suis une femme forte maintenant. Mais ton bras...

— Raison de plus pour prendre notre temps. Eh bien, madame... m'accompagnerez-vous dans mon lit ?

Madeleine opina du chef, en souriant encore. Si ce devait être leur dernière nuit, elle se donnerait de toute son âme et de tout son cœur au seul homme qu'elle avait jamais aimé.

Grant referma la porte derrière eux sans un bruit. Une seule paire de chandeliers, posés sur la cheminée, éclairait la chambre.

— Je croyais bien que cela n'arriverait plus jamais, souffla-t-il, l'attirant dans ses bras.

Quand il posa les lèvres sur les siennes, Madeleine eut l'impression d'être au port. Tous ses doutes, toutes ses peurs s'évanouirent. Elle ne pensait plus qu'à la joie intense qu'elle éprouvait à se retrouver dans les bras de Grant, à sentir son corps vibrer contre le sien. Glissant les mains dans le cou de son compagnon, elle dénoua le lien qui retenait ses cheveux et glissa les doigts dans l'épaisse chevelure auburn, frémissant de leur caresse soyeuse sous la paume de ses mains.

Le baiser de Grant s'approfondit. Elle en sentit les vibrations jusqu'à la pointe de ses seins, et plus profond encore, dans son bas-ventre. Elle étouffait maintenant dans le carcan de son corset et, quand Grant interrompit son long baiser, elle entreprit maladroitement de dénouer les rubans de sa chemise.

— Laisse-moi faire, dit-il d'une voix rauque.

En un tour de main, le léger vêtement tomba sur le tapis dans un soupir. Puis Grant reporta son attention sur les lourdes jupes qui, bientôt, s'arrondirent en corolle aux pieds de Madeleine.

— Ah ! Nous y voici, murmura-t-il en contemplant les parois rigides du corset. Ton armure… voyons si je saurai encore me dépêtrer de tout cela…

Madeleine sentit les doigts de Grant lui frôler délicieusement les seins tandis qu'il entreprenait de la délacer. De légers frissons irradiaient dans tout son corps, doux prémices des plaisirs à venir. Les sens exacerbés, elle avait l'impression que l'atmosphère de la chambre vibrait au diapason de son excitation. Lorsque Grant, venant enfin à bout de son corset, libéra sa poitrine, elle sentit sa gorge s'assécher. Elle tremblait quasi nue devant lui dans l'attente.

Quand il voulut l'attirer à lui, elle le retint.

— À mon tour, maintenant.

S'imposant la même lenteur, Madeleine dénoua la ceinture qui retenait le peignoir de Grant. Le léger vêtement de soie des Indes s'ouvrit. Elle recula d'un pas, le regard agrandi. Elle avait si souvent contemplé ce corps musclé d'athlète à la peau mate, laissé glisser ses mains dans la douce toison qui couvrait son torse et descendait en une rivière brune jusqu'à son sexe. Il se tenait devant elle, prêt à l'aimer.

Les souvenirs surgissaient maintenant comme une marée voluptueuse et bienfaisante. Souvenirs de longues nuits d'amour, leurs deux corps joints, ne vivant plus que pour le plaisir qu'ils pouvaient se donner.

Et la peine et les tourments des derniers mois fondirent comme neige de printemps au soleil.

Elle posa doucement sa main sur le torse de Grant.

— J'avais oublié, souffla-t-elle en faisant glisser ses doigts sur les muscles lisses et fermes.

Il retint sa main.

— Attends…

Faisant tomber son peignoir d'un coup d'épaule, il l'attira à lui pour un autre baiser, plus audacieux, plus exigeant, lui forçant les lèvres de sa langue. Madeleine, une excitation familière parcourant maintenant tout son corps, répondit aussitôt. Ils se dirigèrent vers le lit d'un seul mouvement sans interrompre leur baiser, et elle se retrouva bientôt allongée sur les draps tandis que la bouche gourmande de Grant courait sur son corps, allumant sa peau de baisers langoureux qui la faisaient trembler de désir.

Il commença à goûter ses seins d'une langue experte, lentement, guettant son plaisir, lui arrachant de petits cris d'extase qu'elle ne pouvait réprimer. L'exquise torture s'acheva enfin pour recommencer quand la bouche chaude et humide de Grant, glissant sur son ventre, y dessina un chemin de feu.

Quand les grandes mains de son partenaire saisirent ses hanches, descendirent plus bas encore puis se glissèrent entre ses cuisses, Madeleine, les deux poings crispés sur les draps, gémit doucement. Elle le suppliait de s'arrêter puis, dans le même temps, murmurait « encore ».

Se redressant, il laissa échapper un petit rire, suivi d'un cri de douleur. Aussitôt, Madeleine fut en alerte. Grand Dieu ! Le bras blessé de Grant ne pouvait supporter son poids !

Le repoussant doucement jusqu'à ce qu'il soit à son tour allongé sur le dos, elle se pencha sur lui.

— Non, Grant ! Laisse-moi faire...

Puis l'enfourchant, elle plongea les yeux dans le beau regard sombre brûlant de désir, et une merveilleuse sensation de force s'empara d'elle.

— Moi aussi, je vais te montrer ce que je sais faire.

Passant les mains sur son torse, elle lui arracha des gémissements rauques.

— Je... je ne crois pas que nous ayons le temps..., souffla-t-il.

Alors, Madeleine sentit monter en elle les vagues de la jouissance.

Et quand ils atteignirent ensemble les confins de l'extase, elle renversa la tête avec un long soupir tremblant, ivre d'une plénitude parfaite.

Grant était étendu maintenant à son côté, les yeux clos, le corps et le cœur repus. Il était comme ébloui, comme s'il venait d'émerger d'une longue nuit, qu'il sortait enfin des entrailles de la terre. Maddie était son double parfait. Elle était aussi forte que lui. Et en même temps, ils étaient les deux moitiés d'un même tout.

Il aurait dû se confier à elle, accepter son réconfort plutôt que d'essayer de tout assumer seul.

Il avait eu tort de s'écarter d'elle pour la protéger, de se laisser engloutir par ses tâches. Depuis combien de temps n'avait-il pas dit à sa femme qu'il l'aimait ? il aurait dû le lui répéter chaque jour, à chaque heure. Lui affirmer sans cesse qu'il ne pouvait vivre sans elle. Et c'est ce qu'il allait faire dorénavant.

Mais pas tout de suite, songea-t-il, à moitié assoupi, en attirant Madeleine contre lui.

Il fallait d'abord qu'ils prennent un peu de repos.

Quand Grant se réveilla, les bougies étaient éteintes mais la lumière de l'aube filtrait à travers les volets. Un corps doux et tiède était blotti contre le sien.

Madeleine.

Il sentit glisser sur son épaule, sur son front, puis sur ses paupières une pluie de baisers légers comme des papillons … Retrouvant aussitôt toute sa vigueur, il voulut enlacer sa femme. Mais, aussitôt, un bras ferme le retint.

— Il faut que je m'en aille, chuchota-t-elle contre son oreille.

— Non… Pas encore, je t'en supplie.

Madeleine soupira, son souffle tiède vint caresser sa joue.

— Je t'en prie, Grant. Ne me rends pas les choses plus difficiles.

Pour toute réponse, il l'emprisonna de ses deux bras et, s'emparant de ses lèvres, prit sa bouche dans un long baiser. Madeleine fondit dans ses bras, soumise et frémissante, mais cela ne dura qu'un instant. Une fraction de seconde plus tard, elle s'était libérée de son étreinte et sautait hors du lit. Elle entreprit de s'habiller, pâle silhouette dans la pénombre.

— Es-tu si pressée de me quitter ?

— Il le faut, Grant. Je dois retourner à Surrey Street avant que les domestiques ne commencent leur travail.

Elle s'empara de son corset, et il attendit qu'elle lui demande son aide. Mais elle s'en sortit fort bien, se contentant de passer les lacets dans quelques œillets et les serrant tant bien que mal. Pourquoi s'en étonner ? songea-t-il, un peu amer. Madeleine avait toujours su se montrer autonome et forte. Elle pouvait fort bien se passer d'une femme de chambre.

Et tout aussi bien d'un mari.

Il se redressa sur son bras valide, soudain pris d'une sourde inquiétude.

— Est-il si important que les domestiques te trouvent dans ton lit ?

— Tu sais bien comment ils bavardent.

— Dans ce cas, pourquoi ne pas leur dire la vérité, ainsi qu'à ton père ? Que tu as passé la nuit avec ton mari… Et que nous sommes réconciliés.

— Mais nous ne le sommes pas !

— Comment ? s'exclama-t-il avec un petit rire qui ne dissimulait pas son anxiété. Après ce que nous avons partagé cette nuit ?

— Cela n'aurait pas dû arriver. Je suis désolée.

Ces mots le frappèrent comme un coup de poing en plein visage. S'asseyant, il la dévisagea.

— Tu ne parles pas sérieusement.

L'atmosphère autour d'eux était devenue glaciale. Sortant du lit, il alla ramasser son peignoir qu'il enfila avec une grimace de douleur. Ah oui ! Cette fichue blessure, il avait fini par l'oublier…

nuit que Madeleine et lui venaient de partager avait fait revivre les temps anciens. Ceux des débuts de leur amour. Leur camaraderie après Culloden. L'excitation et l'enthousiasme devant le danger. L'ivresse de leur entente physique et morale.

— Si, déclara Madeleine en s'écartant. Je suis très sérieuse. Tout est fini entre nous.

— Non, Madeleine. Ce n'est pas possible.

Il la suivit dans l'antichambre et la vit s'envelopper de son domino de carnaval.

— Hélas, Grant, c'est pourtant vrai. Nous ne pouvons plus être heureux ensemble.

Il secouait la tête, désorienté.

— Je ne te crois pas. Je ne croirai jamais une chose pareille. Nous sommes faits l'un pour l'autre.

Elle ne le regardait plus, trop occupée à nouer les rubans de son domino autour de son cou.

— Il faut me croire. Je rentre en France avec mon père. Tu seras libre de trouver une autre femme.

Grant la rejoignit en trois enjambées.

— Pourquoi agis-tu ainsi, Madeleine ? je ne te comprends plus.

— L'amour que nous éprouvions l'un pour l'autre est mort, Grant. Nous ne pouvons pas faire revivre le passé. Ce ne serait qu'une illusion. À quoi bon prolonger la douleur des adieux ?

Elle se dirigeait déjà vers la porte mais, la devançant, il mit la main sur la poignée pour l'empêcher de l'ouvrir.

— Non, Maddie. Tu ne peux pas partir comme ça. Est-ce que je ne mérite pas au moins une explication ?

Elle secoua la tête, le regard fermé.

— Je t'en prie, Grant. Laisse-moi partir…

Il croisa les bras sur la poitrine, le dos contre le panneau de chêne.

— Dis-moi d'abord que cette nuit n'a pas compté pour toi. Que tu ne m'aimes plus.

— Je n'ai rien de plus à te dire. Tout est fini entre nous.

Madeleine se tenait très droite, le regard impénétrable, la bouche dure. Il aurait voulu la prendre de force dans ses bras, la ramener dans son lit et la faire de nouveau crier de plaisir. Mais ce serait en vain, maintenant il le savait.

Il poussa un long soupir tremblant.

— Très bien. Alors va-t'en. Mais je ne me résigne pas, Madeleine. Tout n'est pas fini entre nous. Loin de là.

Il libéra le passage et, rabattant le capuchon de son domino sur le visage, elle sortit.

Chapitre 23

Grant, abasourdi, regardait fixement la porte refermée. Était-il encore en train de dormir ? Vivait-il un cauchemar éveillé ? Comment Madeleine pouvait-elle le quitter ainsi après les merveilleux moments qu'ils venaient de partager ? À Vauxhall, ils s'étaient comportés en alliés, luttant ensemble, se protégeant l'un l'autre. Et ensuite, chez lui, à son propre domicile, elle avait pansé sa blessure avec amour. Puis, dans son lit, ils avaient redécouvert ensemble la joie d'explorer leurs corps, de jouer avec leurs sens comme des amants du premier jour, jusqu'à l'aube. Comme s'ils s'aimaient encore. Avait-il rêvé leur parfait amour d'autrefois ? Cette nuit, il avait pensé, il s'en était même persuadé, qu'ils s'étaient enfin retrouvés. Ensemble de nouveau contre le reste du monde.

Pouvait-on à ce point se tromper ?

Le bruit sourd de la porte extérieure qui se refermait lui donna un coup au cœur. D'un bond, il alla ouvrir la fenêtre mais, le temps de rabattre les volets, la rue était redevenue silencieuse et déserte.

Madeleine se pressait dans les rues, essuyant les larmes qui coulaient sur son visage. Quelle sotte elle avait été. Quelle folie de succomber ainsi de nouveau aux charmes de Grant ! Elle aurait dû se douter qu'une nouvelle nuit avec lui ne ferait que rendre la séparation plus difficile. Bien sûr, elle avait cru qu'un dernier beau souvenir l'aiderait à affronter les épreuves à venir. Mais, maintenant, elle savait qu'elle n'avait fait qu'aggraver les choses.

— Tout cela est ma faute, marmonna-t-elle pour elle-même. Pendant toutes ces semaines, après la mort de notre bébé, je ne l'ai pas laissé m'approcher alors que nous aurions pu nous réconforter mutuellement. Je lui ai refusé mon lit sans lui dire pourquoi. Et il a cru… il a cru…

Madeleine essuya rageusement une larme qui roulait sur sa joue.

Et maintenant, il était trop tard ! Quand Grant avait perdu son père, au lieu de se confier à elle, de chercher en elle une sorte de communion d'âmes, il s'était éloigné irrémédiablement. Elle l'avait accusé d'égoïsme et d'insouciance, mais elle savait désormais qu'elle était autant à blâmer que lui.

Et maintenant, il n'est plus temps de le lui dire, pensa-t-elle. *Même si je mendiais son pardon, à quoi cela servirait-il ? Nous n'avons plus d'avenir commun. Si je lui revenais, il serait condamné comme traître à la Couronne. Nous serions obligés de nous enfuir en Europe ou aux Amériques. Et quitter l'Écosse serait pour Grant un véritable crève-cœur.*

Tournant son regard tourmenté vers le ciel, elle vit que les nuages étaient maintenant teintés de rose par les premières lueurs de l'aube.

Oh ! Pourquoi ne m'a-t-il pas laissée partir tranquille ? Pourquoi a-t-il fallu qu'il me suive jusqu'à Londres ?

Mais, tout au fond de son cœur, elle connaissait la raison de la venue de Grant dans la capitale. C'était pour la protéger qu'il avait fait tout ce chemin, lui, le preux Highlander, avec son fichu honneur chevaleresque.

— Eh bien ! ma fille. Je vois que vous êtes rentrée sans coup férir, se contenta de remarquer le comte quand

Madeleine le rejoignit à la table du petit déjeuner à peine quelques heures plus tard.

Madeleine prit place en face de lui, affichant une sérénité qu'elle était loin d'éprouver. Apparemment, ses accès de larmes n'avaient pas trop laissé de traces, pensa-t-elle. Mais son père s'en rendrait-il compte, lui qui la voyait comme un objet ?

— Comme vous voyez, *papa*. J'avais fait envoyer un message par un serveur avant de quitter Vauxhall. J'espère que vous l'avez bien reçu.

— Oui, en effet. Mais cela ne m'a pas empêché de me faire du mauvais sang.

Madeleine se contraignit à sourire.

— Pas assez pour attendre mon retour, en tout cas, répliqua-t-elle.

Il agita les mains dans l'air.

— Pour quoi faire, grand Dieu ?

Madeleine s'empara du pot de café.

— Pour rien, en effet.

— Quant à votre message, franchement, Madeleine, il n'avait rien de clair. Il ne disait en rien pourquoi vous étiez partie avec une telle précipitation. Sir William, qui avait disparu je ne sais où, était persuadé que vous aviez été enlevée. Heureusement, j'ai pu le rassurer grâce à votre billet.

— Pardonnez-moi si je vous ai inquiété, *papa*.

Il haussa les épaules.

— Un peu, oui. Le serveur qui m'a transmis votre message vous a trouvée quelque peu agitée. Mais venant de vous, rien ne m'étonne. Tel père, telle fille, n'est-ce pas ?

Madeleine se rembrunit.

— Oui. Mais avouez qu'il y avait de quoi. La petite bande qui a agressé Lord Maxton était composée de jeunes gentlemen franchement ivres. Cela dit, comme lui-même se permettait à mon égard des libertés tout à fait inadmissibles, j'en ai profité pour lui échapper.

Elle remplit lentement les tasses avant d'ajouter :

— J'espère qu'il n'a pas été gravement blessé ?

— Apparemment, non… Mais pourquoi n'êtes-vous pas venue nous rejoindre à notre table plutôt que de rentrer à Surrey Street ? Vous auriez été bien plus en sécurité avec moi qu'à courir seule dans les rues.

La réponse vint à Madeleine sans trop d'hésitation.

— Je n'avais plus envie de voir personne. D'autant plus que vous semblez vouloir entretenir de bonnes relations avec Sir William. Vous n'auriez certainement pas apprécié de vous trouver dans l'obligation de lui demander des explications sur son comportement…

— Vous avez parfaitement raison, ma chère. Cela ne m'aurait pas du tout plu. Mais ma mission dans ce pays arrive à son terme. À partir de demain, Sir William ne sera plus qu'un aimable souvenir.

Le comte entreprit de remuer longuement sa cuiller dans son café avant de reprendre :

— Mais vous n'êtes pas rentrée avant l'aube, ce me semble…

Le cerveau de Madeleine se mit à fonctionner à toute vitesse. Le valet de pied qui lui avait ouvert la porte à l'aube lui avait paru trop ensommeillé pour prêter attention à l'heure. Mais, apparemment, le comte avait été dûment informé de son arrivée plus que tardive. Il ne lui restait plus qu'à dire la vérité. Son père était trop fin pour se laisser abuser.

— J'ai passé la nuit à Henrietta Street, dit-elle enfin. Avec mon mari.

Les sourcils teints du comte montèrent très haut sur son front.

— Je vois… Une réconciliation, peut-être ?

Elle baissa la tête pour éviter le regard perspicace de

son père. Elle aussi savait garder des secrets, mais autant ne pas tenter sa chance. Surtout maintenant qu'elle devait le préparer à ce qui risquait d'arriver.

— C'est possible. Il se peut, d'ailleurs, que je décide de rester à Londres.

— Vraiment ? Avec Rathmore ?

Cette fois, Madeleine regarda son père bien dans les yeux. Après tout, ce mensonge était pour son bien.

— Avec qui d'autre ? Grant est mon mari et c'est quelqu'un de bien.

Elle savait que, une fois certain qu'elle retournait à Ardvarrick, son père ne pousserait pas son interrogatoire plus avant.

— Cela me surprend, ma chérie, c'est tout.

— Je ne vois pas pourquoi, *papa*. Mais n'en parlons plus, je vous prie. Je ne me suis pas encore tout à fait décidée et je préférerais que le bruit ne s'en répande pas hors de ces murs.

Le comte se tapota délicatement la bouche du coin de sa serviette.

— Comme vous voudrez.

— Encore une chose, reprit Madeleine, s'efforçant d'adopter un ton calme, rationnel. Si je changeais d'avis, aurais-je toujours un refuge auprès de vous, en France ?

— Vous serez toujours la bienvenue chez moi, ma fille. Vous le savez.

Il y avait non seulement de l'affection dans les calmes yeux gris, mais aussi de la compréhension. Madeleine sentit son cœur manquer un battement. Son père pouvait-il se douter des menaces de Sir William ? Elle parvint à masquer son trouble, mais il s'en fallut de peu pour qu'elle confie toute l'affaire au comte.

— Merci, *papa*, ajouta-t-elle avec un franc sourire. Cela me rassure, mais cela ne sera certainement pas nécessaire.

À moins que je ne plonge mon poignard dans le cœur de Maxton. Ce qui me contraindrait à fuir dans l'heure le territoire britannique pour sauver ma peau.

Son père hocha la tête et reporta son attention sur le contenu de son assiette, signifiant ainsi que la question était plus ou moins réglée. Madeleine était parfaitement consciente qu'une fois retournée en France elle ne constituerait plus pour son père qu'un détail de sa vie quotidienne. Chez lui, il n'aurait plus besoin d'elle. Une jeune et jolie fille à marier pouvait être un atout pour le comte et la comtesse de Vaucluse. Mais une épouse séparée de son conjoint et qui se refusait explicitement à devenir la maîtresse d'un homme puissant ne serait rien d'autre qu'un fardeau.

Madeleine acheva en silence son petit déjeuner et repoussa son assiette.

— Allons-nous au Park aujourd'hui, *papa* ?

— Oui, mais pas tout de suite. J'ai encore quelques affaires à régler.

— Moi aussi, rétorqua-t-elle, pensant déjà à toutes les tâches qui l'attendaient pour fermer la maison en prévision de leur départ.

Il lui faudrait laisser de l'argent au concierge pour régler les factures qui risquaient encore d'arriver dans les jours à venir, payer les gages des domestiques, rédiger des lettres de recommandation pour sa femme de chambre personnelle…

— Au fait… J'ai invité quelques-uns de nos amis à dîner ici ce soir.

Tirée brutalement de ses pensées, Madeleine plissa les yeux, méfiante.

— Combien ?

— Nous serons onze pour le dîner. Une douzaine de nos amis devraient passer ensuite. Nous aurons un peu de musique. Lord Froome s'est très aimablement occupé de nous trouver quelques musiciens. Il assure que c'est l'un des meilleurs quatuors du moment, mais qu'ils sauront également se montrer... discrets.

Le comte s'empara d'une des mains de sa fille qu'il tapota gentiment.

— Vous semblez surprise, ma chère. Il est pourtant bien naturel que nous donnions une petite fête pour notre dernière soirée à Londres.

Madeleine tapa du pied, contrariée.

— Une petite fête d'une trentaine de personnes ! Vous auriez pu m'en informer plus tôt... Franchement, *papa*, vous êtes impossible !

— Mais non, ma chérie... Vous avez fait cela pour moi des dizaines de fois.

Madeleine haussa les épaules, résignée. Protester plus avant ne servirait à rien. Repoussant sa chaise, elle se leva.

— J'ai du travail. Il vous a sans doute échappé que nous sommes dimanche, jour de repos pour une partie de notre personnel... et pour nos fournisseurs.

— Bah ! Avec un bon pourboire... Je suis sûr que vous arrangerez parfaitement tout cela ! Allez-y, mon petit. Faites pour le mieux. Mais soyez prête à sortir pour 15 heures. Lady McBinnie nous invite à prendre le thé.

Cette fois, Madeleine ne put retenir un soupir excédé.

— Vraiment ! Et quand l'avez-vous appris ?

— Hier, répondit le comte avec un charmant sourire. Mais cela m'était sorti de l'esprit.

— Et si je suis trop occupée pour m'y rendre ?

Le sourire du comte ne faiblit pas devant cet accès de mauvaise humeur.

— Au risque de me répéter, ma chérie, je te fais confiance. Tu seras prête en temps et en heure, comme toujours.

Madeleine quitta la pièce, son irritation se tempérant bientôt d'une tendresse amusée. Il en avait toujours été ainsi avec Yves d'Evremont et il était trop tard pour s'offusquer de sa désinvolture. Elle allait devoir supplier leur cuisinier de faire des miracles pour trouver de quoi nourrir trente personnes dans un délai aussi court, un dimanche qui plus est ! Sans compter que le peu de domestiques en service auraient fort à faire : nettoyer les salles de réception, les décorer de fleurs fraîches, installer des chaises pour les musiciens et leur auditoire…

Elle s'en sortirait, bien sûr, comme elle l'avait fait pour son père pendant des années avant son mariage, tenant la maison sur un grand pied dans une vie de tempêtes, d'errances et d'aventures.

Et puis, relever ce défi lui ferait le plus grand bien. Cela lui éviterait de penser à tous ses autres soucis.

Et surtout, à Grant.

Grant était d'une humeur massacrante. Pas seulement parce qu'il avait trop dormi et qu'il avait mal au crâne. Il se refusait à croire Madeleine quand elle affirmait que tout était fini entre eux. Après ce qui s'était passé à Vauxhall, après les moments de flamboyante passion qu'ils avaient partagés dans son lit, comment pouvait-elle vouloir le quitter de sa propre volonté ? Et pourtant, c'était ce qu'elle disait.

Regarde la vérité en face, Grant Rathmore. Madeleine ne t'aime plus, voilà tout.

Cette petite voix entêtée n'avait cessé de lui ressasser cela depuis que sa femme avait quitté sa chambre aux premières lueurs de l'aube. Il avait essayé de la faire taire avec une bonne dose de cognac, en vain. C'était sur ce triste constat qu'il s'était endormi, terrassé par la fatigue et les émotions. Et c'était la même pensée qui s'était imposée à lui quand il avait ouvert les yeux, quelques minutes avant midi. Mais Grant se refusait toujours à le croire. C'était impossible, parce que, sans Maddie, la vie ne valait pas la peine d'être vécue.

Il lui fallait réfléchir à tout cela. Voir comment il pouvait faire changer d'avis celle qui était toujours sa femme.

Mais l'après-midi venant, il n'avait toujours pas trouvé de solution. Quand Robert réapparut, vêtu de sa plus vieille redingote et d'une grosse écharpe de laine lui cachant le bas du visage, il ne put s'empêcher de lui demander d'un ton rude où il était passé toute la matinée et pourquoi il n'était pas venu le réveiller.

— Et par-dessus le marché, poursuivit-il dans son élan, j'ai été obligé de m'habiller seul avec un bras blessé !

— Je vous présente mes excuses, répondit son valet sans se laisser démonter par l'accès de mauvaise humeur de son maître. Quand j'ai réalisé en rentrant que vous vous étiez débrouillé sans moi et que j'ai vu la bouteille de cognac quasiment vide sur la table du salon, je… j'ai cru bon de vous laisser dormir encore un peu.

Grant passa une main nerveuse sur ses yeux las.

— Grand merci mais, en l'occurrence, me réveiller à 7 heures tous les matins, sauf contrordre explicite, fait partie de votre service…

Il étouffa un bâillement puis se reprit :

— Pardonnez-moi, Robert. Je ne devrais pas m'emporter ainsi. Vous avez raison. Si vous m'aviez réveillé, je vous aurais couvert d'avanies… Mais vous ne m'avez toujours pas dit où vous étiez passé ?

— J'étais dans un débit de boisson de Devereux Court. Une taverne, pour être précis.

— Vraiment ? s'exclama Grant en se jetant dans un fauteuil, son bras blessé lui arrachant un cri de douleur. Étant donné qu'il ne fait pas partie de vos habitudes de traîner dans les tavernes, je suppose que vous y étiez pour notre enquête ? Je vous renouvelle mes excuses.

— Excuses acceptées.

Grant examina son domestique, le regard soudain étréci. Puis, devant l'air innocent qu'affichait Robert, il éclata de rire.

— Bon sang, Robert ! Assez joué comme cela. Qu'avez-vous appris ?

— Vous vous rappelez sans doute une certaine maison de café, sir ? Celle où le comte de Vaucluse est vite devenu un habitué. J'y suis allé régulièrement bien que le comte ne s'y soit pas beaucoup montré ces derniers temps.

— Oui, on ne pouvait pas le manquer, commenta Grant. C'est tout de même un fameux personnage.

— Précisément, sir. Eh bien, hier, j'ai entamé une conversation avec un gentleman qui connaît bien le comte de Vaucluse, même s'il ne l'a pas vu depuis un certain temps. Un homme assez bavard, ceci expliquant certainement cela.

Grant agita une main impatiente.

— Fort bien. Poursuivez. En quoi cela a-t-il un rapport avec notre affaire ?

— Il m'a appris que ses domestiques fréquentent ceux qui servent dans les maisons de Surrey Street, et en particulier dans la résidence du comte. Pas les domestiques importants, bien sûr, mais les valets de pied, le gâte-sauce et le jardinier. Tous figurent sur les registres d'embauche de la domesticité... Ils ont l'habitude de se réunir au Running Man tous les dimanches matin pendant que les femmes sont à l'église...

Comme Grant commençait à pianoter impatiemment de sa main valide sur l'accoudoir de son fauteuil, Robert s'empressa de préciser :

— Le Running Man est la taverne dont je vous parle, sir.

Et il ajouta avec un sourire appréciateur :

— Les tourtes et la bière y sont tout à fait exceptionnelles.

— Sans compter que vous évitez les sermons du bâtiment d'en face qui risqueraient de vous couper l'appétit, plaisanta

Grant dont la mauvaise humeur s'allégeait quelque peu. Poursuivez, Robert.

— Je me suis dit que je pourrais probablement apprendre quelque chose. Ces gars sont bien payés pour se montrer discrets sur les affaires de leurs maîtres, évidemment. Mais qui ne s'est jamais abandonné à un petit commérage devant une bonne pinte de bière ?

— Et ils ne se sont pas méfiés ? s'étonna Grant en croisant les bras, non sans une petite grimace de douleur.

— Je me suis présenté comme le valet de confiance d'un gentleman de passage à Londres pour quelques semaines et qui déplorait le manque d'inventivité de son épouse en matière de cuisine. Ils se sont vite détendus et, comme j'étais très occupé à déguster ma tourte à la viande, ils ont continué à discuter entre eux sans se méfier. C'est ainsi que j'ai appris que la domesticité du comte s'inquiétait du prochain départ de leur maître.

Grant fut aussitôt sur le qui-vive.

— Vraiment ? Avez-vous une date ?

— Ils n'ont rien dit de précis, mais ils se plaignaient de devoir regagner plus tôt que prévu la maison pour préparer une réception plus ou moins improvisée. L'un d'eux aurait entendu le comte dire que cela serait la dernière et un valet de chambre a été sommé de préparer les bagages de son maître au plus vite. J'en ai donc déduit que, en effet, le départ de Vaucluse était imminent.

— Très intéressant... Bien joué, Robert.

Se levant d'un bond, Grant ajouta d'une voix sèche :

— Dites à vos hommes de redoubler de vigilance à Surrey Street. Promettez-leur une prime si nécessaire. Je file voir Sir Edmund. Peut-être a-t-il des informations. Si Madeleine a prévu de suivre son père, elle a dû en informer Anne, précisa-t-il avec un coup d'œil à la pendule... Mais, ajouta-t-il en se passant la main sur le menton, il faut d'abord que je me rase.

L'après-midi était déjà bien avancé quand Grant arriva à Broadwick Street. Le valet qui lui ouvrit la porte parut visiblement surpris et il bafouilla qu'il devait s'assurer que Sa Seigneurie pouvait le recevoir.

Au même moment, Lady McBinnie apparut en haut de l'escalier et, malgré un petit sursaut vite réprimé, elle lui sourit gracieusement et l'invita à rejoindre la famille dans le petit salon.

Déjà, Grant s'élançait dans l'escalier.

— Merci. J'espère que je ne dérange pas ?

— N-non… Nous étions seulement en train de prendre le thé avec quelques amis.

Le sourire de la brave femme était un peu contraint et, en pénétrant derrière elle dans le salon, Grant comprit aussitôt la raison de son trouble. Il y avait trois invités aux côtés de la famille McBinnie, dont le comte de Vaucluse et sa fille. Mais Grant comprit en même temps que ce n'était pas la présence de Madeleine qui avait suscité la gêne de son hôtesse, mais plutôt celle du troisième invité, assis juste derrière Anne, et qui venait de se lever.

— Sir Grant Rathmore, dit le colonel Rutter avec un salut très militaire. Ravi de vous revoir.

Chapitre 24

Madeleine crut défaillir. Quand Grant fit son entrée, elle était debout dans l'embrasure d'une fenêtre et dut s'adosser au volet pour garder l'équilibre. Comment se débrouillait-il pour surgir toujours au pire moment ? Dieu sait pourtant qu'elle avait tout fait pour que son père et son mari ne se retrouvent plus jamais face à face !

Lady McBinnie vint la rejoindre, un sourire navré sur son bon visage.

— J'aurais voulu de tout mon cœur éviter cela, murmura-t-elle. Il était dans le hall… Je n'ai pu faire autrement que l'inviter à entrer, n'est-ce pas ?

— Naturellement, balbutia Madeleine en étreignant des doigts sa tasse de fine porcelaine au risque de la briser. Ne vous inquiétez pas, milady. Vous avez fait pour le mieux.

Lady McBinnie soupira.

— Oh ! ma chère… Que pouvait-il arriver de pire que la visite de Grant ce soir ?

— En effet…

La réponse de Madeleine n'était qu'un murmure poli. Mais d'une affreuse sincérité.

Son hôtesse reprit, se tordant nerveusement les mains :

— Anne a tellement insisté pour que j'invite le colonel Rutter à prendre le thé… Ils sont devenus vraiment intimes, savez-vous ? ajouta-t-elle avec un sourire soudain. Oh ! Madeleine, ne feront-ils pas un couple merveilleux ?

— J'en suis certaine, milady. Et je leur souhaite tout le bonheur qu'ils méritent.

Madeleine parvint à sourire, mais ses yeux restaient posés sur les deux hommes. Elle remarqua que, bien qu'il le dissimulât fort bien, Grant avait toujours des difficultés à se servir de son bras gauche. Puis, à sa grande consternation, elle vit son père, parfaitement à l'aise dans son élégant habit de drap mauve, quitter son siège pour rejoindre Grant.

— Bonjour, mon jeune ami. Il paraît que vous êtes de nouveau dans les meilleurs termes avec ma fille, hein ? Vous me voyez ravi de l'apprendre.

Mon Dieu, papa *! Je t'en supplie... Pas un mot de plus !*

Le colonel manifestait une attention courtoise sans vouloir entrer dans la conversation. Grant salua poliment son beau-père, et vint vers Anne qui lui apportait une tasse de thé. Ils s'écartèrent un peu, laissant le colonel en tête à tête avec le comte.

Madeleine se tourna vers son hôtesse.

— Saviez-vous que le colonel Rutter serait ici cet après-midi, Lady McBinnie ?

— Oui, bien sûr. C'est même cela qui a convaincu le comte de venir, j'en suis certaine. Je pensais que c'était très imprudent, mais vous connaissez votre père, ma chère Madeleine. Il n'en fait jamais qu'à sa tête. Je suis tout à fait désolée... Cette situation doit être des plus inconfortables pour vous.

— Ce n'est pas votre faute, milady. Tel que je le connais, mon père a dû se dire que rencontrer ouvertement le colonel Rutter chez vous était le meilleur moyen de détourner les soupçons.

— Peut-être... Mais le risque est réel.

— Mon père respire et se nourrit de risques depuis

toujours, répliqua Madeleine, tournant de nouveau son regard vers les deux hommes.

Son père exerçait visiblement tout son charme, mais l'expression parfaitement impassible du colonel ne laissait rien transparaître. Puis elle vit Grant se diriger vers elle, et toute autre pensée s'évanouit.

Lady McBinnie lui retira sa tasse des mains, affirmant avec autorité :

— Je vois que vous avez fini votre thé, ma chère. Je vais vous en chercher d'autre.

Elle s'éloigna prestement, et Madeleine se retrouva en tête à tête avec son époux. Il s'approcha très près, l'acculant dans l'étroit renfoncement de la fenêtre.

— Que faites-vous ici ? souffla-t-elle, furieuse.

— Vous paraît-il si anormal que je veuille m'entretenir avec ma femme ?

— Je vous ai dit et répété que nous n'avions plus rien à nous dire ! Ne me laisserez-vous donc jamais en paix ?

Grant ne parut pas se démonter. Ses yeux brillaient malicieusement tandis qu'il se penchait sur elle.

— Votre père semble ravi de me revoir.

— Il ne le devrait pourtant pas. J'ai été obligée de lui dire que nous avions passé la nuit ensemble.

— Ah ! Très bien. Nul doute, dans ce cas, qu'il pense que nous avons réglé nos différends.

Il marqua une pause puis passa à l'attaque :

— Il ne vous reste plus qu'à rentrer avec moi à Ardvarrick, Madeleine. C'est ce que je souhaite de tout mon cœur, vous ne l'ignorez pas.

Madeleine resta un instant silencieuse. Ces étincelles dorées qui brillaient dans le regard de Grant constituaient une terrible distraction.

— Impossible ! Vous le savez tout autant que moi, rétorqua-t-elle en se croisant les bras sur la poitrine, comme pour mieux se protéger du charme de son interlocuteur. Partez, Grant, je vous le répète. Votre présence ici ne peut rien apporter de bon. Vous ne feriez qu'éveiller les soupçons du colonel Rutter.

— Pourquoi ? Parce que nous nous entretenons ensemble ? Peut-être va-t-il s'imaginer que votre père, vous et moi sommes en train de comploter ?

Elle ne put retenir un frisson.

— Ne plaisantez pas, s'il vous plaît. L'affaire est sérieuse.

Le regard de Grant se fit grave.

— Je suis là pour vous protéger, Madeleine. Ne l'oubliez jamais.

Oh ! Grant, plus personne ne peut me protéger. Toi moins que tout autre.

Elle dit à mi-voix :

— Ce sera bientôt fini.

— Demain matin, je crois.

Madeleine le dévisagea, surprise, et il hocha la tête.

— Je vois que j'ai deviné juste. Vous quittez l'Angleterre dans la nuit, n'est-ce pas ?

— Mais absolument pas, protesta-t-elle en agitant nerveusement son éventail. Vous dites parfois n'importe quoi... Du reste, ce soir, nous donnons une petite réception.

Un mince sourire se dessina sur les lèvres de son interlocuteur.

— Précisément... C'est le meilleur moyen pour s'esquiver discrètement pendant la fête. Tout à fait dans les manières de faire de votre cher *papa*.

Grant souriait toujours, et Madeleine pesta contre sa propre sottise. Comment avait-elle pu se trahir de la sorte ? Maintenant, l'erreur était irrattrapable. Elle jeta un regard éperdu autour d'elle.

— Où est Lady McBinnie ? Elle m'avait promis une autre tasse de thé...

— En véritable amie, elle préfère nous laisser nous entretenir tranquillement, rétorqua Grant en se rapprochant encore. Il faut que vous le sachiez, Maddie. La nuit que nous venons de passer ensemble m'a convaincu que rien n'était fini entre nous. Il y a toujours de l'espoir… Qu'est-ce qui vous empêche de revenir à moi ? Ou qui ?

— Mais rien ni personne, Grant ! protesta Madeleine sans oser le regarder. Qu'allez-vous imaginer ?

— Je ne puis croire que ce soit ce que vous vouliez vraiment, Maddie.

Comme elle ne répondait pas, il insista, reprenant le tutoiement familier :

— Peut-être devrais-je exercer mes droits d'époux et te ramener à la maison de force ?

— Non ! Tu sais très bien que je ne te le pardonnerais jamais. Je t'en supplie, Grant, poursuivit Madeleine après avoir pris une profonde inspiration. Si tu m'aimes encore un peu, va-t'en et oublie-moi.

Sa voix se brisa sur ces derniers mots, et elle se détourna, luttant pour retrouver son calme.

— Même après ce qui s'est passé entre nous cette nuit, Maddie ? Es-tu certaine que c'est ce que tu veux vraiment ?

Cette fois, Madeleine sut qu'elle devait se montrer convaincante. Levant le menton, elle regarda Grant droit dans les yeux.

— Oui, Grant. Je suis certaine de ne plus vouloir te revoir. Plus jamais.

Comment réussit-elle à ne pas éclater en sanglots tandis que Grant soutenait son regard, fouillant jusqu'aux tréfonds de son âme, elle n'aurait su le dire. Sa détermination, son courage avaient atteint leurs limites. La tentation de se jeter dans les bras de Grant, de lui dire combien elle l'aimait, devenait irrésistible.

La seule chose qui la retenait, c'était la certitude que, si elle le faisait, elle le condamnait à mort.

Dieu sait comment, elle trouva la force de se reprendre. Dans le regard de Grant, la chaude et tendre lumière s'éteignit, laissant place à la noirceur de l'obsidienne. Elle l'avait convaincu, enfin. Et jamais elle ne s'était sentie aussi misérable.

— Bien, dit-il. Dans ce cas, qu'il en soit ainsi, madame. Il ne me reste plus qu'à vous souhaiter bon vent et bon retour en France.

Sur ce, il lui adressa un bref salut et lui tourna le dos. Madeleine le vit échanger quelques mots avec Anne McBinnie puis, après avoir pris congé de son hôtesse, il quitta la pièce.

C'était fini. Elle demeura encore un long moment près de la fenêtre, les yeux fixés sur la porte, s'efforçant de se convaincre que tout était pour le mieux. Grant s'en remettrait. S'il l'aimait encore, il n'aurait pu la saluer d'une voix si calme, si détachée. Quant à elle, maintenant, il ne lui restait plus qu'à se convaincre qu'elle aussi n'attachait plus aucune importance à tout cela. À quatre ans de vie commune et de bonheur presque sans nuages.

Elle marcha jusqu'à Lady McBinnie comme un automate et saisit machinalement la tasse de thé qu'on lui tendait. La boisson chaude et odorante lui donna un coup de fouet, et elle s'avisa qu'il lui fallait maintenant faire de son mieux pour réparer les dommages causés par son tête-à-tête avec Grant. Comme le colonel se trouvait un instant solitaire, elle saisit l'occasion pour s'approcher de lui.

— Votre mari n'est pas resté longtemps, observa-t-il d'un ton neutre.

Madeleine, qui aimait ces manières directes, répondit sur le même ton.

— Non, en effet. Colonel Rutter, je dois vous dire une

chose… Quoi que vous ayez vu ou entendu ce soir, il n'est pas question que je retourne chez mon mari.

— Vous m'en voyez navré.

— Moi aussi.

Impossible de le nier mais, maintenant, il fallait qu'elle neutralise la menace que constituait le jeune homme.

— Voyez-vous, reprit-elle avec un aplomb qui la surprit elle-même. Les convictions de Sir Grant sont diamétralement opposées aux miennes, désormais…

Le colonel Rutter haussa les sourcils.

— Vraiment ? Que voulez-vous dire ?

Oserait-elle aller jusqu'au bout de son mensonge ? Madeleine agita nerveusement son éventail sous son nez, feignant la plus grande désinvolture.

— Comme vous avez pu le constater vous-même il y a quatre ans, mon mari a définitivement prêté allégeance aux Hanovres.

— Oui, je sais. Il m'a sauvé la vie, répondit le colonel sans la quitter des yeux. Êtes-vous en train d'insinuer que vous-même avez changé de camp ?

Elle répondit avec un petit rire insouciant.

— Que voulez-vous, colonel, bon sang ne saurait mentir, comme on dit chez nous. C'est pourquoi j'ai choisi de retourner en France avec mon père.

Sur ce, elle adressa un sourire aimable à son interlocuteur et s'éloigna, priant le ciel d'avoir été assez convaincante pour sauver son mari sans pour autant compromettre davantage le comte de Vaucluse.

Chapitre 25

Ils restèrent encore une heure à Broadwick Street, et Madeleine fut soulagée de constater que la conversation paternelle abordait des sujets moins compromettants. Il se contentait d'un simple bavardage mondain, composé surtout d'anecdotes amusantes. S'asseyant à côté d'Anne, elle lui affirma que, bien que son père ne veuille pas la croire, Grant et elle avaient définitivement rompu, ce qui expliquait que Grant soit resté si peu de temps. Puis, changeant de sujet, elle rit et plaisanta beaucoup, bien décidée à convaincre l'assistance qu'elle était parfaitement heureuse de son sort.

— Au fait, dit-elle soudain, posant une main sur le bras de son amie, comment s'y prend ta femme de chambre pour te coiffer si bien ? La fille que j'emploie ici est tout à fait incompétente et je me retrouve chaque matin frisée comme un bichon maltais. J'aurais dû chercher quelqu'un d'autre, naturellement, mais il n'est plus temps puisque nous allons bientôt quitter le pays. Pourtant, j'aurais bien aimé être convenablement coiffée pour notre réception de ce soir…

Elle s'interrompit avec un soupir, tournant vers son amie un regard navré, et fut aussitôt récompensée de sa petite comédie.

— Je peux t'envoyer Eilidh sitôt qu'elle en aura fini avec moi, si tu veux.

— Tu ferais cela pour moi ? répliqua Madeleine, un

sourire éclatant sur les lèvres. J'en serais vraiment ravie. Et serait-ce trop te demander de me la laisser jusqu'à demain matin ? Mes cheveux sont tellement épais que je serais incapable de les préparer seule pour la nuit…

Comme Anne paraissait surprise, elle s'empressa d'ajouter :

— Ce serait seulement pour une nuit.

— Eh bien… Dans ce cas… je pense que je peux me passer d'elle pour un soir. C'est entendu. Je te l'envoie dès qu'elle en a fini avec moi.

Madeleine lui serra les mains affectueusement et se leva pour aller rejoindre son père qui prenait congé, assurant son hôtesse qu'il les attendait avec impatience à Surrey Street pour la réception.

— Et nous serions également enchantés de vous avoir, colonel Rutter, lança-t-il à l'intéressé, mettant les nerfs de Madeleine à rude épreuve.

À son grand soulagement, le colonel déclina poliment l'invitation. Bref répit car, sur le pas de la porte, il dit en s'adressant à Anne :

— Cependant, comme mon devoir m'appelle dans le Strand ce soir, je serais ravi de vous accompagner jusqu'à la demeure du comte, Miss McBinnie.

Le comte s'esclaffa.

— Comme il est délicieux de voir que les valeurs de la chevalerie sont toujours aussi vivaces ! Je serai rassuré de savoir qu'un preux chevalier vous escorte jusqu'à ma porte, *mademoiselle*. Et j'espère même que nous parviendrons à le persuader d'en franchir le seuil.

Le colonel salua avec un petit signe de tête.

— Hélas, cher comte, je crains que cela ne soit impossible. Comme je l'ai dit, je suis de service.

Madeleine connaissait par cœur les stratégies de son père. En invitant le loup dans la bergerie, il voulait donner l'illusion d'une parfaite innocence. Mais elle doutait que le colonel soit dupe de son petit jeu. Et elle en avertit le comte sitôt qu'ils furent sur le chemin du retour.

— Vraiment, *mon petit* ? Tu le crois dangereux ?

— Il est loin d'être stupide, en tout cas.

— Bien sûr ! Je n'en doute pas une seconde… Un peu collet monté, peut-être, mais votre mari a adopté la même attitude à mon égard. Ils ne me connaissent pas vraiment, hélas. Je suis sincèrement navré que le colonel ne soit pas des nôtres ce soir.

— Et moi je suis soulagée qu'il ne vienne pas, rétorqua Madeleine vivement. C'est déjà bien assez que vous ayez invité les McBinnie. Alors, pensez ! un officier de la Couronne !

— Mais les McBinnie sont pour toi des amis proches. Il aurait paru étrange que nous ne les invitions pas. Certes, j'ai été quelque peu surpris que Sir Edmund accepte mon invitation, mais il t'aime beaucoup, Madeleine. Il est persuadé que tu rentres en France avec moi, ajouta-t-il, le regard perdu dans le spectacle de la rue à travers la vitre du carrosse.

Madeleine retint son souffle.

— Vraiment, *papa* ? Comme… comme c'est étrange !

— Étrange, en effet… J'avais cru comprendre que tu retournais en Écosse avec ton mari aussitôt après mon départ, mais aucun de vous deux n'y a fait allusion cet après-midi. À dire vrai, rien n'indiquait dans votre attitude que vous aviez vidé votre querelle.

— Nous avons décidé de concert de ne faire aucune allusion à notre vie privée en public. Ni Grant ni moi ne sommes désireux de donner lieu à des commérages.

— En vérité ?

Le comte l'observa une longue minute et, comme elle ne répondait pas, laissa échapper un petit rire.

— Chacun ses secrets, *ma fille*. Et dans ce domaine, tu

as de qui tenir, n'est-ce pas ? Tu as toujours su manier ta barque, comme ton vieux père, hein ?

Elle lui sourit, heureuse de voir l'interrogatoire enfin terminé. Mais son soulagement fut de courte durée.

— Cela dit, j'ai informé ton cher époux que nous serions ravis s'il voulait bien être des nôtres.

— Co-comment ?

Le comte ouvrit de grands yeux innocents.

— Puisque je vous pensais réconciliés, je me suis dit que cela te ferait plaisir.

Madeleine se ressaisit aussitôt.

— Oh oui ! Oui, bien sûr… Mais je ne tiens pas à le voir tant que nos arrangements pour cette nuit ne sont pas conclus.

De nouveau, son père l'observa un instant, puis elle sentit une main lui tapoter la joue.

— Pauvre Madeleine… Contre toute attente, tu ne me sembles pas bien heureuse. Je te rassure tout de suite, il a refusé. Lui aussi a d'autres obligations, semble-t-il…

Il paraissait sincèrement affecté et, l'espace d'une seconde, elle crut qu'il avait lu dans son cœur. Mais ce n'était probablement qu'une illusion. Yves d'Evremont ne s'intéressait jamais qu'à lui-même.

— Comment pourrais-je être heureuse, *papa* ? Tes petites manigances nous mettent tous en danger.

— Tu seras débarrassé de ton vieux père avant l'aube, je te le promets. Tu pourras ensuite vivre tranquille.

Si seulement c'était possible, songea tristement Madeleine.

Quand ils arrivèrent à Surrey Street, il ne restait plus beaucoup de temps pour les derniers préparatifs. Madeleine s'était à peine assurée que la maison était prête à recevoir leurs hôtes lorsque la femme de chambre d'Anne sonna à la porte. Tout de suite, Madeleine monta avec elle dans sa chambre afin de se faire coiffer. Elle avait de nouveau jeté son dévolu sur la robe de brocart doré *à la française*[1], sachant que son père apprécierait ses efforts pour faire bonne impression auprès de leurs invités. Le comte ne manquerait pas pour tout l'or du monde une occasion d'épater la bonne société de Londres, fût-ce pour la dernière fois.

Une fois réfugiée dans l'intimité de sa chambre, Madeleine informa sa propre camériste qu'elle n'avait plus besoin de ses services jusqu'au lendemain matin. Puis elle expliqua à Eilidh ce qu'elle attendait d'elle. Elle s'assit devant sa coiffeuse et regarda la jeune femme manipuler avec dextérité sa chevelure, la rassemblant sur la nuque en un élégant chignon.

— Cela fait un certain temps que vous travaillez pour les McBinnie, n'est-ce pas ? s'enquit-elle comme pour faire la conversation.

— Oui, milady, un bon bout de temps, maintenant, dit la domestique avec son doux accent chantant. Ma mère aussi servait à Calder House bien avant ma naissance.

Madeleine lui sourit dans le miroir.

— Et maintenant, vous êtes la femme de chambre particulière d'une lady. Vous vous en êtes fort bien sortie. Vous n'étiez qu'une servante, la première fois où nous nous sommes rencontrées, vous vous souvenez ?

— Si je m'en souviens, milady ! s'exclama Eilidh avec un franc sourire. Quelle époque, quand on y pense ! Et le pauvre Mr. Rathmore, obligé de fuir les dragons du roi avec cette balle dans le bras et du sang partout !

— Nous l'avions caché dans le grenier, oui, je m'en souviens comme si c'était hier. Triste époque, que cette défaite de Culloden.

1. En français dans le texte.

— Pour ça oui. Et le pauvre Bonnie Prince Charlie[1] obligé d'errer un peu partout en Écosse avant de trouver refuge en France…

— On dirait que vous avez bien suivi ses mésaventures, déclara Madeleine en observant soigneusement le reflet d'Eilidh dans le miroir.

— Pour sûr ! Et toutes les histoires qu'on a entendues ! C'est à n'y pas croire. Comment le pauvre prince Bonnie changeait chaque nuit de cachette pour éviter les Tuniques rouges et comment ces sauvages le pourchassaient comme un renard dans les collines. Jusqu'à ce que la petite MacDonald[2] l'aide à rejoindre l'île de Skye !

Le frais visage d'Eilidh arborait maintenant une expression à la fois fervente et nostalgique, et elle conclut avec un long soupir avant de reprendre sa tâche :

— Nous parlons toujours entre nous de Bonnie Prince Charlie, vous savez. Bien sûr, quand il n'y a pas d'oreilles indiscrètes dans les parages. Et surtout pas en présence du maître. Du reste, il ne tolère pas les bavardages.

— Oui, naturellement.

Eilidh fit passer un ruban doré dans le chignon de

1. Surnom affectueux donné par ses partisans au jeune Charles Edouard Stuart, « bonnie » signifiant en gaélique « beau » ou « béni ».

2. Flora MacDonald, fille d'Angus MacDonald, est confiée après le décès de son père à son oncle, le chef du célèbre clan MacDonald de Clanranald. Elle a 24 ans lors de la bataille de Culloden (16 avril 1746) qui fut la plus sanglante des batailles entre les jacobites et l'armée hanovrienne. Flora accepte d'aider Bonnie Prince Charlie à s'échapper et obtient un passage sur un bateau pour voyager des îles Hébrides extérieures jusqu'au continent, grâce à son oncle, chef de la milice locale. Repérée sur l'île de Skye pendant qu'elle négociait la suite de leur voyage, elle est arrêtée et brièvement enfermée dans la Tour de Londres tandis que Charles parvient à atteindre la France. Relâchée en 1747, elle devient une véritable héroïne du clan jacobite.

Madeleine, piqua une dernière épingle dans les épaisses boucles de cheveux, puis recula d'un pas.

— Voilà, milady. Je pense que cela devrait tenir.

— C'est tout à fait ravissant. Merci, Eilidh.

— Voulez-vous que je vous poudre ?

— Non, surtout pas, répondit Madeleine en se remettant sur ses pieds pour secouer sa jupe. Merci beaucoup. Je n'ai plus besoin de vous pour le moment.

Elle hésita un instant puis, en regardant bien la jeune fille dans les yeux, ajouta :

— Mais il se pourrait que j'aie encore besoin de votre aide un peu plus tard pour quelque chose de très important. Restez donc dans les parages, je vous prie.

Madeleine rejoignit le comte dans le grand salon un peu avant l'heure du diner. Il surveillait le travail des domestiques, occupés à allumer les chandeliers et à tirer les rideaux. Quand ils en eurent terminé, il les fit sortir et se tourna vers elle et la parcourut d'un regard appréciateur.

— Vous êtes superbe ce soir, ma fille. Un véritable enchantement.

— Merci, *papa*. J'espère que le dîner sera acceptable. J'ai eu si peu de temps…

— J'en suis bien conscient, mais je n'ai pu faire autrement. Si j'organise tout cela, c'est pour quelqu'un d'autre… quelqu'un de très important.

Madeleine sentit son sang se figer dans ses veines.

— Et ce *quelqu'un* sera-t-il là ce soir ?

— Normalement, non. Pas en même temps que nos invités, en tout cas. Mais je ne suis pas maître de ses mouvements. Si j'avais été en mesure de tout décider, il en serait allé autrement… Tout à fait autrement, insista-t-il, pour une fois l'air sincèrement préoccupé.

Il ne mit pas longtemps à retrouver sa jovialité habituelle.

— Les musiciens devraient arriver pendant que nous sommes à table, reprit-il en souriant. J'ai donné des instructions pour qu'ils s'installent ici et commencent à jouer même si nous n'avons pas fini.

Il marqua une pause et poursuivit :

— J'ai aussi demandé que les fenêtres restent ouvertes derrière les rideaux. Cela fera une distraction pour les passants. Pour nous, c'est sans doute le *grand soir*, ma chère. Mais ma petite fête doit donner toutes les apparences de la plus grande innocence.

Madeleine répondit machinalement :

— Bien sûr, *papa*. Je n'en attends pas moins de vous.

— Mais vous êtes toute pâle, ma chère, et vous n'avez pas l'air très heureuse. Comment cela se peut-il, puisque vous retournez auprès de votre cher époux ? N'est-ce pas une bonne raison de vous réjouir ?

— Oui. Mais ma joie est hélas assombrie par la perspective de votre départ.

— Ah ! Je comprends cela. Mais ce ne sera pas pour toujours, ma chérie. Et vous aimez Grant Rathmore, *non* ?

— Oui, *papa*. Beaucoup.

Madeleine sentait les larmes se presser derrière le rideau de ses paupières.

— Alors, conclut-il très vite, peu désireux et peu soucieux d'obtenir une réponse, tout se passera bien. J'y veillerai.

Le comte l'étudia tout de même un moment, le visage grave. Il semblait débattre avec lui-même mais, soudain, il recula d'un pas et frappa dans ses mains.

— Parfait, ma fille. Chassons toutes ces pensées moroses. L'heure est à la fête et au plaisir. C'est la dernière fois que je reçois mes amis londoniens et je veux que ce soit une réussite.

— Je ferai de mon mieux, *papa*.

Il hocha la tête avec un sourire satisfait.

— Bon. Mis à part Sir William, aucun de mes invités n'est bien sûr informé de mes plans. Et ils ne doivent se douter de rien ce soir, même si on ne peut éviter les rumeurs…

Un bruit de voix dans le hall le fit s'interrompre.

— Ah ! conclut-il en levant la main. Les voilà ! Souvenez-vous, ma fille. Souriez ! Mais souriez donc !

Chapitre 26

L'heure qui suivie fut occupée à accueillir les quelques privilégiés qui devaient participer au dîner, annoncés les uns après les autres avec cérémonie par le maître d'hôtel. Les Froome et les Molton furent les premiers, suivis de près par Sir Edmund et sa famille.

Anne se précipita sur Madeleine, les mains tendues, et l'examina d'un œil critique.

— Laisse-moi voir. Mais c'est une véritable réussite ! Tu es parfaite, ma chérie.

— Merci. Eilidh a fait des merveilles avec mes cheveux. Ils sont tellement indisciplinés.

— Tu es très élégante… même si j'adore ta crinière au naturel.

Elles rirent toutes les deux, et Madeleine s'excusa pour accueillir les invités suivants.

Elle alla de groupe en groupe avec un mot aimable pour chacun tout en prenant bien soin d'éviter William Maxton. Une vive excitation régnait dans l'air, et il ne se passa pas longtemps avant que Lady Thanet, ancienne flamme du comte de Vaucluse, ose poser la question que tout le monde mourait probablement d'envie de poser.

— Eh bien, mon cher comte ? Pouvons-nous espérer que Mr Smith se joigne à nous ce soir ?

Son père eut un rire de gorge suffisant.

— C'est possible, ma chère comtesse. Mais comme d'habitude, rien n'est certain. Venez que je vous serve un verre de vin. Il vient d'un coin de France que je connais particulièrement bien.

Madeleine s'approcha de Sir Edmund. Ce dernier regardait le comte, un pli sévère sur les lèvres.

— Je vous demande pardon, dit-elle avec un sourire joyeux destiné à ceux qui pouvaient les observer. Mon père aurait dû vous prévenir. Mais s'il nous fait l'honneur de sa présence, le gentleman en question ne devrait pas faire son apparition avant les petites heures de la nuit.

— J'espère de tout mon cœur que ce sera le cas et que nous serons déjà partis. Si j'avais su… Je croyais pourtant avoir été clair avec votre père. C'est du reste seulement par amitié pour vous que j'ai accepté cette invitation. Et…

Sa voix s'éteignit comme s'il en avait trop dit, et Madeleine haussa les sourcils.

— Et… ?

— Et aussi parce que j'ai promis à Grant de veiller sur vous. J'espère bien, ajouta-t-il en baissant la voix, que vous reconsidérerez votre projet d'accompagner votre père en France, Madeleine. Nous espérons tous vous revoir là où vous devriez être, aux côtés de votre époux.

Elle ne put réprimer une grimace de souffrance.

— J'aurais aimé que ce soit possible, Sir Edmund. Sincèrement.

— Vous avez encore le temps d'y réfléchir, insista-t-il vivement. Les associés du comte ne sont pas des gens fiables.

Puis il prit congé rapidement comme il jetait un coup d'œil par-dessus son épaule. Regardant à son tour derrière elle, Madeleine vit le sieur Maxton qui s'approchait.

— Vous vous êtes fort bien tirée de notre embuscade à Vauxhall, dit le nouvel arrivant avec un vilain sourire. Quand, revenant de mon… étourdissement, je me suis aperçu que vous aviez disparu, j'étais aux quatre cents coups, comme vous pouvez l'imaginer.

Madeleine n'aurait su dire d'après son expression s'il pensait qu'elle avait été pour quelque chose dans cette attaque. Mais comme disait son père, bon sang ne saurait mentir, et elle ne se laissa pas démonter pour autant.

— Merci de vous être inquiété à mon sujet, sir. Pour ma part, j'aurais préféré que ces jeunes gens soient allés jusqu'au bout de leur entreprise et qu'ils vous aient transpercé de leurs jolis petits poignards.

Il rit.

— Vous avez un tel esprit, ma chère Madeleine ! Vous êtes tout à fait irrésistible.

S'emparant d'autorité de sa main, il déposa un baiser au creux de son poignet avant de poursuivre :

— Je vous emporterais bien sur-le-champ avec moi… Mais, hélas, nous allons devoir patienter un peu. Vous me mettez en feu, savez-vous ?

Elle se libéra d'un coup sec.

— Vraiment, mon cher ? Il faut aller vous rafraîchir à la fontaine de la cour… Je vous ai donné ma parole. N'est-ce pas assez ?

— Je ne crois pas en avoir jamais assez de votre charmante personne, ma douce.

Madeleine ne put retenir un frisson. Elle allait s'esquiver quand la poigne de Maxton se referma sur son bras.

— N'espérez pas pouvoir vous jouer de moi, Madeleine. Si, à minuit tapant, vous n'êtes pas dans mon carrosse, votre père et son compromettant visiteur seront arrêtés avant même d'avoir mis le pied dans le jardin.

— Je ne vous fais pas confiance. Donnez-moi d'abord une preuve de votre bonne foi.

— Une preuve ?

— La preuve que, à l'heure dite, mon père et son compagnon sont bien en route vers la France.

Sir William affecta un air chagrin.

— Quelle raison aurais-je de vouloir les trahir, une fois que j'aurai eu satisfaction vous concernant ? Vous avez pu constater par vous-même que je suis un fervent soutien de la cause jacobite.

Captant son regard sceptique, il s'empressa de préciser :

— À condition que cela n'aille pas à l'encontre de mes propres intérêts, bien entendu.

— Dans ce cas, vous serez tout aussi désireux de vous voir confirmé qu'ils ont bien gagné leur bateau. Ma femme de chambre les accompagnera jusque-là. Et c'est seulement lorsqu'elle m'aura assuré qu'ils sont en sécurité à bord que je vous rejoindrai dans votre voiture. Pas une seconde plus tôt. Je veux être sûre que mon père et son hôte sont en sécurité, répéta-t-elle, obstinée. Ensuite seulement, je serai à votre disposition.

C'était le combat de deux volontés mais Madeleine n'était pas disposée à céder du terrain. Une fois certaine que son père et le Prince voguaient vers le continent, elle se soumettrait à William Maxton. Elle était prête à tout pour sauver Grant.

Madeleine resta calme et souriante durant tout le repas. Elle entretenait la conversation avec toute l'apparence de quelqu'un de parfaitement heureux de son sort. Les plats étaient excellents, elle n'en doutait pas, mais les graves préoccupations qui lui occupaient l'esprit lui avaient ôté tout appétit. On aurait pu tout aussi bien lui servir un plat de cendres. Sir William, qui s'était installé d'autorité à sa droite, se conduisait à son égard comme son seigneur et maître, ce qui l'exaspérait au plus haut point bien qu'elle feignît la plus grande indifférence.

Ce fut seulement quand elle conduisit les dames dans le salon, laissant les gentlemen devant un bon verre de cognac, qu'elle éprouva un certain soulagement. Les doubles portes séparant le grand salon de réception de celui plus intime qui donnait sur la bibliothèque avaient été laissées grandes ouvertes, et on entendait les musiciens jouer un air à la fois gai et apaisant. Les dames s'exclamèrent devant un tel luxe en s'installant dans les fauteuils pour écouter. Mais ce répit fut de courte durée. Déjà, ces messieurs réapparaissaient et tout le monde se prépara à recevoir la deuxième vague d'invités du comte.

Les premiers arrivants ne tardèrent pas à pénétrer dans le salon, et Madeleine, heureuse de cette distraction, alla échanger un mot avec chacun d'eux. À l'exception des McBinnie, toutes les personnes ici présentes étaient des jacobites convaincus, et elle remerciait encore le ciel que le colonel Rutter ait décliné leur invitation. Il lui traversa fugitivement l'esprit que le devoir qui l'appelait ce soir consistait peut-être précisément dans la surveillance de Surrey Street, et un frisson d'appréhension lui parcourut la colonne vertébrale. Puis elle se rassura. Le jeune colonel paraissait sincèrement épris d'Anne. Il n'aurait pas laissé les McBinnie se rendre à Surrey Street si la soirée devait se terminer en guet-apens organisé par les autorités.

Sir Edmund fut le premier à prendre congé, arguant que les porteurs de chaises faisaient payer double tarif après minuit. Madeleine les raccompagna jusque dans le hall, s'efforçant de dissimuler son émotion à la perspective de ne plus les revoir. Se tournant vers Anne, elle la serra très fort dans ses bras.

— Au revoir, ma chère, très chère amie. Que Dieu te garde ainsi que toute ta famille.

Anne lui étreignit affectueusement les mains.

— Ne nous reverrons-nous pas avant ton départ ? s'étonna-t-elle. Ce n'est pas pour tout de suite, n'est-ce pas ?

— Non, répondit Maddie, parfaitement sincère. Mais, hélas, je serai très occupée. Il me sera difficile de m'échapper...

Ma pauvre Anne ! Si tu savais !

Des larmes brillèrent dans les beaux yeux gris de son amie.

— Dans ce cas, ma chère Maddie, sache que tu me manqueras beaucoup. Tu m'écriras, n'est-ce pas ?

— Je te le promets, murmura Madeleine bien qu'elle doutât de pouvoir écrire à qui que ce soit pendant un certain temps.

Elle serra à son tour les mains de son amie et ajouta avec un sourire complice :

— Mais tu n'auras guère le temps de me répondre, je pense. Sir Edmund se prépare assurément à faire une annonce officielle avant que vous quittiez Londres.

Anne rougit.

— Oh ! Maddie, n'est-ce pas merveilleux ? Qui aurait cru, après ces sombres jours de lutte fratricide, que je finirais par épouser un soldat anglais ?

— Je suis sincèrement heureuse pour toi, ma chérie. Le colonel et toi, vous êtes parfaitement assortis. Raison de plus pour que vous quittiez Londres sans trop tarder. Il ne serait pas bon pour toi et ta famille que vous soyez impliqués dans quoi que ce soit en rapport avec mon père ou moi.

Elle embrassa Anne sur la joue et recula d'un pas.

— Adieu, ma chère amie. Et merci encore de m'avoir prêté Eilidh. Je la ferai raccompagner chez toi demain matin. Elle aura encore du travail ce soir pour préparer mes cheveux pour la nuit.

Anne eut un bon sourire.

— Merci pour elle... Je saurai me passer de ses services jusque-là, même si je n'ose pas penser dans quel état elle va retrouver mes propres cheveux !

Madeleine attendit sur le seuil de la demeure qu'Anne et sa mère soient installées dans les chaises à porteurs qui les attendaient, puis le petit groupe s'ébranla, Sir Edmund ouvrant la marche. Elle les regarda s'éloigner jusqu'à ce qu'ils disparaissent au bout de la rue puis, laissant échapper un gros soupir, elle rentra dans le hall.

Le valet de pied referma la porte derrière elle.

Madeleine entendait la musique retentir depuis les salons, mêlée à des rires et des conversations légères. Et soudain, comme une chape de plomb, un terrible sentiment de lassitude s'abattit sur elle. Elle avait absolument besoin d'un moment de solitude pour retrouver son énergie avant d'endosser de nouveau son rôle de maîtresse de maison.

Gagnant le petit parloir de l'autre côté de l'entrée où son père avait installé son bureau, elle se laissa tomber dans un fauteuil, appréciant la pénombre et le silence qui régnaient dans les lieux. Puis elle sursauta comme des bribes de conversation lui parvenaient. Elle rouvrit grand les yeux. Quelqu'un était debout devant la cheminée.

Son père.

En train de s'entretenir avec deux autres hommes.

Le premier était Mr Alexander Murray.

Le second, Charles Edouard Stuart.

Chapitre 27

Se relevant d'un bond, Madeleine plongea dans une profonde révérence.

— Votre Altesse !

— Mademoiselle d'Evremont…

Le Prince lui prit la main qu'il effleura de ses lèvres souriantes.

— *Ravissante*, comme toujours, la complimenta-t-il. Mille pardons pour m'imposer chez vous plus tôt que prévu…

Elle avait vu les regards échangés entre les trois hommes quand ils avaient découvert sa présence dans la pièce.

— Un problème, Votre Altesse ? s'inquiéta-t-elle aussitôt.

— Rien qui vous concerne, ma chère, s'empressa de la rassurer son père. Un rendez-vous a été annulé à la dernière minute et il n'était pas prudent pour Son Altesse de rester dans ses appartements actuels. Murray a préféré conduire Monseigneur ici.

— Mais… comment êtes-vous entrés ? Je viens tout juste de raccompagner mes amis McBinnie dans le hall, et je n'y ai croisé personne… Comment…

Elle s'interrompit, les sourcils froncés.

— Ils sont arrivés par le même moyen que celui que nous emprunterons tout à l'heure pour partir, expliqua le comte avec un regard vers la porte qui menait au jardin. *En bateau !*

— Quand nous en aurons terminé ici, précisa le Prince, qui lui tenait toujours la main. Je suggère que nous allions maintenant rejoindre nos invités.

Mr Murray avança d'un pas.

— Sir, je ne pense pas que cela soit très raisonnable.

Le Prince émit un petit rire joyeux.

— Raisonnable ? Sans doute non, en effet. Mais le comte m'a assuré qu'il n'y avait ici que des amis. Pas question de me terrer dans cette pièce comme un vilain. Et puis... j'adore la musique, et le champagne de France !

— Naturellement, Votre Altesse. Il y a du vin de Champagne en abondance et un petit quatuor venu d'Italie.

— Et de bien jolies femmes ! renchérit le Prince avec un regard plein de flammes à l'intention de Madeleine. J'ai déjà ma cavalière ! N'est-ce pas, *mademoiselle* ?

Madeleine s'apprêtait à décliner l'invitation, mais il la fit taire d'un doigt levé.

— Mes affaires londoniennes sont terminées. Je suis maintenant libre de prendre un peu de distraction en attendant l'heure du départ.

Et lui posant d'autorité la main sur son avant-bras, le Prince ajouta :

— Eh bien, gentlemen, nous y allons ?

C'était tout à fait comme dans un rêve. Madeleine fendait la foule des invités au bras du Prince, son père sur les talons, extatique. À vrai dire, se corrigea-t-elle, c'était plutôt un cauchemar, car tous les yeux étaient dardés sur eux, brûlant de curiosités et lourds de questions retenues. Un silence complet s'était abattu sur l'assemblée, suivi bientôt d'un murmure excité. Puis les gens commencèrent à se rapprocher, désireux d'échanger quelques mots avec son royal cavalier.

Se libérant avec ménagement du bras du Prince, Madeleine gagna l'un des côtés du grand salon pour assister de loin à l'assaut. Car déjà un cercle bourdonnant s'était formé autour de Bonnie Prince Charlie et de son compagnon. Ce soir, il n'y avait pas de clans en présence. Tous les assistants reconnaissaient ouvertement Charles Stuart comme leur monarque et lui manifestaient leur respect. Et le Prince l'acceptait avec une bonne grâce hautaine qui ne manquait pas de grandeur.

L'homme était tout à fait charmant, reconnut Madeleine en son for intérieur. Mais tant que ce dernier et le comte ne seraient pas à l'abri dans un bateau en partance pour la France, elle ne respirerait pas librement.

Le brouhaha s'amplifia, l'atmosphère devint joyeuse. Puis Son Altesse émit le désir de danser et, comme par un coup de baguette magique, tous les sièges disparurent, les tapis furent roulés et les musiciens entamèrent une série de danses populaires.

D'autorité, le Prince s'empara de la main de Madeleine qu'il conduisit au milieu du parquet de danse improvisé. Puis, après la première gigue, il la libéra avec un gracieux salut et invita l'une après l'autres les dames qui béaient d'admiration, quémandant d'une audacieuse œillade le privilège de danser avec l'héritier de la couronne des Stuarts.

Oui, décidément, songea Madeleine, c'était comme un rêve éveillé. Tout le monde paraissait s'amuser, avec la plus parfaite insouciance, alors qu'ils savaient tous que, d'une minute à l'autre, les soldats du roi pouvaient frapper à la porte de la crosse de leurs baïonnettes et arrêter tout ce beau monde pour haute trahison.

Quand 2 heures sonnèrent, le comte effleura le bras de sa fille.

— Il est temps.

Madeleine hocha imperceptiblement la tête et, quittant discrètement la salle, gagna sa chambre. Eilidh l'y attendait, comme elle en avait reçu l'instruction, déjà enveloppée dans la volumineuse cape de voyage que Madeleine lui avait demandé de porter pour se prémunir du froid de la nuit.

— Faut-il y aller, madame ?

— Oui, dit Madeleine, s'approchant de la femme de chambre pour bien refermer la cape autour de son cou et en nouer les rubans. Vous avez bien l'argent pour le passeur ?

— Oui, pour sûr.

La jeune fille sortit une petite bourse de cuir de sa poche. Ses yeux bleus brillaient d'excitation, et Madeleine se sentit de nouveau envahie par le doute.

— Je ne devrais pas vous mêler à tout cela, Eilidh. C'est trop dangereux.

— Chut ! milady. Je suis fière de ce que je fais. C'est le prince Charles en personne que je vais aider ce soir. Je n'aurais voulu manquer ça pour rien au monde !

Madeleine hocha la tête et tapota la joue de la domestique.

— Dans ce cas, allons-y !

Elle alla vérifier que l'escalier et le hall étaient parfaitement déserts avant de conduire Eilidh jusqu'au bureau où les attendaient son père et le Prince, tous les deux vêtus d'épaisses houppelandes et de cache-nez par-dessus leurs élégants vêtements de cour. Le valet du comte était là, lui aussi, deux grands sacs posés à ses pieds.

Le Prince fronça les sourcils.

— Votre domestique vient-elle à votre place ?

— Seulement le temps de s'assurer que vous avez pu embarquer. Elle me rejoindra ensuite pour m'en informer.

— Je vois. Dans ce cas, *mademoiselle*, il ne me reste plus qu'à vous faire mes adieux, dit le Prince en lui baisant le bout des doigts. Vous me voyez navré d'apprendre que vous ne nous accompagnerez pas. Vous auriez fait un compagnon de route fort agréable.

— Vous êtes bien aimable, monseigneur, mais cela m'est impossible.

Madeleine gratifia le Prince d'une révérence puis se tourna vers son père.

— Au revoir, *papa*.

— Au revoir, Madeleine, Nous ne nous retrouverons pas avant un certain temps, je pense. J'espère que tu seras heureuse avec ton laird.

Elle sentit des bras l'enlacer avec vigueur, des lèvres chaudes se pressèrent sur son front, mais elle avait le cœur trop plein d'interrogations pour pouvoir répondre. Le comte relâcha son étreinte et, lui relevant le menton d'un doigt pour mettre son visage dans la lumière, l'étudia une longue minute. Si longue que Madeleine craignit qu'il n'ait remarqué les larmes qui sillonnaient ses joues un instant plus tôt.

Mais il se contenta de poser un baiser sur sa joue.

— Courage, ma fille, chuchota-t-il à son oreille. Tout ira bien. Fais confiance à ton vieux père.

Sur ces mots, il fit volte-face.

Madeleine regarda la petite troupe disparaître dans l'obscurité du jardin, puis la vit réapparaître au pied du muret de pierre qui donnait sur le fleuve. Elle attendit que les quatre silhouettes l'aient franchi l'une après l'autre et regagna la maison.

Après avoir refermé la porte de la terrasse, elle s'appuya contre le panneau, les yeux clos. Puis, respirant un grand coup, elle alla se mêler aux dernières rumeurs de la fête.

Nul doute que la « petite » soirée du comte de Vaucluse était un succès, songea Grant tandis que Robert et lui venaient prendre la garde dans Surrey Street peu avant minuit. Des torches éclairaient brillamment le trottoir et la rue était encombrée de carrosses et de chaises à porteurs qui déposaient sur le trottoir des dames dans leurs beaux atours et des messieurs imposants dans leurs habits de soirée.

Grant reconnut sans peine la plupart des invités pour être de fidèles supporters de Charles Edouard Stuart. Il savait aussi pertinemment que Robert et lui n'étaient pas les seuls à jouer les espions. Outre l'agent de police qui faisait sa ronde, deux hommes se tenaient à l'angle de la rue : un marchand ambulant vantant encore le mérite de ses petits pains malgré l'heure tardive et un mendiant assis devant le soupirail d'une maison, paraissant endormi.

Quant aux cochers et autres porteurs, nul ne pouvait jurer qu'ils étaient tous authentiques. Certains pouvaient être des hommes du Gouvernement. Ou des espions étrangers. Il était impossible que les agissements du comte, ces dernières semaines, soient passés inaperçus.

La musique sortait par les fenêtres ouvertes de la salle de réception mais, les rideaux étant fermés, on ne distinguait que le halo doré des lustres. Grant pouvait s'imaginer comme s'il y était Madeleine recevant ses invités, plaisantant et riant. Était-elle en train de leur faire à tous ses adieux ? À moins que le comte de Vaucluse et elle n'aient décidé de faire comme si de rien n'était jusqu'au moment où ils se glisseraient incognito hors de leur demeure.

Puis de l'Angleterre.

Au moment précis où sonnaient les douze coups de minuit, il vit Sir Edmund et ses dames quitter la maison du comte. Madeleine, sur le seuil, leur faisait des gestes d'adieu. Les torchères illuminaient ses traits souriants mais, dès que les McBinnie se furent éloignés, elle se rembrunit. Et, obervant son air malheureux, Grant sentit son cœur se serrer de compassion.

Laissant Robert surveiller le devant de la maison, il se faufila vers la jetée. Par chance, celle-ci était déserte et personne ne pourrait s'étonner de sa présence ici. La Tamise, dont le long ruban luisait comme une couleuvre argentée sous la lune, était encore sillonnée malgré l'heure tardive par des mariniers occupés à transporter toutes sortes de marchandises ou de passagers. Mais aucun ne fit montre de vouloir s'approcher du débarcadère de Surrey Street. Ils devaient revenir des maisons de plaisir et de jeu de Southwark.

Grant remua son bras blessé, un peu ankylosé par l'absence de mouvement, se remémorant avec un sourire ému comment Madeleine avait examiné la blessure sur le bac, de retour de Vauxhall. Heureusement, la profonde entaille ne le gênait pas trop pourvu qu'il se ménageât.

Comme un esquif pointait directement vers l'endroit où il se tenait, il recula dans l'ombre en rabattant le bord de son chapeau sur son visage. Figé dans une parfaite immobilité, il put distinguer des silhouettes assises à l'arrière du bateau dirigé par un seul marinier qui avançait silencieusement à la rame. Grant se tint prêt à remonter dans l'allée si le passeur faisait mine d'accoster. Mais la petite embarcation glissa sans un bruit le long du quai pour aller s'arrêter devant Arundel Stairs. Deux personnes engoncées dans de lourds manteaux débarquèrent tant bien que mal sur la jetée et regardèrent le bateau repartir. Grant s'attendait à les voir remonter Arundel Stairs pour rejoindre la rue mais, au lieu de cela, elles empruntèrent l'étroite rive pavée dans sa direction.

Grant écarquilla les yeux, tous les sens en alerte. Deux hommes. Quand ils atteignirent le mur qui séparait la Tamise du jardin de la résidence du comte de Vaucluse, il vit l'un d'eux ramasser l'échelle cachée dans les herbes et la dresser contre le mur. Quelques secondes plus tard, les deux inconnus remontaient vers la maison et disparaissaient dans la nuit.

Grant s'assit sur les vieux degrés moussus avec un grognement de satisfaction. Il se prépara à attendre, heureux d'avoir jeté son dévolu sur sa redingote qui le protégeait du froid et des brouillards glacés montant du fleuve. Le temps s'écoulait lentement. Une cloche sonnait les heures, 1 heure, 2 heures. Parfois, des bouffées de musique lui parvenaient depuis les fenêtres ouvertes de la maison du comte.

La demi-lune voguait maintenant dans le ciel juste au-dessus de sa tête, mais le ciel clair annonçait un froid pénétrant. Grant se remit sur ses pieds. Peut-être s'était-il trompé, après tout. Peut-être que ce n'était pas ce soir qu'ils avaient prévu de partir.

Au moment même où Grant en arrivait à cette conclusion et envisageait de rejoindre Robert pour savoir s'il en avait appris davantage, son regard capta un mouvement sur l'eau. Une lourde barque, comme la chaloupe d'un navire, approchait, mue par plusieurs rameurs.

Tous les sens de nouveau en alerte, Grant vit l'embarcation se diriger tout droit vers le débarcadère. Il entendait le murmure bourdonnant des voix, il y eut un rire étouffé… mais personne ne fit mine de mettre pied à terre. À l'évidence, ils attendaient quelqu'un et s'en réjouissaient. Grant se rassit, attentif à se tenir dans l'ombre.

Il avait tout oublié du froid de la nuit.

Enfin, après encore de longues minutes, il sentit plutôt qu'il ne vit un mouvement au sommet du mur du jardin. Un homme en houppelande se hissa sur la tranche du mur et redescendit le long de l'échelle. Il se retourna et tendit la main pour saisir quelque chose : un sac de marin, sembla-t-il à Grant. L'homme le déposa sur l'herbe au pied de l'échelle. Un autre sac suivit, puis une autre silhouette apparut au sommet du mur.

Grant scrutait la pénombre de toutes ses forces. Il y avait quelque chose de différent dans l'allure de cette deuxième apparition. Il réalisa finalement qu'elle était enveloppée dans une cape et encombrée de lourdes jupes. Une femme ! Deux hommes encore suivirent le même chemin et, d'après leur stature et leur corpulence, Grant fut certain que l'un d'eux était le comte de Vaucluse. L'autre, grand et mince, était l'un des hommes qu'il avait vus débarquer plus tôt à Arundel Stairs.

Grant observa les quatre personnages grimper dans la chaloupe et, à ce moment, son cœur manqua un battement. Il avait cru jusqu'au bout que Madeleine renoncerait à son projet. Il n'avait pas voulu accepter l'idée qu'elle allait le quitter.

Définitivement.

Et, maintenant, il devait faire face à la réalité.

La chaloupe s'écarta silencieusement du quai de pierre et Grant demeura une longue minute à la regarder s'éloigner avec ses passagers en direction du large.

Puis il remonta en courant Surrey Stairs. Il ne lui restait plus qu'à prier que Madeleine et son père arrivent au terme de leur voyage sains et saufs. Quant au prince Edouard et à ses acolytes, ils pouvaient bien aller au diable. Il n'en avait cure. Il allait rejoindre Robert et ils regagneraient Henrietta Street pour prendre un repos bien mérité. S'il parvenait à dormir…

À moins qu'il ne s'enivre jusqu'à l'aube pour tout oublier.

Chapitre 28

La dernière danse allait s'achever quand Madeleine regagna le grand salon. Sir William, qui se tenait non loin de la porte, la regarda avec un lent sourire. Il haussa un sourcil et elle hocha imperceptiblement la tête. Mais, comme il s'approchait, elle pressa le pas et il dut la retenir par le bras.

— Eh bien, madame ? Combien de temps avant que votre domestique revienne ?

Madeleine lui retourna un regard glacé.

— Impossible de le dire. Il vous faudra revenir à l'aube.

— Pour vous donner l'occasion de vous enfuir ? Non, Madeleine. Je resterai dans cette maison, et ma chaise attendra devant la porte jusqu'à ce que vous soyez prête à monter dedans.

Madeleine acquiesça d'un fugitif signe de tête et, passant devant lui, se dirigea vers l'une des hautes fenêtres. Un regard par la fente des persiennes lui montra le spectacle de la rue, tout agitée par les serviteurs s'empressant autour des carrosses et des chaises à porteurs alignés au bord du trottoir afin de raccompagner leur précieux chargement jusque dans leurs lits.

Les musiciens remballaient leurs instruments et les invités se dirigeaient les uns après les autres vers le hall. Madeleine les accompagnait maintenant avec des propos aimables, souriant et expliquant que son père était indisposé et qu'elle les saluait de sa part.

Et pendant ce temps, elle sentait peser sur elle le regard froid de William Maxton, aigu comme celui d'un oiseau de proie.

Comme un rappel de ce qui allait advenir.

Il fallut bien une heure pour que tous les invités aient déserté la vaste demeure. Tous sauf Sir William. Madeleine continuait à l'ignorer tandis qu'elle donnait des ordres aux domestiques pour remettre la maison en état. Une autre heure passa. Madeleine attendait avec impatience le retour d'Eilidh pour avoir des nouvelles de son père. Et pourtant, quand celle-ci parut enfin juste avant la pointe du jour, le temps lui parut soudain avoir couru beaucoup trop vite.

— Alors ? s'impatienta-t-elle, entraînant la jeune fille dans sa chambre. Ont-ils pu embarquer sans problème ?

— Oui, milady. La chaloupe nous a conduits jusqu'au navire qui attendait plus bas sur la Tamise. Le comte a échangé un mot de passe avec le capitaine. Ensuite, Son Altesse et lui sont montés à bord sans difficulté. Et tout cela au clair de lune, comme dans un roman ! s'exclama Eilidh, les yeux pleins d'étoiles. Le capitaine n'a pas voulu me faire raccompagner à terre par la chaloupe, disant que cela lui ferait perdre deux heures au moins et qu'il ne pouvait pas manquer la marée. Mais Son Altesse, le cher Bonnie Prince Charlie, a insisté pour qu'on affrète un passeur parmi les nombreuses barques arrimées au quai. Ça a pris un certain temps mais, finalement, je suis partie et eux aussi... Grand Dieu, milady, quelle aventure ! quand je pense que j'ai aidé le Prince à s'enfuir de nouveau de l'Angleterre !

Comme une enfant, la jeune domestique frappa gaiement dans ses mains et ajouta avec fougue :

— J'ai prié pendant tout le retour pour qu'ils fassent une bonne traversée jusqu'à Calais, milady, puisque c'est là qu'ils m'ont dit qu'ils allaient.

Madeleine lui sourit.

— C'est très gentil à vous, Eilidh. J'espère que vos prières seront entendues. Maintenant, allez vous coucher et reposez-vous un peu. J'ai commandé un fiacre pour vous raccompagner chez vos maîtres tout à l'heure. Vous serez rentrée avant que votre maîtresse se réveille.

— Merci, milady... Mais, ajouta la jeune fille, avisant le costume de cavalière flambant neuf étalé sur le lit, n'allez-vous pas vous coucher vous-même, milady ?

Madeleine, tournant la tête, affecta un ton léger.

— Non. Je vais moi aussi partir bientôt.

Le sourire d'Eilidh s'élargit.

— Ah, oui, bien sûr ! Vous allez rejoindre votre époux, n'est-ce pas ? Voulez-vous que je vous aide à vous préparer ?

Près d'une heure plus tard, Madeleine quitta la pièce, le bleu nuit des jupes de son costume d'équitation bruissant autour de ses jambes tandis qu'elle descendait l'escalier. Une cravate de dentelle de Bruxelles d'un blanc immaculé lui serrait un peu le cou et une épingle d'argent était piquée dans son coquet chapeau de castor.

Dans le hall, William Maxton l'attendait toujours.

Il tapa du pied impatiemment.

— Enfin, madame ! IL était grand temps. Allons-y.

Madeleine lui emboîta le pas sans un mot et ils sortirent. Les premières lueurs de l'aube pointaient entre les cheminées des maisons, bientôt occultées par de lourds nuages gris. Et, quand elle monta dans la voiture de voyage de Sir William, une lourde pluie se mit à tomber.

Sitôt qu'il ouvrit les yeux, Grant fut conscient de l'angoisse qui lui opprimait la poitrine. Et cela n'avait rien à voir avec la pluie et le ciel gris qu'il apercevait par les interstices des persiennes.

Madeleine était partie.

Et, cette fois, il n'y avait aucun espoir qu'elle revienne. Au moins, avait-il les idées claires. Il était si fatigué et démoralisé en rentrant à Henrietta Street qu'il n'avait pas eu la force de boire plus d'un verre de cognac avant de s'effondrer dans son lit. Il se redressa avec un grognement et se frotta les yeux.

Quand il les rouvrit, Robert était devant lui.

— Bonjour, sir. Déjà réveillé ? Vous avez dû sentir le café.

Grant décocha un coup d'œil hargneux à son valet.

— Avez-vous besoin d'être toujours d'aussi bonne humeur ?

Robert posa soigneusement son plateau sur la table de chevet.

— Vous vous sentirez beaucoup mieux quand vous aurez déjeuné.

— Ça m'étonnerait, grimaça Grant en lorgnant les toasts grillés, le beurre et les marmelades d'orange et de citron. Quelle heure est-il ?

— Comme convenu, 7 heures, sir.

— Du diable si nous avions convenu cela ! bougonna Grant, parfaitement conscient d'être de mauvaise foi, en buvant une longue gorgée de café.

Puis, l'effet de la caféine aidant, il se rappela avoir dit à Robert qu'il voulait quitter Londres au plus vite.

— Sitôt que je vous aurai apporté votre eau chaude pour la toilette, sir, je m'occuperai de retenir une chaise de poste.

— Faites donc apporter l'eau chaude tout de suite, décréta Grant en attrapant sa robe de chambre. Nous partirons sitôt que je serai prêt.

Robert hésita.

— Il va falloir que je regarde d'abord votre bras, sir.

— Oui, oui… Faites vite !

Soudain, Grant avait faim. Le temps que son valet revienne avec le pichet d'eau chaude, il avait fini les plats. Il ne lui fallut pas longtemps ensuite pour se laver et se raser.

Robert mettait la dernière main à son pansement propre quand un coup sec résonna à la porte.

— Voyez ce que c'est, Robert, s'il vous plaît.

Grant revêtit son manteau de voyage en tendant l'oreille vers le bruit de voix dans l'antichambre. Qui diable pouvait venir les déranger si tôt le matin ? Quand il sortit, ses yeux s'arrondirent de surprise.

— Colonel Rutter ! Que me vaut le plaisir… ?

— Je suis sur le point d'arrêter un traître, Sir Grant, et j'ai pensé que vous aimeriez vous joindre à moi.

— Hélas, colonel, vous me voyez flatté, mais je suis sur le point de rentrer chez moi et…

— C'est que… il se trouve que vous connaissez particulièrement bien le traître en question, monsieur. Il s'agit de Sir William Maxton.

— Vraiment, colonel, je ne vois pas en quoi…

— Sir William a quitté la ville à l'aube, emmenant votre femme avec lui.

Grant se figea.

— C'est impossible. Elle est partie pour la France avec son père.

— C'est ce qu'elle vous a dit, sir. En fait, Maxton a quitté Surrey Street avec la fille du comte de Vaucluse, votre épouse, à l'aube.

Grant secoua la tête, incrédule.

— Mais j'ai vu de mes propres yeux Madeleine embarquer sur une chaloupe pour se faire conduire avec son père sur un vaisseau.

— Il s'agissait d'une femme de chambre qui accompagnait le comte pour s'assurer que lui et son… compagnon avaient pu s'embarquer sans problème pour la France.

Grant se passa la main dans les cheveux.

— Je ne puis y croire, lança-t-il à son interlocuteur avec un regard accusateur. Comment pourriez-vous le savoir ?

— Il s'agissait de la femme de chambre de Miss McBinnie. Elle est rentrée à Broadwick Street pendant que je…

Le colonel Rutter sembla alors perdre un peu de son aplomb.

— … pendant que je prenais le petit déjeuner avec la famille, acheva-t-il.

— Le petit déjeuner avec la famille ? répéta Grant, incrédule, en jetant un coup d'œil à sa montre de gousset. Mais il est presque 8 heures !

Le colonel expliqua, très raide :

— J'ai rencontré Sir Edmund sur le Strand, de retour de la soirée chez le comte, et je les ai escortés, lui et sa famille, jusqu'à leur domicile. Sir Edmund m'a invité, étant donné l'heure tardive, à utiliser la chambre d'amis. Quand j'ai dit que je devrais repartir très tôt, ils ont décidé de prendre leur petit déjeuner avec moi.

— Vous semblez très intime avec la famille McBinnie, commenta Grant avec un sourire.

Le jeune colonel s'empourpra légèrement.

— J'ai toujours tenu Sir Edmund en grande estime. Et il semble que ce soit réciproque.

Puis, toujours très professionnel, il revint à son sujet.

— Je disais donc que la femme de chambre de Miss McBinnie est rentrée très tôt ce matin de Surrey Street, où elle avait été envoyée hier en fin d'après-midi pour semble-t-il coiffer votre femme. L'histoire qu'elle a alors racontée à Anne, je veux dire Miss McBinnie, était tellement incroyable que cette dernière lui a demandé de descendre me la répéter.

Le colonel s'interrompit, une moue désapprobatrice aux lèvres.

— Cette domestique, une dénommée Eilidh, m'a révélé que le compagnon du comte était Charles Edouard Stuart en personne. Ce qui n'avait pas l'air de l'émouvoir plus que cela, du reste. Visiblement, elle se prenait pour une certaine Flora MacDonald, qui a aidé le Prétendant à s'enfuir en 46.

Grant s'était mis à arpenter nerveusement la petite antichambre.

— Vous prétendez que Madeleine serait toujours en Angleterre ?

De nouveau, il se passa fébrilement la main dans les cheveux. Qu'est-ce que tout cela pouvait bien signifier ? Madeleine les avait-elle mystifiés tous les deux, son père et lui ? Il repoussa aussitôt cette hypothèse. Quoi qu'elle ait en tête, jamais Madeleine ne s'enfuirait délibérément avec Maxton. Il était prêt à en donner sa main à couper.

Il articula la seule explication possible entre ses dents serrées :

— Maxton l'a donc enlevée ?

— C'est ce que je pense, déclara le jeune Rutter… À l'heure qu'il est, précisa-t-il en tirant sa montre, il est en route pour son pavillon de chasse de la forêt de Hainault. Ils sont en voiture et ils en ont encore pour une bonne heure… Nous n'avons pas pris tant de retard que cela et, avec de bons chevaux, nous devrions pouvoir les rattraper.

Il ajouta après une pause :

— Viendrez-vous, sir ?

Blottie dans un angle de l'habitacle, Madeleine feignait de dormir tandis que le véhicule de louage cahotait sur les pavés. En réalité, elle cherchait à éviter autant que possible le moindre contact avec son voisin. Maxton l'avait aidée à monter puis s'était lourdement affalé à côté d'elle. Et, quand il avait voulu lui prendre la main, elle s'était vivement reculée, prétendant qu'elle supportait mal les trajets et qu'il fallait la laisser tranquille s'il ne souhaitait pas la voir malade.

Au départ, elle avait essayé de repérer leur chemin mais avait vite réalisé que cela ne servait à rien, une pluie torrentielle s'étant abattue sur la capitale. Du reste, elle connaissait si peu Londres que, en dehors du centre de la ville, elle aurait été bien incapable de s'orienter. Elle entreprit donc de faire le point sur la situation. Son père était maintenant en sécurité hors de l'Angleterre et elle ne pouvait rien faire de plus pour lui. En revanche, Grant était toujours en danger.

Sir William lui avait répété avec un sourire grimaçant que son accusation à l'encontre de Grant, entièrement rédigée de sa main, avait été bel et bien déposée chez son avocat. Il fallait donc en premier lieu récupérer le document. Mais la perspective de ce qu'elle devrait faire avant cela pour gagner la confiance de son geôlier la rendait positivement malade. Il ne lui restait plus qu'à espérer qu'elle n'en viendrait pas à tuer ce malfrat avant d'avoir pu trouver une solution pour sortir de cet enfer.

Ils s'arrêtèrent pour changer les chevaux, mais Madeleine refusa de descendre prendre un rafraîchissement dans la salle de l'auberge.

— Je ne me sens vraiment pas bien, dit-elle d'une voix faible, en totale opposition avec la volonté de fer d'en venir à bout de Maxton qu'elle sentait croître et se renforcer au fond d'elle.

Chapitre 29

Grant bouillait d'impatience, balançant sans cesse entre la colère contre Madeleine, qui s'était mise dans une telle situation, et l'inquiétude qu'il avait pour sa sécurité. Il avait hâte de rattraper l'ignoble individu qui avait enlevé sa femme mais, bien que la pluie se fût arrêtée et que les chevaux procurés par le colonel Rutter fussent excellents, la circulation, très dense dans la périphérie de Londres à cette heure de la journée, rendait impossible d'aller à une allure supérieure au trot.

Passé Whitechapel, les rues se dégagèrent un peu, et il libéra sa fureur dans un bon galop, suivi aussitôt par Rutter, avant qu'ils reprennent un trot vif jusqu'à Stratford-Upon-Avon, où les dragons du colonel les attendaient.

— Notre homme est passé ici il y a une heure à peine, lui apprit-il après qu'il eut consulté son sergent. La pluie semble les avoir ralentis et ils n'atteindront pas le pavillon bien longtemps avant nous.

Ils repartirent au pas pour reposer les chevaux, et Grant en profita pour poser une question qui le tracassait depuis le début.

— Dites-moi, colonel, pourquoi m'avez-vous demandé de vous accompagner ?

— Mais… pour m'aider à sauver votre épouse ! Je pensais que vous voudriez être là.

— Bien sûr mais, à mon avis, ce n'est pas la seule raison, insista Grant. D'ordinaire, dans ce genre d'affaire, le mari n'est guère convié. Et vous avez assez d'hommes avec vous pour cette entreprise.

Le colonel parut réfléchir un instant.

— Il y a quatre ans, vous m'avez sauvé la vie, sir. Cela m'a rappelé mes obligations envers vous deux. D'une certaine manière, j'ai l'impression aujourd'hui de payer mes dettes… Mon projet de mariage, ajouta-t-il en haussant imperceptiblement une épaule, y est peut-être également pour quelque chose.

Momentanément distrait par cette information, Grant pivota sur sa selle.

— Avec Anne McBinnie ? s'exclama-t-il en riant. Eh bien ! On ne peut pas dire que cela soit une vraie surprise. Je vous souhaite tout le bonheur du monde, colonel. À quand l'annonce officielle ?

— Sir Edmund s'en occupe aujourd'hui même et la cérémonie se tiendra dès que possible. Nous n'avons aucune raison de différer. Anne et moi espérons bien que Lady Rathmore et vous-même…

Grant se raidit. Il doutait plus que jamais de ses précédentes certitudes.

— Nous n'avons aucune preuve que Madeleine n'a pas suivi Maxton de son plein gré, fit-il d'un ton amer.

Le colonel sortit un papier dûment scellé de sa poche de poitrine.

— Il m'a été demandé instamment de vous remettre ceci.

Grant prit le document qu'il considéra pensivement.

— De la part du comte de Vaucluse ? s'enquit-il en haussant les sourcils.

— Absolument.

Rompant le sceau, Grant ouvrit le feuillet dont il parcourut le texte à l'élégante graphie.

Mon cher fils,

Vous ne m'en voudrez pas de vous appeler ainsi puisque votre mariage avec ma fille nous rend un peu parents. Madeleine m'a informé de son projet de retourner avec vous à Ardvarrick. S'il en est ainsi, je vous prie de ne pas prêter attention à cette lettre. Mais accordez-moi la faveur de croire que je connais un peu ma fille, sir. Jamais elle n'aurait paru si malheureuse, ces derniers temps, si elle n'avait eu sincèrement l'intention de retrouver son laird bien-aimé.

Je crois hélas que le sieur Maxton a l'intention de faire d'elle sa maîtresse. Et je suis tout autant persuadé qu'elle a accepté ce plan ridicule pour nous protéger tous les deux.

J'ai donc communiqué au jeune mais néanmoins vaillant et dévoué colonel Rutter toutes les informations dont il pouvait avoir besoin pour convaincre Maxton de haute trahison. Ainsi, Madeleine sera libre de vous rejoindre, ce qui, je n'en doute pas, est son plus cher désir.

Prenez bien soin d'elle, je vous en prie.

Il n'est plus temps d'en dire davantage. La marée n'attend pas, pas plus que notre pointilleux mais irascible capitaine, et je dois escorter hors du pays une personne de la plus haute importance.

Croyez bien, mon cher fils, en mon plus profond dévouement.

Yves d'Evremont,
comte de Vaucluse.

C'était signé d'un élégant autant qu'extravagant paraphe auquel Grant ne prit pas attention, réalisant soudain toute la complexité de la situation.

— Une fois de plus, cet irresponsable a mis les voiles en laissant sa fille se tirer d'affaire toute seule ! rugit-il en agitant la lettre avec véhémence. « Prenez bien soin d'elle ! », ose-t-il me demander. Comme s'il me l'avait remise en mains propres. Et maintenant, à nous de faire le sale travail !

— En effet, pour un père de famille, le comte peut paraître agir de manière un peu légère, renchérit le colonel, le sourcil désapprobateur. À part le fait qu'il a pris la peine d'attester devant moi que votre femme et vous-même n'aviez aucune connaissance de ses entreprises, il ne semble pas se préoccuper plus que cela du sort de sa fille.

— Attendez une minute ! s'exclama soudain Grant, repoussant son tricorne sur son front. Je ne comprends pas bien… Êtes-vous en train de me dire, s'enquit-il en scrutant le document qu'il avait dans la main, que vous avez rencontré le comte ? Que vous lui avez parlé ?

— Non. Il m'a seulement écrit et s'est arrangé pour que ce pli ne me parvienne qu'après son départ de Surrey Street ce matin. Je venais juste d'en achever la lecture quand la jeune domestique de Miss McBinnie est arrivée et nous a raconté les événements de la nuit.

En dépit de la gravité de la situation, Grant sentit un sourire jouer au coin de ses lèvres.

— Que voilà une matinée bien remplie pour vous, colonel. Et la lettre du comte à mon intention ?

— Inclue dans le document scellé qui m'était destiné.

— Mais en connaissiez-vous le contenu ?

— Absolument pas. Mais j'en ai deviné une partie, ayant appris par mes informateurs que Maxton avait quitté à l'aube Surrey Street sur une chaise de poste avec une dame dont la description correspondait trait pour trait à

Lady Rathmore... C'est pourquoi, j'ai pensé que vous aimeriez vous joindre à nous, sir, conclut Rutter avec un regard en coulisse.

Pressant les flancs de son cheval, il partit au petit galop, Grant sur les talons. La petite troupe progressa un moment en silence, on n'entendait que le martèlement sourd des sabots. Grant maintenait sans effort son allure, les mains posées sur le pommeau de a selle et les yeux fixés devant lui, mais ses pensées allaient bon train et en désordre tandis qu'il repassait les informations que Rutter venait de lui livrer.

— Pourtant, dit-il enfin tandis qu'ils arrivaient au gué de Woodford Bridge, il y a encore quelque chose que je ne comprends pas. Puisque vous aviez le Jeune Prétendant sous la main, pourquoi ne pas l'avoir arrêté ?

— Mes ordres étaient de surveiller la maison et de rentrer faire mon rapport. Il semblerait que Whitehall ait été informé de cette visite depuis pas mal de temps, expliqua le colonel, le regard fixé droit devant lui... Il ne leur a pas paru de l'intérêt du Royaume de procéder à l'arrestation du dernier des Stuarts.

— Comment est-ce possible ? S'il reste une menace pour la dynastie britannique des Hanovres, ce sont bien les Stuarts, non ?

Rutter haussa les épaules.

— Il semblerait que le soutien à Charles Stuart à l'étranger soit en train de décliner[1]. S'il avait été arrêté, le

1. En France, en particulier, Charles Edouard Stuart aurait rencontré la marquise de Pompadour à Fontainebleau, le 23 octobre 1746. La favorite de Louis XV, qui a joué un rôle non négligeable dans la diplomatie française, aurait considéré que, bien que charmant et intelligent, le Jeune Prétendant n'était pas si bon stratège que cela. « Elle renonce à l'aider, considérant que le soutien à sa cause aurait été hasardeux et vain », déclare Michael Nevin, président de la 1745 Association dans le quotidien *The Scotsman*.

gouvernement britannique n'aurait eu d'autre choix que de le faire comparaître en justice, ce qui aurait débouché probablement sur une exécution pour haute trahison. Ce qui n'aurait probablement pas été vu d'un bon œil de la part de nos voisins… et aurait relancé la polémique.

— Oui, bien sûr… je comprends. Bonnie Prince Charlie aurait été bien plus dangereux comme figure de martyr de la cause jacobite qu'en tant qu'image déclinante du Prétendant.

— Précisément.

Le colonel, après avoir échangé quelques mots avec son sergent qui avançait botte à botte à ses côtés, annonça :

— Nous ne sommes plus qu'à quelques miles de la forêt de Hainault. Pressons-nous l'allure ?

— Bien volontiers.

Grant rassembla ses rênes. Il avait aussi hâte que son compagnon d'armes d'en découdre avec Maxton. Mieux valait ne pas penser à ce que ce sordide goujat pouvait faire subir à Madeleine le temps qu'ils interviennent.

Ils arrivèrent bientôt à une fourche et prirent la direction du sud, là où le chemin s'enfonçait dans la forêt. Les arbres, de plus en plus denses, se rejoignaient au-dessus de leur tête en une épaisse canopée encore dégoulinante de pluie. Le petit groupe ralentit de nouveau tout en progressant sous la voûte obscure qui paraissait se refermer sur eux, silencieuse et menaçante.

— Nous ne connaissons pas la localisation précise du pavillon, dit le Colonel. Il nous faudra peut-être un certain temps avant de le dénicher.

Grant indiqua du doigt des traces de roues sur le sol meuble.

— On dirait bien que quelqu'un est passé par là récemment. Une chaise de poste, par exemple.

— Oui, en effet !

Ils continuèrent à avancer le long du chemin forestier,

suivant les traces jusqu'à ce que la large voie se transforme en un étroit sentier. Le colonel lança un coup d'œil interrogatif à Grant, qui opina du chef.

— Essayons par là, déclara-t-il. De toute façon, nous n'avons pas d'autre piste.

Chapitre 30

Quand la chaise de poste s'arrêta devant le pavillon de chasse, élégant modèle réduit d'une demeure de style jacobéen, avec sa chaude façade de brique rouge, ses fenêtres à meneaux grillagées et ses hautes cheminées, Madeleine avait les nerfs tendus comme les cordes d'un violon. En d'autres circonstances, nul doute qu'elle aurait trouvé l'endroit charmant mais, pour l'heure, elle enveloppa le site d'un regard lourd d'appréhension. Ils avaient traversé pendant des miles une forêt dense, sans aucun signe d'habitation et elle n'avait repéré personne susceptible de lui venir en aide en cas de besoin.

Un valet de pied au visage taillé à coups de serpe ouvrit la porte de leur voiture, et William Maxton sauta à terre avec un soupir de soulagement. Il tendit le poing à Madeleine pour l'aider à descendre à son tour du haut véhicule.

— Venez, ma chère, et bienvenue chez vous.

— Vous avez l'intention de me tenir enfermée ici ? s'inquiéta-t-elle en prenant appui sur sa main.

— Pour le moment, oui. Le temps que nous fassions plus ample connaissance…

Maxton s'interrompit, tendant l'oreille vers le chenil d'où leur parvenaient les aboiements frénétiques d'une meute de chasse.

— Mes chiens, expliqua-t-il inutilement. Ils ne mangent

jamais à leur faim. Ce qui, vous pouvez l'imaginer, renforce leur motivation quand ils sont à la chasse… Ils apprécient tous les… gibiers.

Maxton ponctua ses propos d'un regard qui la glaça des pieds à la tête.

Elle marcha vite vers la maison sur le seuil de laquelle l'attendaient des serviteurs. Des alliés, peut-être ?

Mais ils l'accueillirent avec un visage inexpressif, les lèvres closes, et elle sentit le peu de courage qui lui restait la déserter.

— Voici Evans, mon valet, annonça Sir William avec une fausse jovialité.

Un grand gaillard dans un habit de futaine brune s'inclina imperceptiblement. Il ressemblait plutôt à un lutteur de foire qu'à un domestique, songea Madeleine en dégrafant son manteau. Elle embrassa le hall du regard. L'endroit, avec ses panneaux de chêne sombre, ses solives basses et ses fenêtres à petits carreaux décolorés, était sinistre.

— Laissez-moi vous aider, s'empressa William Maxton en posant ses grosses mains sur ses épaules.

Madeleine faillit le repousser mais se rappela à temps qu'il lui fallait se montrer prudente. Elle ne devait pas montrer à son geôlier à quel point il lui répugnait.

Du moins, pas tout de suite.

Elle sentit peu après sa main chaude et lourde se poser au creux de ses reins.

— Allons-nous dans le petit salon, ma mie ?

— Je préférerais me retirer quelque temps dans ma chambre pour me rafraîchir, monsieur.

Le visage de son hôte se ferma.

— Comme il vous plaira. Mais j'entends que vous redescendiez au plus vite. Je ne suis guère patient. Et j'ai déjà assez attendu comme ça.

Il claqua des doigts, et une petite femme au rude visage

recuit par le soleil et le vent se matérialisa soudain. Elle portait un tablier blanc sur sa robe noire et un bonnet blanc recouvrait ses cheveux gris.

— Voici Mrs Jenkins, ma gouvernante. Elle va vous accompagner.

L'employée, dont le visage était aussi fermé et revêche que celui de ses collègues, ébaucha une révérence puis leva sur Madeleine un regard de basilic.

— Si milady veut bien me suivre.

Comme elles atteignaient l'escalier, Sir William lança encore :

— Souvenez-vous, Jenkins ! Je veux qu'elle soit redescendue d'ici une demi-heure.

Madeleine suivit la gouvernante, le cœur serré.

Dans l'escalier, ses quelques tentatives pour nouer une conversation ne rencontrèrent que le silence et elle comprit définitivement qu'elle ne rencontrerait ici aucun allié.

On la fit entrer dans une petite chambre tendue de soie bleue un peu défraîchie, avec des rideaux et une courtepointe assortis taillés dans la même étoffe fanée.

La gouvernante montra du doigt une cuvette de faïence ébréchée.

— Je vais vous faire monter un broc d'eau chaude. Il n'y a pas de femme de chambre, ici. Si vous avez besoin de quelque chose, tirez sur le cordon, là-bas, près de la cheminée. Quelqu'un finira bien par venir…

— Je peux très bien me débrouiller toute seule, souffla Madeleine, la bouche sèche.

— Comme vous voudrez. Je reviens dans un quart d'heure.

La gouvernante, aussi revêche que défavorisée par la nature, referma bruyamment la porte, et Madeleine poussa un soupir de soulagement. Enfin seule ! Au moins pour un moment.

Passant brièvement en revue son nouveau domaine, elle

remarqua une porte donnant sur un petit cabinet aveugle puis son regard se posa sur les fenêtres à meneaux, trop étroites pour que même un enfant puisse passer.

En admettant qu'elle y parvienne, que gagnerait-elle de toute façon à s'enfuir ? Sir William lui avait de nouveau notifié clairement les termes de leur « contrat ». Si elle ne les respectait pas, il n'hésiterait pas à faire publier son témoignage les incriminant, elle et Grant, de trahison contre la Couronne. Un forfait sanctionné par la plus honteuse des mises à mort.

La pendaison.

Elle poussa un nouveau soupir et, après s'être rapidement lavée de la poussière du chemin avec l'eau mise à sa disposition, descendit affronter son destin. Non sans avoir vérifié la présence de son petit poignard d'argent dans la poche secrète de sa robe de soie bleue. Il lui avait déjà servi par le passé et, d'une certaine manière, le fait de le savoir là la rassurait un peu.

Quand elle arriva en bas de l'escalier, Mrs Jenkins, qui s'apprêtait à venir la chercher, la conduisit au petit salon. L'endroit sentait le renfermé et les cendres froides mais, contre toute attente, une large baie vitrée s'ouvrait sur la forêt, hélas partiellement voilée d'un épais rideau de velours poussiéreux. Les murs étaient eux aussi, comme dans le hall, recouverts de bois sombre, et un plafond bas à caissons renforçait l'atmosphère oppressante de la pièce.

Sir William l'attendait, debout devant la cheminée lourdement ouvragée. Il avait retiré son manteau de voyage et remplacé ses bottes par des savates de cuir marocain.

— Vous excuserez ma tenue, dit-il dès qu'ils furent seuls en lui prenant les mains. J'aime bien me mettre à l'aise quand je viens ici. Cette maison est faite pour le plaisir, n'est-ce pas ? Tout comme vous.

Madeleine réprima un frisson tandis que le regard lascif de William Maxton la parcourait tout entière.

— J'avais demandé qu'on vous prépare un négligé, continua-t-il. Ne l'avez-vous pas vu sur votre lit ?

— Vous m'avez ordonné d'être rapide. Je vous ai obéi.

Elle n'ajouta pas qu'elle n'avait pas eu la moindre envie de revêtir le vêtement de soie transparente qui l'attendait en effet sur la courtepointe.

Maxton haussa les épaules.

— Peu importe ! Je serai ravi de vous dévêtir. Plus tard…

S'avançant vers un lourd buffet sculpté, il en sortit deux verres de cristal qu'il remplit de vin.

— Alors ? s'enquit-il en lui tendant l'un des deux verres. Que pensez-vous de mon petit refuge ?

— Plutôt agréable, concéda Madeleine froidement. Les lambris auraient besoin d'être rafraîchis.

Maxton éclata d'un gros rire.

— Rassurez-vous, je ne vous ai pas fait venir ici pour la décoration.

Lui effleurant l'avant-bras en lui tendant son verre, il ajouta avec gourmandise :

— Hmmm… j'ai bien envie de m'occuper de vous tout de suite.

Madeleine resta délibérément pragmatique.

— Nous ferions mieux de déjeuner d'abord. La matinée est déjà bien avancée et nous n'avons rien avalé depuis le souper de la nuit dernière.

— Ah ! voici un esprit pratique. Comme c'est rafraîchissant ! ironisa-t-il en levant son verre. Malheureusement, mon intendante n'a pas voulu mettre la volaille à rôtir avant notre arrivée, ignorant le temps que nous mettrions à venir de Londres. Nous pourrons nous mettre à table dans une petite heure.

Se laissant tomber sur le sofa, il tapota la place à côté de lui.

— En attendant, venez donc me rejoindre. Nous allons boire à notre santé et à celle de vos proches. Cela devrait vous détendre…

Son sourire prédateur ne faisait rien pour mettre Madeleine à l'aise. Bien au contraire. Elle se mit à arpenter la petite pièce, manifestant le plus grand intérêt pour les tableaux qui en ornaient les murs. La plupart représentaient des scènes de chasse mais il y avait aussi quelques portraits que Madeleine, cherchant toujours à gagner du temps, entreprit d'identifier.

Au bout de plusieurs longues minutes, Sir William eut un soupir exaspéré.

— Allons, madame ! Venez donc vous asseoir. Ici, à côté de moi, répéta-t-il en tapotant le velours suranné. Je veux savoir ce que cache ce joli décolleté, précisa-t-il en lorgnant sa poitrine.

Madeleine claqua la langue, réprobatrice.

— Ne pouvez-vous attendre que nous nous soyons retirés dans l'intimité de votre chambre ? Quelqu'un peut venir…

— Baste ! ils ont l'habitude. Et j'ai assez attendu.

Madeleine sentit un frisson d'appréhension lui descendre le long de la moelle épinière.

— Il fait vraiment très chaud, ne trouvez-vous pas ? dit-elle, s'efforçant de repousser le plus possible l'inévitable. Voyez-vous un inconvénient à ce que j'ouvre la fenêtre ?

— À votre gré…

Il la suivit des yeux tandis qu'elle traversait la pièce, mais ne fit pas un geste pour venir à son aide quand elle se débattit avec la crémone, visiblement peu utilisée. Elle finit par ouvrir deux des panneaux de verre qu'elle repoussa largement sur leurs charnières grinçantes.

L'air extérieur avait été rafraîchi par les dernières pluies et des morceaux de ciel bleu apparaissaient entre les arbres.

— Venez ici, ma chère !

La voix de Maxton claqua dans son dos comme la lanière d'un fouet.

Cette fois, c'était un ordre. Pivotant sur elle-même avec réticence, Madeleine revint vers le centre de la pièce. Elle gardait la tête haute et s'efforçait de rester calme. Mais elle sentait son courage faiblir. Jamais elle ne parviendrait à se résoudre à ce qui l'attendait.

La saisissant brutalement par une main, Sir William l'attira brutalement à lui mais, quand il voulut l'embrasser de ses grosses lèvres molles, un mélange de rage et de dégoût s'empara d'elle. Instinctivement, elle le repoussa violemment et se redressa, tout en fouillant de son autre main la poche de sa robe, à la recherche de son petit poignard d'argent.

— Ne me touchez pas ou je vous jure que je vous tuerai, articula-t-elle entre ses dents serrées.

Une lueur métallique brilla dans les petits yeux gris de son agresseur.

— Vous perdez votre temps, ma fille. Quoi que vous fassiez, je vous aurai… Croyez-vous que mes serviteurs vous viendront en aide ? Si vous tentez de vous échapper, ils ont l'ordre de lâcher les chiens.

Voyant son air déconfit, Maxton ajouta avec un vilain rire :

— Où iriez-vous, de toute façon ? La forêt nous entoure sur des miles et des miles, et mes chers limiers vous retrouveraient avant même que vous ayez eu le temps de vous essouffler.

— Au moins, je vous aurais tué et j'aurais la satisfaction de savoir que vous ne pourrez plus nuire à personne.

— Ha ! Cela ne suffirait pas, affirma-t-il d'une voix dont la suffisance la fit se hérisser de dégoût comme devant un reptile. Mon témoignage contre votre père et votre mari, comme je vous l'ai déjà dit, est en lieu sûr et prêt à être remis à Henry Fox, le Secrétaire de la Guerre en personne. Un vieil ami à moi…

Sa bouche s'élargit dans un sourire arrogant tandis qu'il l'attirait de nouveau à lui.

— Non, ma chère Madeleine. Non seulement vous ne me ferez pas de mal, mais vous n'essaierez pas non plus de retourner votre arme contre vous. Pensez donc à ce qui arriverait à votre cher époux ? Il mourrait non seulement de la mort déshonorante d'un traître, mais en plus dans d'atroces souffrances. Son corps serait d'abord savamment démembré, de son vivant bien sûr, par les bourreaux de la Couronne. Puis ce qu'il en resterait serait pendu haut et court et exposé à la poterne du château … pour les corbeaux. Est-ce vraiment ce que vous voulez ?

Le discours de Maxton tomba sur elle comme les mailles d'un filet, la paralysant tout entière. Comment pourrait-elle lui échapper ? Il avait tout prévu. Il n'y avait aucune issue. Sa main relâcha le petit poignard. Il devait rester dissimulé pour le moment. Du moins, jusqu'à ce qu'elle trouve l'occasion de le plonger dans le cœur noir de cet horrible individu.

— Parfait, madame. Je vois que vous êtes une femme intelligente. Il est temps maintenant de me montrer vos autres talents.

De nouveau, il s'approcha d'elle, l'ombre de son corps massif tombant sur elle comme une terrible menace. Il lui caressa la joue, et elle dut faire appel à toute sa volonté pour ne pas le repousser.

— Voilà qui est mieux, reprit-il. Qui sait, peut-être même allez-vous apprécier ?

— Je ne crois pas, monsieur ! lança une voix familière du fond de la pièce.

Chapitre 31

Madeleine ne pouvait y croire. Son imagination devait lui jouer des tours. Pourtant William Maxton avait aussitôt pivoté sur lui-même avec un juron pour identifier l'intrus. La corpulence de son tortionnaire l'empêchant de bien voir, elle fit un pas de côté.

Grant était assis sur l'appui de la fenêtre, sa redingote ouverte sur son costume d'équitation, ses longues jambes chaussées de bottes et de jambières fermement plantées dans le sol. Un tricorne noir drôlement penché sur le crâne et un pistolet dans chaque main ajoutaient à son allure guerrière. Malgré les circonstances, Madeleine ne put retenir un sourire. Il lui vint fugitivement l'idée cocasse qu'ainsi accoutré il ressemblait davantage à un bandit des grands chemins qu'à un soldat du roi.

Puis l'horrible peur de la menace qui planait au-dessus de la tête de son mari lui revint comme un raz-de-marée. Elle s'interposa vivement entre Maxton et les pistolets braqués sur lui.

— Vous ne pouvez l'abattre, Grant. Il vous a piégé. Partez, vite !

Maxton lâcha un rire aigu.

— Vous voyez comment votre charmante épouse prend soin de moi, Rathmore ? Acceptez votre défaite, mon vieux.

Retournez vous réfugier dans votre trou écossais et laissez la jolie Madeleine s'occuper de mes plaisirs…

Cela parut amuser beaucoup Grant.

— Je vous souhaite bien du courage. Ma femme ne fait jamais que ce bon lui semble. Écarte-toi, Maddie.

Aussitôt, Maxton passa un bras possessif autour de la taille de sa captive. Il était si proche qu'elle pouvait sentir son souffle chaud sur son oreille.

— Vous voulez rester avec moi, n'est-ce pas, ma douce ?

Madeleine retint un haut-le-cœur, mais elle ne pouvait montrer son aversion. Il fallait sauver Grant. Il devait partir.

— Oui, répondit-elle d'une voix soumise en le regardant dans les yeux. Je veux rester, en effet.

S'abritant lâchement derrière Madeleine, Maxton adressa à son rival un sourire triomphant. Mais Grant ne s'y laissa pas prendre. L'expression de joie et de soulagement qui avait fait briller le regard de sa femme quand elle l'avait reconnu ne lui avait pas échappé. Moment très fugitif mais qui lui avait confirmé ce qu'il savait déjà. Madeleine n'était pas là de son plein gré. Le cœur gonflé de joie, il lui sourit et répéta d'une voix douce :

— Écarte-toi, mon amour.

Il avait à peine achevé sa phrase que Grant comprit qu'il avait eu tort. Le bras de Sir William se resserra autour de la taille fine de Maddie, l'écrasant brutalement contre lui.

— Vous ne pouvez pas me tirer dessus, Rathmore. À la seconde même où vous quitteriez cette maison avec votre charmante épouse, vous seriez poursuivis par la justice royale comme traîtres à la Couronne. J'ai tout organisé pour ça. Et même si je meurs, d'autres agiront à ma place… Expliquez-lui, ma chère, ajouta-t-il en se penchant sur sa prisonnière.

— C'est vrai, Grant. Ta seule chance est de partir d'ici. Vite !

Madeleine le dévisageait de ses grands yeux suppliants. Grant pensait surtout qu'il ne pouvait user de ses armes sans risquer de l'atteindre. Il devait réfléchir. Vite. Il désamorça ses pistolets qu'il enfouit dans l'une des grandes poches de sa redingote.

— C'est donc ainsi que vous l'avez persuadée de vous suivre, remarqua-t-il d'une voix neutre. Je me demandais bien comment vous étiez parvenu à un tel exploit !

— Vous l'aviez déjà perdue, Rathmore, siffla Maxton. Elle ne vous aime plus. À moins que vous n'espériez la reconquérir par votre héroïsme ? Elle vous reviendrait peut-être par reconnaissance ?

Madeleine voyait bien que Grant n'était pas insensible à ce genre d'argument. Elle aurait voulu démentir Maxton, mais le bras de son geôlier la serrait maintenant si fort qu'elle ne pouvait plus parler. À peine respirer. Elle sentit une main brutale la tirer par les cheveux, lui faisant basculer la tête en arrière, et la voix haïe ronronna à son oreille :

— Regardez-le bien pour la dernière fois, ma douce. Je vais ordonner à mes serviteurs de l'attacher à l'un des piliers de l'entrée pour le fouetter à mort… Evans ! John !

Sir William, la tête tournée, appelait à pleins poumons. C'était le moment ou jamais. Glissant de nouveau sa main dans les plis de sa jupe, Madeleine en sortit le petit poignard d'argent et, de toutes ses forces, le planta dans l'avant-bras de Maxton. Il hurla de douleur et, se tordant dans ses bras, elle réussit à échapper à son étreinte juste au moment où Grant se ruait sur l'ennemi comme un boulet de canon.

Les deux hommes s'effondrèrent sur le sol. Le poing de Grant s'abattit sur la large face de son adversaire dont la tête alla violemment frapper le sol. Il resta là, inanimé, tandis que Grant se remettait souplement sur ses pieds.

— Sacré animal, maugréa-t-il. Il a du répondant.

Madeleine le vit toucher son avant-bras droit avec un rictus de douleur, mais il n'était pas temps de s'en occuper.

— Vite ! le pressa-t-elle, entendant déjà des bruits de pas dans le hall. Il ne faut pas qu'ils te trouvent ici. Je vais les retarder autant que possible…

Le panneau de la porte se rabattit violemment contre le mur et, instinctivement, elle se jeta devant Grant pour faire barrage de son corps.

Mais, à sa grande surprise, au lieu des serviteurs dévoués de Maxton, ce fut le colonel Rutter qui fit irruption dans la pièce.

— Arrêtez ! hurla-t-elle, menaçant de son petit poignard teinté de sang le jeune colonel et les Tuniques rouges qui arrivaient sur ses talons. Je ne vous laisserai pas l'emmener !

Elle entendit le rire clair de Grant dans son dos.

— Pose donc ton *sgian*, Maddie. C'est le colonel Rutter qui m'a conduit ici. Nous sommes venus ensemble te tirer des griffes de cette crapule de Maxton.

Mais, déjà, Maxton se remettait sur ses pieds.

— Balivernes ! rugit-il, le regard brillant de haine. Arrêtez-les tous les deux. Cette folle a voulu me tuer. Regardez !

Et de brandir sous le regard froid du jeune colonel une manche tachée de sang avant de faire un pas vers Madeleine.

Mais Grant s'interposa, impressionnant de rage contenue.

— Mensonge ! c'est vous qui l'avez agressée. Ma femme ne faisait qu'essayer de défendre son honneur.

— Cela sera ajouté aux charges qui pèsent déjà contre lui, décréta le colonel Rutter. Sir William Maxton, vous êtes en état d'arrestation. Nous vous ramenons immédiatement à Londres sous bonne escorte.

Maxton le toisa d'un regard noir, le visage déformé par la rage. Quand il reprit la parole, sa voix était montée dans les aigus :

— Comment osez-vous ? Je suis un ami personnel de Henry Fox. Que l'on me conduise à lui. Tout de suite !

— Oh ! Mais vous le verrez, n'en doutez pas. Sitôt que vous aurez répondu aux charges qui pèsent contre vous.

Le colonel fit un geste à ses hommes.

— Emmenez-le et qu'on s'occupe de son bras.

Affolée, Madeleine se précipita sur le jeune homme.

— Non, vous ne pouvez pas l'arrêter ! Il ne faut pas.

— C'est mon devoir, madame. Cet homme a communiqué des secrets d'État à des gouvernements étrangers.

Madeleine se passa une main sur le front.

— Voyons, c'est impossible… Je croyais…

Elle s'interrompit, égarée.

— Êtes-vous sûr que c'est bien raisonnable, colonel ? reprit-elle. Sir William est un homme dangereux. Il a des amis puissants.

— Je doute qu'il en ait encore beaucoup une fois qu'il sera inculpé.

On entendit les protestations virulentes de William Maxton résonner dans le hall tandis que les Tuniques rouges l'emmenaient sans ménagement. Mon Dieu ! Et s'il accusait Grant ? pensa Madeleine au comble de l'anxiété.

— Colonel, insista-t-elle encore. Je ne voudrais pas que votre carrière…

— Merci de vous en inquiéter, Madame. Mais je ne doute pas de l'inculpation de ce misérable parvenu. Nous avons toutes les preuves de ses malversations.

— Pas tout à fait, intervint Grant, une note amusée dans la voix. Je ne crois pas que votre informateur vous ait révélé le rôle qu'il a lui-même joué dans toute cette affaire. Cela ne risque-t-il pas de se révéler pour lui fort compromettant ?

— Il semblerait que le comte n'ait pas grand-chose à voir avec tout ça, rétorqua le colonel Rutter de son habituel ton mesuré. Certainement pas assez, en tout cas, pour que le gouvernement britannique puisse demander son extradition.

Madeleine les dévisagea l'un après l'autre, sidérée.

— Le comte ? s'exclama-t-elle. *Papa ?* C'est mon père qui vous a fourni les preuves de la culpabilité de Maxton ?

Le colonel Rutter opina du chef.

— Oui, madame. Il m'a fait parvenir un rapport très détaillé avec les noms et les dates, ainsi qu'une déclaration signée et des lettres fort compromettantes. Il n'y a aucun doute, William Maxton a vendu à la France et à la Prusse des plans militaires et d'autres informations confidentielles. Et il se livre à ce fructueux petit manège depuis pas mal de temps.

Madeleine lança un regard désespéré à son mari.

— Mais… mais Maxton a déposé chez son avocat un document rédigé de sa main contenant suffisamment d'informations pour te faire accuser de haute trahison ! Tu devras quitter le pays !

— Ne t'inquiète pas, Madeleine. Je saurai démentir une par une toutes ces fausses allégations. Je n'ai rien à me reprocher. Absolument rien.

— Tout cela est ma faute, s'écria-t-elle, au bord de la crise de nerfs. C'est moi qui… qui ai porté des messages à mon père, qui ai organisé toutes ces rencontres, toutes ces réceptions… Grant n'est pas coupable ! Maxton ment !

Le colonel Rutter hocha la tête.

— Je n'en doute pas une seconde, fit-il.

— Mais ce… cet ignoble personnage a prétendu que le Secrétaire de la Guerre…

Le jeune colonel s'autorisa un mince sourire.

— Soyez certaine que, lorsqu'il connaîtra les charges qui pèsent contre William Maxton, Mr Fox s'empressera de reprendre ses distances vis-à-vis de cet individu. À partir d'aujourd'hui, ce que dit William Maxton n'aura plus aucun crédit nulle part.

— Alors… alors Grant est sauvé ?

— En effet, milady. Et vous aussi.

Abasourdie, étreignant toujours fébrilement le *sgian* dans sa main crispée, Madeleine essayait de se faire au tour qu'avaient pris les événements.

— Alors, reprit-elle, se passant la langue sur les lèvres, vous… vous n'allez pas nous arrêter ?

— À quel titre, madame, je vous le demande ? Non, non, votre époux et vous-même êtes libres de vous rendre où vous le désirez.

Libres !

Hélas, pour elle, ce mot n'avait plus grand sens. Elle avait dit à Grant qu'elle ne l'aimait plus. Qu'elle souhaitait retourner en France avec son père. Elle lui avait tellement menti qu'elle avait sans doute détruit toute la confiance qu'il avait en elle. Comment pourrait-il désirer qu'elle revienne vivre à ses côtés ?

Bien sûr, il l'avait entraînée dans son lit, ils avaient partagé une nuit de plaisir. Mais il n'avait pas prononcé une seule parole d'amour.

Madeleine avait été témoin de l'amour partagé entre Ailsa et Logan, les parents de Grant. C'était beaucoup plus qu'un simple désir physique. Il y avait des évidences qui ne pouvaient être niées. Grant la désirerait encore quelques années, tant qu'il lui resterait quelques traces de jeunesse mais plus tard, lorsque sa beauté serait fanée, quand elle n'exercerait plus sur lui cette mystérieuse attraction qui les avait réunis dès le premier jour, que resterait-il de leur mariage sinon une coquille vide ?

Grant, qui l'observait, lisait comme à livre ouvert tous les doutes qui traversaient le beau visage de son épouse. Il voyait comme elle le regardait, incertaine, anxieuse. Elle lui faisait penser à un animal blessé, effrayé et prêt à s'enfuir.

— Tiens, Maddie, essuie cette lame et range-la avant de te blesser.

Elle leva les yeux, surprise, puis, prenant le léger tissu qu'il lui tendait, en essuya son poignard avec soin avant de le remettre à sa place. Ses mains tremblaient, comme en écho à ses propres nerfs, si ce n'est que lui avait la force de les maîtriser. Du moins, il l'espérait.

— Le colonel a raison, ajouta-t-il. Tu es libre de faire ce que tu veux, maintenant. Une chaise de poste va arriver d'une minute à l'autre et je la prendrai avec toi…

Il avait adopté un ton sévère et officiel, même à ses propres oreilles. Le regard de Madeleine rencontra le sien, et il lut une telle peur dans ses profondeurs bleues qu'il en fut comme frappé en plein cœur. Pensait-elle qu'il tentait de la contraindre à lui obéir ?

— Je te raccompagnerai jusqu'à Londres, expliqua-t-il d'un ton radouci. Ce que tu décideras de faire ensuite ne concerne que toi.

Bon, voilà maintenant qu'il devait lui donner l'impression de se soucier d'elle comme d'une guigne ! Et sa voix était encore trop brutale. Il prit une profonde inspiration.

— … ce que je veux dire, reprit-il, c'est que c'est à toi de décider, Madeleine. À toi seule, précisa-t-il, se détournant un peu pour qu'elle ne lise pas sur son visage la faim qu'il avait d'elle et son besoin de l'avoir à ses côtés. Si tu veux rejoindre ton père en France, nous te retiendrons un passage sur le prochain bateau. Jamais je ne te contraindrai à rentrer en Écosse avec moi.

Madeleine sentit son cœur se serrer. Les termes étaient polis, impersonnels. Grant lui parlait sur le même ton qu'il avait adopté à Ardvarrick les derniers mois de leur union. Aucune chaleur dans sa voix. Aucun amour dans son regard. Il se voulait gentil, chevaleresque. Il s'efforçait simplement de faire son devoir, rien de plus. Ravalant ses larmes, elle carra les épaules. Bah ! Autant en finir une fois pour toutes. Grant n'aurait pas de difficultés à trouver une autre épouse. Quant à elle, elle irait chercher refuge chez son père, comme prévu, et vivrait l'existence monotone et soumise des vieilles filles stériles et impossibles à marier.

Madeleine rendit son mouchoir à Grant.

— Je t'ai déjà fait part de ma décision à Londres, Grant. Je crois qu'il vaut mieux pour nous deux que nous nous séparions.

Elle marqua un silence pour lui laisser le temps de répondre, de la démentir, de la supplier de rentrer avec lui à Ardvarrick. Mais il resta obstinément silencieux.

Qu'il en soit donc ainsi. Elle ne représentait pas davantage pour lui que le carré de coton souillé par le sang de Maxton, qu'il venait de jeter dans l'âtre.

On ne pouvait revenir en arrière.

Faisant appel à toute sa volonté, elle dit d'une voix dont le calme la surprit elle-même :

— Et je serai contente de pouvoir quitter cette demeure au plus vite.

Chapitre 32

Grant se tenait dans l'allée, regardant le colonel s'éloigner, William Maxton bien encadré entre deux dragons sur l'un de ses chevaux pris dans l'écurie. Rutter emportait également dans les fontes de sa selle un certain nombre de documents trouvés dans le pavillon et qui incriminaient Maxton sans aucune contestation possible.

Quelques serviteurs, dont Evans, qui n'avait pas hésité à s'en prendre physiquement aux soldats quand ils avaient pénétré dans la cour, avaient été également arrêtés et s'en allaient maintenant sur d'autres chevaux, dûment immobilisés par des menottes et enserrés entre deux rangées de dragons à cheval. Les autres, réfugiés dans la cuisine, se demandaient sans doute ce que le sort leur réservait. Quand ils auraient compris qu'aucun soldat n'avait été commis à leur garde, ils finiraient probablement par s'enfuir, non sans s'être emparés de tous les objets de valeur sur lesquels ils pourraient mettre la main pour se payer leurs gages.

Bon vent à eux ! Cela leur permettrait de ne pas mourir de faim en attendant la Saint-Martin[1].

1. Fêtée jusqu'à la moitié du XXe siècle dans plusieurs pays d'Europe du Nord et d'Europe centrale les 11 et 12 novembre, la Saint-Martin était autrefois l'occasion pour les valets de se louer à de nouveaux maîtres. Elle correspond encore aujourd'hui au versement de certaines redevances comme les baux et les fermages.

Grant n'avait pas revu Madeleine depuis qu'elle était partie chercher ses affaires dans sa chambre, et il était resté un bon moment à l'attendre dans cette petite pièce sinistre qui avait été le théâtre de la déconfiture du sieur Maxton.

Ce qui lui avait laissé amplement le temps de se traiter d'idiot. Comment pouvait-il avoir imaginé un seul instant être capable de garder prisonnière dans ses bruyères des Highlands une si originale et si flamboyante créature ?

Maintenant qu'il avait vu Madeleine briller dans la magnificence des salons de la bonne société de Londres, il avait compris que c'était à ce monde-là qu'elle appartenait. En France, en tant que fille du comte de Vaucluse, son ex-femme serait appréciée et honorée à sa juste valeur. Elle n'aurait plus à s'inquiéter des loyers impayés de leurs métayers, des intempéries qui nuisaient aux récoltes ni des variations du prix du bétail. Elle pourrait vivre dans le luxe et s'enivrer des compliments et des hommages de la crème de la société.

En comparaison, il avait bien conscience qu'il n'avait rien à lui offrir.

La chaise de poste qu'il avait commandée apparut enfin au tournant de l'allée et, pivotant sur lui-même, Grant alla prévenir Madeleine.

Mais, déjà, elle descendait l'escalier.

— J'ai vu la voiture arriver depuis la fenêtre, expliqua-t-elle sans le regarder.

Elle passa devant lui avec son léger bagage et il marcha sur ses talons. Quand elle fut montée dans le véhicule sans accepter le bras qu'il lui présentait, il s'installa sur la banquette opposée, regrettant de ne pas avoir demandé à Rutter de lui laisser un cheval.

Le colonel avait présumé qu'il préférerait voyager avec son épouse, s'imaginant sans doute Dieu sait quelles effusions. Mais, au lieu de cela, la chaise de poste se mit à avancer en tanguant dans les ornières, Madeleine blottie dans un coin, pauvre petite silhouette solitaire, tandis qu'il regardait par la fenêtre opposée le morne paysage de forêt se dérouler sous ses yeux.

Ce ne fut pas avant Woodford Bridge que Grant fit un effort pour rompre le silence épais qui régnait depuis leur départ.

— Je suppose que tu souhaites être déposée à Surrey Street. Tes affaires y sont certainement encore ?

— Comment ? … Oh ! oui, bien sûr, répondit Madeleine sans tourner les yeux. Je vais pouvoir récupérer mes bagages et demander à ce qu'on les envoie en France.

Cette tristesse qui perçait dans la voix de son interlocutrice, était-ce un effet de son imagination ?

— Ton père sera ravi de te revoir…

— Oui, à n'en pas douter…

— Tu n'en sembles pas très convaincue ?

— Je ne suis plus convaincue de grand-chose, à dire vrai.

Elle paraissait si désabusée que Grant sentit son cœur manquer un battement.

Il dit doucement :

— Tu sais que tu seras toujours la bienvenue à Ardvarrick.

Elle eut un imperceptible mouvement de tête.

— Non. Il est trop tard pour cela.

— Je pensais cela également en arrivant à Londres… Mais, ces derniers jours, d'abord lors de nos péripéties à Vauxhall, quand nous avons affronté ensemble le danger, puis plus tard, chez moi…

La main de Madeleine s'éleva, comme pour chasser ces souvenirs.

— Non, Grant, je t'en prie. N'en dis pas davantage.

Il se réfugia dans le silence. Jetant un coup d'œil par la vitre, il constata qu'il avait recommencé à pleuvoir. Le ciel gris éteignait toutes les couleurs du paysage mais, dans sa tête, le visage de Madeleine ressortait comme une icône aux mille couleurs. Ses lèvres rouges au sourire charmeur, ses yeux d'un beau bleu brillant, décochant des éclairs de fureur alors qu'elle affrontait Maxton. Le voile de soie de ses cheveux répandus tandis qu'il l'embrassait sur ses oreillers…

— J'avais oublié, murmura-t-il. J'avais oublié combien tu es une femme forte. Et si pleine de ressource. La première fois où je t'ai rencontrée, tu venais de fracasser un pichet de vin sur la tête d'un ivrogne qui avait osé s'attaquer à toi.

Comme Madeleine ne répondait pas, il poursuivit :

— Te souviens-tu comment nous avons traversé les Highlands pour te conduire jusqu'à la côte ? À l'époque, tu ne parlais pas un mot de gaélique. Et pourtant, tu as su gagner le cœur de tous ses pauvres Scots en résistance dans les collines. Ils n'ont pas hésité à nous cacher des Tuniques rouges, qui les harcelaient eux-mêmes depuis des jours. … Et la manière dont tu savais te déguiser avec trois fois rien ! ajouta-t-il en riant. Un jour, tu étais une jeune lady, charmant tout le monde avec tes dentelles et tes battements de cils, le lendemain, j'avais pour compagnon un jeune garçon plein d'audace qui jouait assez bien aux cartes pour détrousser un officier anglais de ses gains.

— Tu as failli y laisser la vie !

Elle lui tournait toujours le dos mais, au moins, elle lui avait répondu. Cela encouragea Grant à continuer.

— Ce n'était qu'un bobo et tu l'as habilement soigné avant de me conduire à bon port. Comme d'habitude, tu t'es montrée courageuse et combative. Nous avons vécu tant de choses ensemble, Maddie. Traversé tant d'épreuves. Pourquoi ne pas rentrer avec moi et faire un nouveau départ ?

Elle secoua la tête, toujours sans le regarder.

— Je ne suis pas l'épouse qu'il te faut, Grant. Quand je serai en France, tu pourras te trouver une femme capable de te donner la famille que tu mérites. L'héritier dont tu as besoin pour ton nom.

— Tu es la seule épouse que je veux, Madeleine. Quant à un héritier, le médecin a toujours dit qu'avec le temps…

— Non, Grant, je ne peux plus, articula Madeleine entre ses dents serrées. Je ne suis pas aussi forte que tu le crois. Je n'aurais plus la force de voir l'espoir s'effacer de ton regard, remplacé par la déception. D'être confrontée une fois de plus à mes échecs.

Grant fronça les sourcils.

— Tes échecs ? Ma déception ? Comment peux-tu penser une chose pareille ?

— C'était pourtant clair, murmura Madeleine d'une voix lasse. Le médecin t'a dit que j'avais besoin de temps, mais les mois passaient et tu ne venais toujours pas me rejoindre dans ma chambre… Alors, j'ai fini par comprendre.

Elle ferma les yeux, refoulant ces souvenirs douloureux.

Grant tendit la main, comme pour prendre celle de sa femme dans la sienne. Mais il n'acheva pas son geste. L'instant était si fragile. Madeleine lui parlait, au moins.

— Oh ! Maddie. Je suis tellement navré que tu aies pu croire…

Elle l'interrompit d'un geste.

— Non, c'est moi la coupable. Comment pourrais-je te reprocher de ne pas t'être confié à moi alors que, moi-même, je ne t'ai pas dit ce que je pensais, ce que j'éprouvais après la perte de notre deuxième bébé ?

Madeleine vit le regard de Grant s'obscurcir et son cœur se serra. Bien sûr, elle avait terriblement souffert d'avoir accouché d'un enfant mort-né et, pour sa première grossesse, de cette désolante fausse couche. Mais Grant avait souffert, lui aussi. Elle aurait dû s'en apercevoir. Comment s'étonner qu'il ait fini par se replier sur lui-même devant une telle indifférence ?

C'était sa faute à elle, et à elle seule, si leur amour était mort.

— Tout est fini entre nous, conclut-elle. Il nous faut l'accepter.

Grant enveloppa d'un regard triste la silhouette tassée sur son siège, en face de lui. C'était sa dernière chance. Il fallait qu'il prenne son courage à deux mains. Qu'il dise à sa femme ce qu'il n'avait pas osé lui dire ces dix-huit derniers mois.

— Après qu'a été constatée la mort de notre nouveau-né, je me suis senti désemparé comme jamais, Maddie. Toi, tu avais autour de toi l'infirmière et le médecin. Même ma mère te consacrait le plus clair de son temps. Moi, je ne pouvais assister à tout cela qu'à distance. Les semaines passaient. Je voyais ton désespoir et j'étais impuissant. J'aurais tellement voulu te venir en aide mais j'avais peur de rendre les choses pires encore. On ne cessait de me répéter que tu avais besoin de repos. J'avais même peur de t'embrasser ! ... Puis mon père est mort et je ne savais plus quoi faire. Sinon continuer à tendre le dos. À me montrer aussi fort qu'il l'avait toujours été et à assumer mes nouvelles responsabilités. Pour toi, pour ma mère, pour tous les gens du domaine. C'était mon devoir, n'est-ce pas ?

— Ton devoir ! s'exclama Madeleine dans un sanglot étouffé qui lui tordit le cœur. Après la mort de Logan, Dieu sait que j'ai essayé de te parler. Sincèrement, je l'ai tenté un nombre incalculable de fois. Mais tu avais toujours tant de choses à faire ! Et tu rentrais si las, le soir. Tu me fuyais, c'était évident.

— Oui, c'est vrai. Et tu m'en vois désolé. À l'époque, je

pensais que c'était la meilleure chose à faire. Je ne voulais pas alourdir ta peine avec mes propres soucis. J'avais oublié combien tu pouvais te montrer combative… Crois-moi, Maddie, ajouta-t-il en se passant la main dans les cheveux. Tu m'as beaucoup manqué. J'avais tant besoin de ton réconfort. Mais je considérais cela comme une faiblesse. Une impardonnable manifestation d'égoïsme. C'est pour ça que je ne m'autorisais pas à t'approcher. Je ne voulais pas ajouter à tes propres soucis. La perte de notre bébé t'avait tellement abattue…

— Je souffrais aussi de la mort de ton père, chuchota-t-elle, se tournant pour la première fois un peu vers lui. C'était un homme bon et fort, qui ne pensait qu'aux autres. Je l'admirais beaucoup.

— Oui, je le savais. Mais je ne pouvais en parler avec toi sans reconnaître mon propre chagrin et je ne pouvais me le permettre. Le seul moyen de surmonter ma peine, c'était d'avancer droit devant et d'abattre ma tâche quotidienne. Je me suis jeté tête baissée dans le travail, aidant le charpentier à construire la nouvelle grange, labourant les champs avec le laboureur, ramassant la récolte avec les moissonneurs. Je faisais tout et n'importe quoi, sauf ce que j'aurais dû faire. Parler avec toi, me confier. Te réconforter.

— Après la mort de son mari, Ailsa est restée murée dans sa douleur pendant des mois, reprit Maddie en triturant son mouchoir entre ses doigts. Mais moi, Grant, j'étais là. Je pouvais t'aider !… Je voulais t'aider ! Ne serait-ce qu'en t'écoutant, en parlant avec toi…

Grant poussa un long soupir.

— Oui, je le comprends, maintenant. Si tu savais combien je regrette de ne pas m'être tourné vers toi ! Mais j'avais l'impression d'être enfermé dans un long tunnel, seul. J'étais persuadé qu'en portant toute la charge sur les épaules, sans me décharger sur vous, Mère et toi, je vous protégeais. Que je ne faisais que mon devoir. Je voulais vous laisser le temps de faire votre deuil.

Il resta silencieux un long moment.

— Mais il n'y a pas que ça, reprit-il enfin, bien décidé à aller jusqu'au bout. J'avais peur. Peur de te laisser voir combien je dépendais de ton amour. Je craignais que tu n'y voies que de la faiblesse. Que tu me rejettes.

— Oh ! Grant…

Cette fois, Madeleine le regardait franchement, les yeux brillants de larmes.

— Si seulement tu m'avais dit tout cela ! murmura-t-elle après un instant. J'avais de la peine pour toi, de la compassion, mais ce n'est pas pour cela que je t'aimais moins.

Madeleine secoua la tête, s'essuyant les yeux de son minuscule mouchoir de dentelle. Il aurait dû venir se confier à elle, partager avec elle ses soucis et ses peines, comme il se doit entre époux ! Peut-être alors auraient-ils pu sauver leur couple …

Mais elle parlait, maintenant. Elle avait mis son âme à nu.

Et pourtant, Grant ne disait rien. Il ne trouvait aucun mot d'amour, ou au moins de regret. Madeleine reporta son attention sur ce qui se passait de l'autre côté de la vitre, se laissant balloter par la chaise de poste, tandis que ses derniers espoirs mouraient lentement.

— Est-il vraiment trop tard pour nous, Maddie ? fit enfin Grant. N'as-tu vraiment plus besoin de moi ?

— Non, bien sûr que je n'ai plus besoin de toi. Quelle triste image tu as de moi !

Elle ravala une bonne fois pour toutes les larmes qui lui serraient la gorge et, levant bien haut le menton, le regarda dans les yeux avant de renchérir :

— Tu ne dois pas t'inquiéter pour moi. Je peux très bien me débrouiller toute seule.

Un sourire parut se dessiner sur les lèvres de Grant, et elle vit une brève lueur traverser son regard.

— Moi aussi, je peux me débrouiller tout seul. Mais, sans toi, la vie serait beaucoup moins excitante… Elle perdrait toutes ses couleurs…

Il respira un grand coup, puis lâcha dans un souffle :

— Je t'aime, Madeleine. Je t'ai toujours aimée, même si je ne te l'ai pas assez dit, surtout quand j'aurais dû le faire, pendant tous ces longs mois de peine et de tristesse.

Était-ce la vérité ? Madeleine aurait tellement voulu le croire. Cela faisait si longtemps qu'elle attendait ces mots ! Et maintenant, son cœur était si gonflé de joie qu'elle ne put tout d'abord retrouver la parole.

Puis elle eut peur. De ce qu'elle allait répondre. De ce qu'il pouvait ajouter.

Alors, Grant lui prit les mains, noua leurs doigts.

— Tu connais la vie à Ardvarrick. Pas de grandes fêtes, pas de bals somptueux, pas de grandes demeures luxueuses ni de parcs aux allées bordées de fleurs. Pourtant, nous nous plaisions là-bas ensemble, te souviens-tu ? Nous dansions lors des réunions entre amis, nous fréquentions les bals populaires et nous arpentions les collines à cheval. Nous passions aussi des heures à discuter sur la gestion du domaine et les manières de l'améliorer. … Tu avais l'air d'aimer la maison autant que moi, même si la vie y était tellement plus simple qu'à Londres ou à Paris.

— Tu sais très bien que j'ai toujours préféré discuter des moissons et du bétail que de tenir des conversations de boudoir, Grant ! Et je préfère de loin me promener à cheval dans la lande que de me frayer un chemin dans les embouteillages de Hyde Park.

Grant baissa les yeux sur leurs mains enlacées.

— Alors, pourquoi ne pas rentrer avec moi à la maison ? Bien sûr, je ne pourrai jamais te procurer le luxe auquel ton père t'a habituée. Tout ce que j'ai à t'offrir, c'est mon amour. Jusqu'à ce que mon cœur s'arrête, il battra pour toi.

Madeleine sentit les larmes lui monter de nouveau aux yeux.

— Oh ! Grant… Mais c'est tout ce que je désire !… Cela suffit amplement à mon bonheur.

Grant l'attira dans ses bras.

— Alors, rentrons chez nous, mon amour. Tout ce dont j'ai besoin pour mon bonheur, c'est que tu sois à mes côtés comme épouse, comme partenaire, comme amie. Comme maîtresse, aussi, sourit-il contre sa bouche. Qu'en penses-tu, mon très cher amour ?

Madeleine lui sourit à travers ses larmes.

— Je pense que moi aussi, j'ai besoin d'être tout cela à tes côtés. Et j'ai besoin que tu sois toi aussi tout cela pour moi.

La bouche de Grant se posa sur la sienne et, tandis qu'il la serrait dans ses bras, Madeleine sut sans aucun doute qu'elle était rentrée à la maison.

Épilogue

Dix ans plus tard…

Grant, qui lisait près de la fenêtre dans le petit salon, à la lumière du jour tombant, leva la tête dès que Madeleine entra.

— Les enfants dorment-ils ?

— Bébé Hector dort à poings fermés dans son berceau et ta mère chante des berceuses à Morag et à Catriona. Elles sont encore un peu excitées, après le séjour des enfants d'Anne ces deux dernières semaines.

Se levant, Grant prit son épouse par la main pour la conduire jusqu'au sofa.

— Cela s'est plutôt bien passé, n'est-ce pas ? Anne semble très heureuse avec son colonel.

— Oui. Ils sont très bien accordés. Et leurs deux filles sont adorables. Cela dit, je suis convaincu qu'Anne espère que l'enfant à venir sera un garçon…

Se rasseyant, il attira sa femme sur ses genoux.

— En parlant de garçon, comment va notre aîné ?

— Logan lit dans sa chambre. Il attend que sa grand-mère vienne lui dire bonsoir. Elle lui a promis de lui raconter une de ses histoires préférées.

— Elle les gâte beaucoup trop, repartit Grant avec une moue affectueuse.

Madeleine laissa échapper un petit gloussement.

— Comme toutes les grands-mères qui se respectent ! Ce qui est aussi bien puisque leur grand-père maternel ne leur montre pas beaucoup d'intérêt.

— Il est vrai que le comte de Vaucluse ne paraît pas éprouver un grand intérêt pour sa descendance.

— Mon père n'a d'affection que pour une seule personne. Lui-même. Il n'en a jamais fait mystère.

— Cela te contrarie-t-il, ma douce ? Es-tu déçue qu'Yves d'Evremont ne soit jamais monté jusqu'en Écosse pour nous rendre visite ?

Madeleine fit la moue.

— Pas plus que cela. Je suis contente qu'il soit heureux en France avec sa comtesse, qui paraît avoir sur lui une bonne influence. D'après les lettres qu'elle a la bonté de nous envoyer, je crois avoir compris qu'elle n'a jamais approuvé son soutien dans la cause des Stuarts.

— Dans ce cas, elle doit être satisfaite. Le Gouvernement français ne soutient plus officiellement le Jeune Prétendant. Qui n'est plus si jeune que cela, au demeurant.

— Elle doit l'être en effet, répondit Madeleine, se blottissant contre lui. Elle prend soin de trouver à son mari des activités plus casanières. Les seuls événements qu'elle l'autorise à organiser maintenant, ce sont les chasses d'automne, le bal de Noël au château et la fête du village en été.

— Mais nos enfants n'aimeraient-ils pas faire connaissance avec leur grand-père ?

— Un jour, peut-être. Mais, jusqu'à présent, il n'a guère répondu à nos invitations. Et il ne me plairait pas trop de le voir semer le bruit et le désordre chez nous, comme à son habitude.

Au souvenir du comportement extravagant du comte, Grant eut un petit rire entendu.

— C'est vrai. Mais il n'empêche qu'il est le grand-père

de nos enfants et le seul qui leur reste, qui plus est. Il sera toujours le bienvenu à Ardvarrick, pour peu qu'il le désire.

Se redressant, Madeleine lui décocha un regard malicieux.

— Grant Rathmore ! Ne dirait-on pas qu'avec l'âge vous vous attendrissez ?

— Tu ne peux me blâmer d'être fier de ma famille et de mon épouse, riposta Grant, glissant un doigt audacieux dans le corsage de sa compagne… Ce qui me fait penser à autre chose. Logan commence à grandir et je lui ai promis un nouveau poney pour son anniversaire. Il est temps de s'en occuper.

Madeleine, frémissant sous la caresse, repoussa la main de son mari.

— Et tu dis que sa grand-mère le gâte !

— Son shetland est trop petit pour lui, maintenant. Et il faut qu'il prenne de vraies leçons d'équitation, s'il veut nous suivre à la chasse et dans la lande… Et puis, Catriona et Morag seront ravies d'en hériter.

— Mais ne nous en faudrait-il pas un autre ? Après tout, elles sont jumelles. Et elles veulent toujours faire tout en même temps.

Le sourire de Grant s'élargit.

— Exactement ce que j'allais proposer, s'exclama-t-il en attirant de nouveau Madeleine contre lui.

Elle s'abandonna contre son épaule en riant.

— Cela fait dix ans que tu es venu me chercher à Londres, mon amour. Comme le temps passe vite !

— Nous ne l'avons pas gaspillé, en tout cas, répliqua Grant. Nous avons amélioré la maison et le domaine. Et nous avons élevé trois enfants avant d'en faire un quatrième !…

S'interrompant, il la regarda de plus près.

— Dis-moi, ma chérie… regretterais-tu ta vie d'avant ? Celle des fêtes et des flonflons ?… La visite d'Anne t'aurait-elle brouillé la cervelle avec le récit de toute la vie agitée qu'elle mène à Londres ? En tant que femme d'officier, elle doit être invitée partout, naturellement … Il est vrai qu'il y a déjà un certain temps que nous n'avons pas été à Édimbourg… Aimerais-tu que je t'emmène un peu quelque part ? Nous pourrions nous rendre à Bath. Il paraît que c'est devenu une cité balnéaire très à la mode.

Elle pressa doucement les doigts sur ses lèvres pour le faire taire.

— Merci, mon ami. Un peu plus tard, peut-être… Quand Hector sera plus grand.

— Tout ce que tu veux pourvu que tu sois heureuse, rétorqua Grant, emprisonnant les doigts de Madeleine dans sa main pour y déposer un baiser. Je n'ai simplement pas envie que ma femme prenne de nouveau la poudre d'escampette…

Madeleine l'enveloppa d'un regard lumineux.

— Jamais plus je ne quitterai cette maison sans toi, Grant. Je te le jure. Pourquoi le ferais-je alors que tout ce qui me rend heureuse est ici ?

Le visage de Grant se rapprocha très près du sien.

— Tu sais que, si je le pouvais, je te donnerais la lune, mon amour.

— Tu m'as déjà donné l'univers, Grant Rathmore. Tout mon univers est contenu dans le cercle de ces collines, sous le ciel changeant d'Écosse.

Leurs bouches se joignirent en un long baiser.

Ailsa, entrant un peu plus tard dans la pièce, vit son fils et son épouse tendrement enlacés, contemplant par la fenêtre la nuit qui tombait sur les collines comme s'ils avaient oublié le reste du monde. Se retirant prestement, elle referma la porte derrière elle.

Dans le hall, elle s'arrêta devant le mur qui faisait face à la haute cheminée.

— Quand Grant nous a ramené à la maison sa petite aventurière française, nous avons eu quelques doutes, n'est-ce pas, Logan ? dit-elle, les yeux levés vers le portrait grandeur nature de son défunt mari… Mais tu vois, finalement, nous avions eu tort de nous en faire… Ils ont traversé les tempêtes sans coup férir et les voilà maintenant arrivés à bon port. Comme nous l'avons fait nous aussi, il n'y a pas si longtemps.

Note historique

Je procédais à quelques recherches historiques alors que je rédigeais *Sauvée par un Highlander*, le deuxième volume de la série *Passions écossaises*[1] quand j'ai été intriguée par plusieurs témoignages, dont certains apocryphes, prétendant que Bonnie Prince Charlie avait fait plusieurs séjours en Angleterre après sa fuite en France. On y rapportait en particulier un bref séjour à Londres en 1750.

À cette époque, la popularité de la Maison de Hanovre était au plus bas et les Stuarts jouissaient d'une réelle ferveur populaire et aristocratique. Les aventures de Charles lors de sa fuite d'Écosse étaient abondamment diffusées, les épouses des gentilshommes de la campagne chantaient ses exploits le soir dans les salons, les femmes du peuple en faisaient autant à la veillée tandis que leurs maris buvaient à sa santé dans les tavernes. Nul ne doutait que Bonnie Prince Charlie ne ferait une nouvelle tentative pour reconquérir le trône.

Plusieurs sources faisaient référence à Horace Mann, diplomate anglais en résidence à Florence dont l'une des missions consistait à rendre compte des activités des Stuarts en exil. Mann évoque en particulier dans ses comptes rendus une rencontre en 1783 entre Charles Edouard Stuart et le roi de Suède au cours de laquelle Charles aurait donné un grand nombre de détails sur sa visite à Londres en septembre 1750. Il prétend avoir visité la Tour de Londres avec un certain colonel Brett et rencontré une cinquantaine

1. Titres de l'édition française.

de partisans à Pal Mall, dont le duc de Beaufort et le comte de Westmorland.

Le Dr King, doyen du collège St Mary Hall à Oxford, écrit dans son recueil d'*Anecdotes littéraires et politiques de son temps* qu'il a été lui-même convié à une réception chez Lady Primrose, à Essex Street, au cours de laquelle il aurait été présenté au Prince.

Il est également avéré que Charles a été reçu à la même époque dans l'un des édifices de l'Église d'Angleterre, probablement l'une des églises voisines du domicile de Lady Primrose. Bonne stratégie au demeurant pour gagner davantage de soutien dans tout le pays.

Dans son ouvrage, le Dr King laisse entendre qu'il aurait signifié à Charles qu'il n'y avait pas assez de partisans dans le pays pour une révolution et qu'il vaudrait mieux qu'il retourne « de là où il venait ». Cela dit, Charles a pu aussi recevoir d'autres encouragements pendant sa visite puisque, en 1751, Alexander Murray, peut-être avec son frère Lord Elibank, a envisagé d'enlever le roi George II et sa famille et de les remplacer par un descendant de la dynastie des Stuarts. Cependant, les partisans jacobites montraient quelque hésitation à mettre ce plan à exécution et, en 1752, le complot fut dévoilé par un espion. Murray parvint à s'échapper et partit en exil pour une vingtaine d'années, mais l'un de ses principaux complices, le Dr Archibald Cameron de Lochiel, fut arrêté et condamné à mort. Il fut pendu à Tyburn[1] le 7 juin 1757 après avoir été écartelé vivant et dépecé.

1. Tyburn est un ancien faubourg du Londres médiéval, près de Marble Arch, célèbre surtout pour avoir été le lieu principal des exécutions capitales à la fin du XVIIIe siècle. Les sources historiques font état de plus de 50 000 exécutions et on y pendait jusqu'à 24 personnes à la fois. Quelques-uns de ces condamnés furent canonisés au XXe siècle…

Il est possible que Charles soit retourné plusieurs fois en Angleterre mais, peu à peu, ses espoirs de reconquérir le trône se sont amenuisés. Il est devenu amer et déprimé et s'est adonné à la boisson, s'aliénant progressivement ses amis et ses partisans. Il est mort d'une attaque à Rome en 1788, et son corps a probablement été enseveli aux côtés de son père, de sa mère et de son frère cadet dans une chapelle de la basilique Saint-Pierre, au Vatican. Son cœur serait conservé quant à lui dans une urne sous le dallage de la cathédrale Frascati, dans les environs de la ville.

Selon certains témoignages, Charles, particulièrement audacieux, se serait exhibé à plusieurs reprises en public durant sa visite à Londres. On aurait également des preuves que le gouvernement britannique était parfaitement informé de ses faits et gestes, mais qu'on a préféré fermer les yeux.

Quoi qu'il en soit, toute cette histoire constitue un superbe arrière-plan pour les aventures de Grant et de Madeleine. J'espère que le lecteur m'aura pardonné d'avoir enjolivé quelque peu la réalité, en particulier en y ajoutant des personnages et des situations qui ne sont que le fruit de mon imagination.

Vous avez aimé ce livre ?
Découvrez également *L'héritière des Highlands*,
le nouveau roman de Kate Summer,
dans votre collection Les Historiques.

Retrouvez prochainement, dans votre collection

Les Historiques

Cœur de guerrière, de Sarah Rodi - N°972

Pactiser avec les Saxons ? Une idée impensable pour Svea Ivarsson, une jeune guerrière viking qui préférerait les affronter sur le champ de bataille plutôt que de les fréquenter. Hélas, une alliance a été conclue entre son chef et le roi Eallesborough, et voilà Svea contrainte de voyager au côté de ses rivaux d'autrefois. Pire encore, l'un d'eux ne la laisse pas indifférente : Lord Ashford Stanton, ce colosse aux yeux sombres, fait battre son cœur beaucoup trop fort ! Svea manie le fer comme une valkyrie, mais aucun entraînement ne l'a préparée à désirer son plus grand ennemi…

Fiancée au Highlander, de Terri Brisbin - N°973

SÉRIE : ALLIANCES DANS LES HIGHLANDS - TOME 1

ÉCOSSE, XIVE SIÈCLE

Alors qu'il soulève le voile dissimulant le visage de sa future épouse, Ross reste interdit. La jeune femme qui se tient fièrement devant lui n'est pas celle qui lui était promise mais sa sœur, la mystérieuse Ilysa MacDonnell ! Furieux d'avoir été dupé, le Highlander doit pourtant contrôler sa rage : le sort des MacMillan repose sur son alliance avec le père d'Ilysa. Résolu à sceller l'accord qui l'a conduit devant l'autel, il passe donc la bague au doigt de la belle usurpatrice, tout en se jurant de ne jamais lui faire confiance…

La tentation d'un chevalier, d'Ella Matthews - N°974

SÉRIE : LES CHEVALIERS DU ROI - TOME 2

CHÂTEAU DE WINDSOR, XIVE SIÈCLE

Alors que la France et le royaume d'Angleterre se déchirent, le chevalier d'élite Theo Grenville cherche à découvrir qui conspire contre son roi. Et pour cela il n'hésite pas à se rapprocher de Medea, la fille d'un seigneur suspecté d'être un dangereux ennemi de la Couronne. Or rien ne l'avait préparé à tomber sous le charme de cette jeune femme sincère, dont la grâce n'a d'égal que l'intelligence. Dès lors, Theo voit son allégeance au roi mise à l'épreuve par le plus grand des adversaires : l'amour…

Les Historiques

HARLEQUIN

L'éveil de la passion, d'Eva Shepherd - N°975

Cornouailles, 1890

Aux yeux de tous, Lady Iris Springfeld est un mystère. Partout où elle se rend, la même question bruisse derrière les gants de soie et les éventails. Pourquoi n'est-elle pas mariée ? Son joli minois et sa cascade de cheveux dorés ne laissent pourtant personne indifférent… La réponse est simple : lasse d'intéresser la gent masculine pour des futilités, Iris préfère rester célibataire ! Jusqu'à sa rencontre avec le comte de Greystone, un soir de tempête. Lui qui ne peut voir sa beauté est-il l'homme dont elle rêve, celui qui l'aimera pour ce qu'elle est vraiment, dans le secret de son cœur ?

Fascinée par le lord, de Helen Dickson - N°976

Londres, 1745

Henrietta doit fuir Londres, seule et sans un sou. Certes, la situation est peu convenable pour une lady, mais sa survie est à ce prix. Car elle vient d'échapper à une tentative d'assassinat et sait que l'homme déterminé à mettre la main sur sa fortune cherche à la retrouver. Acculée, Henrietta se résout à partager, sous une fausse identité, le convoi de Lord Simon Tremain, un fervent jacobin au regard brûlant. Une proximité d'autant plus troublante qu'elle nourrit une profonde aversion pour la cause que cet homme défend et qui a mené ses parents à leur perte…

Captive du Viking, de Michelle Styles - N°977

Scandinavie, 793 après J-C

Plutôt mourir que se soumettre à l'emprise de Haakon Haroldson, le chef arrogant des barbares qui ont saccagé son existence ! Si Annis a dû renoncer à sa liberté lorsque Haakon a fait d'elle sa prisonnière, elle n'ira pas jusqu'à lui abandonner sa dignité : jamais elle ne sera son esclave ! Mais alors que, dans un élan de désespoir, elle envisage une impossible tentative d'évasion, le ténébreux Viking lui propose un marché qu'elle n'attendait pas : si elle accepte de devenir sa maîtresse, il l'affranchira de sa condition de captive pour l'élever au rang de concubine. Une offre scandaleuse… qui laisse Annis face à son destin.

Réveillez la lady
qui est en vous !

HARLEQUIN
www.harlequin.fr

Victoria

**Intrépides et séductrices,
les héroïnes Victoria
vont conquérir l'Histoire !**

Victoria vous transporte des conquêtes vikings aux salons feutrés de la Régence, en compagnie de héros fiers et forts, et d'héroïnes souveraines dans leurs choix.

**6 romances à découvrir
tous les deux mois.**

VOTRE COLLECTION PRÉFÉRÉE DIRECTEMENT CHEZ VOUS

Vous souhaitez découvrir nos collections ? Une fois votre 1er colis à prix mini reçu, si vous souhaitez continuer à recevoir nos livres, cela se fera automatiquement. Vous n'avez aucune obligation d'achat et cette offre est sans engagement de durée !

Dans votre 1er colis, 2 livres au prix d'un seul
+ en cadeau le 1er tome de la saga *La couronne de Santina*.
8 tomes sont à collectionner !

☛ COCHEZ la collection choisie et renvoyez cette page au
Service Lectrices Harlequin – CS 20008 – 59718 Lille Cedex 9 – France

Collections	Prix 1er colis	Réf.	Prix abonnement (frais de port compris)
❑ **AZUR**	4,75€	AZ1406	6 livres par mois 31,49€
❑ **BLANCHE**	7,30€	BL1603	3 livres par mois 24,85€
❑ **LES HISTORIQUES**	7,30€	LH1202	2 livres par mois 17,49€
❑ **PASSIONS**	7,80€	PS0903	3 livres par mois 26,49€
❑ **BLACK ROSE**	7,90€	BR0013	3 livres par mois 26,79€
❑ **HARMONY***	5,99€	HA0513	3 livres par mois 20,76€
❑ **SAGAS***	7,99€	SG2303	3 livres tous les 2 mois, 29,46€
❑ **VICTORIA**	7,80€	VI2115	5 livres tous les 2 mois 42,09€
❑ **GENTLEMEN***	7,50€	GT2022	2 livres tous les 2 mois 17,95€
❑ **HORS-SÉRIE***	7,70€	HS2812	2 livres tous les 2 mois 18,45€

*livres réédités

F23PDFM

N° d'abonnée Harlequin (si vous en avez un) |_|_|_|_|_|_|_|

Mme ❑ Mlle ❑ Nom : ____________________

Prénom : ____________________ Adresse : ____________________

____

Code Postal : |_|_|_|_|_| Ville : ____________________

Pays : ____________________ Tél. : |_|_|_|_|_|_|_|_|_|_|

E-mail : ____________________

Date de naissance : ____________________

Date limite : 31 décembre 2023. Vous recevrez votre colis environ 20 jours après réception de ce bon. Offre soumise à acceptation et réservée aux personnes majeures, résidant en France métropolitaine, dans la limite des stocks disponibles. Prix susceptibles de modification en cours d'année. Vous pouvez demander à accéder à vos données personnelles, à les rectifier ou à les effacer. Il vous suffit de nous écrire en nous indiquant vos nom, prénom et adresse à : Service Lectrices Harlequin CS 20008 59718 LILLE Cedex 9. Service Lectrices disponible du lundi au vendredi de 9h à 17h : 01 45 82 47 47.